KB079269

청소년소설에 나타난 주체 형성과 라캉

이경란 지음

지식과교양

머리말

교직에 오래 몸 담았다. 다시 공부를 시작하면서 처음부터 염두에 둔 것이 청소년소설이다. 가르치는 일과 청소년을 피해 내 삶을 생각할 수 없다면 새로운 시작 역시 거기서 비롯되어야 한다고 생각했다.

'왜 하필?' 청소년소설을 공부하겠다고 했을 때 주위의 반응이 이랬다. 논문의 주제로 삼기에 청소년소설의 성과가 아직 미미하다고 생각했을 것이다. 청소년소설의 출현을 출판자본이 개입한 일시적인 현상으로 간주하고 그에 반감을 가졌을 수도 있다. 명성 있는 작가의 검증된 작품을 택하라는 충고를 많이 들었다. 다행히 나보다 먼저 이 길을 간 이들의 저작이 방패막이가 되어 주었다. 이 자리를 빌려 이옥수, 오세란 두 분께 감사 인사를 드린다.

새삼 여기에서 청소년소설을 향한 일각의 불신이 부당하다 주장하려는 것이 아니다. 청소년소설의 양적인 성장이 질적인 도약으로 이어졌는가 묻는다면 필자 역시 긍정적으로 답하기 어렵다. 그러나 청소년소설은 문학의 장구한 역사에 비해 이제 몇십 년의, 역사 일천한 신생 장르라는 것을 고려해야한다. 그 현실태를 근거 삼아 미래 가능성을 재단하고 존재의 의의를 부정하는 것은 너무 성급한 일이다. 사실 청소년소설의 양적 성장은 이 시대 출판문화의 장에 성장소설이나 기성 문학으로 해소되지 않는 다른 욕망이 등장하였음을 의미한다. 시대와 독자가 청소년소설을 호명한 것이다. 문학시장의 위축과 독자의 감소를 우려하는 한편에서 청소년이 불러낸 청소년소설의 존재당위를 부정하는 현재 문단과 연구계의 태도는, 그래서 몹시 모순적이다.

상황이 열악하다보니, 청소년소설 기존 연구는 그 장르적 속성을 규명하고 독립 장르로서의 불가피성을 설득하는 데 경도되어 왔다. 그러나 장르의 내적 당위는 작품의 질적 성취에 의해 보증된다. 청소년소설의 비평과 연구 역시 개별 텍스트의 질적 평가와 미학적 완성을 문제삼는 것으로 주제를 확대해야 한다. 본 연구는 거기서 출발한다.

정신분석비평의 전이/역전이 개념에 따르면, 독서행위란 텍스트의 무의식을 찾아내면서 동시에 독자 내부의 무의식을 드러내는 작업이라 한다. 따라서 이 논문의 목표는 다음과 같다. 1. 정신분석 비평을 통해 청소년소설 서사의 이면과 무의식을 드러내 '청소년소설=청소년의 건전서사'라는 관습적인 판단에 다른 자극을 주는 것 2. 독자가 독서행위를 통해 자기 서사를 창조하고, 그 안의 자기 무의식과 욕망의 실체를 긍정하도록 돕는 것 3. 이러한 진지한 이론을 동원한 본격적인 비평 작업으로 청소년소설의 질적 발전을 촉진하는 것 4. 그 결과로서 청소년소설이 문학 변방의 타자적 위치를 벗어나 문학정전으로서의 위치를 점하는 것 등이다.

작품을 선별하고 분석하는 작업보다 라캉의 이론을 이해하고 정리하는 데 더 많은 시간이 소요되었다. 심사과정에서 반 너머를 덜어내 결과적으로 간소하게 되었으나 결과와 무관하게, 그의 난해하고도 정치한 사유의 과정을 따라가며 맛본 희열의 순간들이 잊히지 않는다.

필자의 부족한 지성, 허술한 사유 능력으로 그의 학문 체계를 어찌 '이해'했다고 말할 수 있을까. 부분적인 이해, 어쩌면 오해에 기반하여 이 글이 쓰였다. 그의 이론을 주인기표 삼아 텍스트에 기계적으로 적용한 것은 아닌지 염려도 된다. 의욕만 앞선 미숙함 탓이니 그에 따른 비난은 모두 필자의 몫이다.

좋은 목표가 항상 좋은 결과를 담보하는 것은 아닐 것이다. 책으로 출판하기 위해 재독, 삼독할수록 부끄럽기 한량없다. 이게 마지막이 아니라는 각오가 그나마 부끄러움을 줄여주었다. 더욱 정진하겠다.

이 자리를 빌려 먼저 송명희 교수님께 감사인사를 드린다. 이 굼뜬 제자를 인내심을 가지고 지도해 주셨다. 교수님의 조언과 압박이 없었다면 논문도 이 책도 빛을 보지 못했을 것이다. 논문의 심사를 흔쾌히 승낙하신 라캉 연구의 권위자 박찬부교수님께도 깊이 감사드린다. 비판적 지지자인 남편, 내 에너지의 근원인 바믜와 장연에게도 나의 사랑을 전한다.

몇 달 전 먼 길을 떠나신 엄마께 이 책을 바칩니다.

2019년 7월

이경란

목차

청소년소설에
나타난
주체 형성과 라캉

Ⅰ. 서론

1. 문제 제기와 연구의 목적

발달심리학에서 '청소년기'는 '아동과 성인 사이에 위치한 인간 발달의 한 과정'[1]으로 정의된다. 여기에는 청소년이 미성숙하고 불안정한 '사이'의 존재라는 인식이 자리 잡고 있다. 따라서 청소년은 미래의 완전한 성인으로 성장할 때까지 현재의 특권을 유보당한 채 어른의 보호와 통제를 받아야 할 교육의 대상, '학생'으로 규정된다.

우리나라의 경우 중등학교의 취학률이 높고 취학연령이 비교적 일정하다보니[2] 청소년은 곧 학생이라는 등식이 더욱 자연스러운 것으로 받아들여져, 청소년 개념은 학생 개념에 종속되고 학생이라는 신분의 요구가 청소년들의 일상생활을 거의 전면적으로 지배하기에 이르렀

1) 한준상, 『청소년학 연구』, 연세대학교출판부, 1999, 10면.
2) 조용환, 「청소년연구의 문화인류학적 접근」, 『한국청소년연구』 제14호, 한국청소년개발원, 1993, 6면.

다.[3] 청소년은 점차 학교를 벗어난 자아를 상상하기 어렵게 되었다.[4] 그러나 '학생'과 '청소년'은 분명 다른 정체성을 가진다. '청소년'에는 '학생'이라는 신분으로 다 담아낼 수 없는 복합적인 측면이 존재한다.

조한혜정은 한국근대사에서 청소년 정체성의 변천과정을 세 단계로 정리하였다. 첫 번째 시기는 청소년이 '학생'이라는 정체성을 막 취득하던 60, 70년대, 두 번째는 청소년 정체성이 학생의 정체성과 완전 동일시되던 80년대, 그리고 세 번째 시기는 소비 자본주의 시대에 청소년들이 하나의 소비 세력으로 부상하면서 서서히 '학생'의 정체성을 벗어나는 90년대이다.[5] 즉 학생과 청소년이 등가로 취급되던 관행이 변화를 맞은 것은 1990년을 전후한 시기였다. 90년대 들어 청소년을 '학생'의 신분에서 해방시켜 새로운 정체를 부여하려는 각계의 다양한 노력들이 나타났고, 이와 관련된 담론도 폭발적으로 증가한다.[6]

---

3) 조용환, 「학교 구성원의 삶과 문화」, 『교육학연구』 33권 4호, 한국교육학회, 1995, 83면.

4) 청소년은 그 정체(identity) 자체가 매우 불확실한 집단이다. '아동과 성인 사이'라는 개념의 기준이 연령인지, 발달수준인지, 법률적 권리나 책임관계인지도 명확하지 않다. 일반적으로 연령을 고려한 규정일 것이라고 생각하지만 '청소년기본법'에서는 9세 이상 24세 이하, 근로기준법은 18세 미만, 도로 교통법 등에서는 18세 등 차이가 많다. 법률마다 규정 연령이 다르다는 것은 '청소년'이 결코 생물학적 나이를 근거로 한 보편의 개념이 아니라는 것을 말해 준다. 현재 우리사회에서 통용되는 가장 일반적인 청소년 개념이라면 '1318'라 일컫는 연령집단을 의미한다. 그 시기가 보통 중고등학교에 재학하는 연령과 겹치다보니 청소년은 곧 중고등학생이라 인식이 고착되었다. (원용진 외, 「청소년주의와 세대 신화」, 『한국언론정보학보』 제36호, 한국언론정보학회, 2006, 339- 341면 참조.)

5) 조한혜정, 「청소년 '문제'에서 청소년 '존재'에 대한 질문으로」, 조한혜정 · 양선영 외, 『왜 지금 청소년』, 또하나의문화, 2002, 91면.

6) 90년대에 청소년에 대한 관심이 증대된 이유는 다음과 같다. 먼저, 이 시기에 민선정부가 등장하고 문화 전반에 포스트 모던한 변화가 일면서 여성, 어린이, 청소년 등 사회적 약자에 대한 관심이 증대되었다. 둘째, 미성년노동에 대한 규제가 강화되

일각에는 여전히 청소년을 '문제 집단'으로 바라보고 그들에 대한 억압과 통제를 고수하려는 움직임이 남아있었지만, 전반적인 사회 인식은 청소년의 권리증진과 자율성의 보장 쪽으로 전환되어 갔다.

특히 당시로서는 다소 급진적이라 할 정부 주도의 여러 청소년 정책은 '문제 학생'에 대한 '선도, 보호, 규제' 중심에서, '전체 청소년'의 '잠재력 계발'로 정책의 무게를 옮기는 패러다임의 전환을 보여주었다. '청소년 문제에서 청소년 존재로'[7] 사회적 관심이 이동하게 된 것인데, 그런 의미에서 90년대는 청소년이 학생의 정체를 벗고 자기 정체성을 획득한 청소년의 '재발견의 시대'라 부를 만하다. 이제 청소년은 스쳐지나가는 '과도적 세대'나 미래를 준비하는 '사이의 존재'가 아니라 그 자체 의미 있는 '현재적 존재'가 된 것이다.

인류가 존재하는 한 청소년은 존재했고 문학이 존재하는 한 청소년은 문학작품을 읽어왔다.[8] 하지만 '청소년문학'은 '청소년'을 전제로 한다. '청소년기'의 고유성을 인정하지 않는 사회에서는 '청소년소설'이 창작될 수 없다는 이야기이다. 그러므로 한국 사회에서 1990년대

고 교육기간이 확대되면서 청소년이라 부를 세대가 수적으로 크게 증가하였다. 이들이 무시할 수 없는 사회적 세력으로 부상하면서 그에 대한 연구의 필요가 대두되었다. 셋째, 이들 '신세대'가 90년대 상품 시장의 새로운 소비주체이면서, 디지털시대의 문화를 향유하는 주도적 계층으로 부상하면서 그들을 이해하는 것이 사회적으로 긴급한 사안이 되었다. (조한혜정, 위의 논문, 94-96면 ; 오석균, 「청소년과 청소년 문학에 대한 소고」, 『한어문교육』 22집, 한국언어문학교육학회, 2010. ; 이광호, 「한국 청소년정책 패러다임 전환에 따른 청소년활동의 의미 변화와 전망」, 『청소년시설환경』 1권, 한국청소년시설환경학회, 2003 등 참조.)

7) 정유성, 「청소년문화 담론 형성을 위한 시론」, 『한국청소년연구』 제28호, 한국청소년개발원, 1998, 33면.

8) 김경연, 「청소년문학이란 무엇인가?」, 국립어린이청소년도서관(편), 『어린이 책에 대한 이해』, 국립어린이청소년도서관, 2007, 23면.

청소년 담론이 청소년 '존재 자체'로 이동하였다는 것은 한국문단에 청소년소설이 발현할 기초가 마련되었다는 의미이다. 특히 '80년대의 청년문화'와 구분되는 하위문화로서의 청소년 문화가 90년대를 기점으로 발흥하면서 청소년소설 창작의 토양이 준비되었다. '청소년의 발견'이 '청소년소설의 탄생'으로 이어지게 된 것이다.

청소년문학에 대한 논의는 1986년에 처음 시작되었다. 이재철은 청소년문학의 필요성을 제기하면서, 청소년문학을 "기성작가에 의해 쓰인, 청소년을 대상으로 한 문학"이라 정의했다.[9] 이는 청소년문학의 초기의 논의가, 아동문학이 아동을 위한 문학이듯 청소년문학을 '청소년을 위한' 혹은 '청소년이 읽는 문학'이라고 쉽게 정의했음을 알려준다. 이 정의는 오랫동안 여러 연구자들에게 그대로 유지되었다. 그러나 '청소년이 읽는', 혹은 '청소년이 읽을 만한'이라는 개념 규정은 그 경계를 지나치게 느슨하게 설정하여 오히려 청소년문학의 존재 의의를 부정하게 할 수 있었다. 아동과 달리 청소년, 특히 십대 후반의 청소년은 성인과 다름없는 인지적 능력을 갖추고 관심 분야 역시 광범할 수 있다는 점에서 '청소년이 읽을 만한 문학'이라는 설정은 곧 일반문학 전체를 포괄할 수 있기 때문이었다.

이재철 이후 '청소년 주인공의 삶을 다룬다'는 것과 '청소년을 내포독자로 설정하고 쓴 작품'이라는 주장이 추가되는데,[10] 여기에서 청소

---

9) 이재철, 「청소년문학론」, 『봉죽헌 박봉배박사 회갑기념 논문집』, 봉죽헌 박봉배박사 회갑기념논문집 간행위원회, 1986.

10) 독일의 클링베르크(Klingberg)는 청소년문학이라는 개념을 다섯 가지로 규정하는데 그 중 두 번째가 '특별히 청소년들을 위해서 쓰인 문학'이라는 것이다. 이렇듯 현재 대체로 청소년문학은 광의적으로는 청소년이 읽는 작품으로, 협의적으로는 청소년 독자를 겨냥한 문학으로 정리되어 있다. (조영효, 「독일의 청소년문학

년문학의 가장 첨예한 쟁점이 생성된다. '청소년의 삶을 다루는 문학'이라면 곧 성장소설 아니냐는 것이다. 청소년문학과 성장소설과의 변별을 묻는, 혹은 청소년소설의 독립 장르로서의 자격을 묻는 이 질문은 이후 청소년문학을 논의하는 과정에서 피해갈 수 없는 쟁점이 되었다.

초기에는 청소년소설의 장르 논의가 규범적으로 시작될 수밖에 없었다. 아직 장르적 특징을 추출할 작품군과 작가군, 그리고 연구 성과 등이 두텁지 못했기 때문이었다. 그러나 양적인 성장이 일정 정도 이루어져 청소년소설의 현실을 통계적이고 실증적으로 추적할 수 있게 되면서, 성장소설과 대비되는 청소년소설의 고유한 경향성을 포착할 수 있게 되었다. 그래서 시작된 것이 성장소설과 관련한 '회고성/당대성 논쟁', 달리 표현하면 '경험자아와 서술자아 사이의 거리'의 문제이다.

성장소설은 사건이 발생하고 시간이 경과한 후에 성인이 된 서술자아가 과거를 회상하는 반성적인 구조를 취한다.[11] 즉 경험행위와 서술행위 사이의 시간적 거리로 인해 시간구조가 이중적이라는 것인데, 본질적인 문제는 이 경험자아와 서술자아 사이의 간극으로 인해 서술자아의 일방적인 '시선' 아래 경험자아가 대상화된다는 점이다. 청소년소설은 이에 비해 경험과 서술 사이에 시간차 없이 '서술자로서의 경험자아'가 직접 사건을 경험하면서 그 경험을 중개한다는 점에서 서술효과가 다를 수밖에 없다. 여기서 중요한 것은 회상이냐 현재형이냐 하는 '시간적 거리'의 문제가 아니라 '시점의 문제'이다. 즉 두 장

소고」, 『독어교육』 제1집, 한국독어독문학교육학회, 1983, 65면 참조.)
11) 최현주, 『한국 현대 성장소설의 세계』, 박이정, 2002, 126-146면 참조.

르의 변별은 청소년인물이 직면한 고민과 갈등이 주체적 시각으로 해석되고 있는가의 여부, 그리고 서술 주체가 경험자아를 대상화하는가 혹은 주체화하는가의 문제라고 할 수 있다.[12] 오세란은 이에 대해, 청소년소설은 청소년을 대상화하여 바라보던 성장소설의 '시선'에서 청소년이 바라보는 '응시'의 차원으로 시점이 전환된 것이라고 정리한다.[13] '바라보는 주체'가 성인인 성장소설이 청소년을 타자화하고 대상화하였다면, 청소년소설에 이르러서는 청소년이 '대응하는 타자'로서의 '대항적 응시'의 위치를 점하게 되었다는 진단이라고 할 수 있다.

이런 논의는 한편으로 청소년소설과 성장소설이 그만큼 친연적이라는 사실을 증거하는 것이기도 하다. 청소년소설의 정체성 논의에서 '성장'이란 요소를 피해갈 수는 없는데, 대부분의 청소년소설은 성장소설이기도 하기 때문이다.

본고는 청소년소설이란 내적인 형식이나 내용으로써가 아니라 독자의 특수성 측면에서 그 실체에 접근해야 한다[14]는 주장을 받아들인다. 따라서 대체로 성장소설이 청소년소설의 본질에 가장 가까운 장르이지만, 애초 분류체계가 다른 청소년소설과 성장소설을 동일하게

---

12) 오세란, 『한국 청소년소설 연구』, 청동거울, 2013, 109, 208면 참조.
가령 청소년소설 정유정의 『내 인생의 스프링캠프』는 성인이 된 회상자아가 80년대 청소년기에 겪었던 사건을 되돌아보는 회상의 구조를 취하고 있지만, '회고담이 아니라 흔치 않은 여행모험담'(원종찬,「우리 청소년문학의 발전 양상」,『창비어린이』제27호, 창비어린이, 2009, 217면)으로 평가받는다. 과거 회상의 액자구성을 취하면서도 경험자아를 '현재의 청소년 주체'로 불러내어 청소년독자와의 정서적인 거리감을 희석시킨 작품이기 때문이다. 이는 단순히 회상 구조를 기준으로 청소년소설 여부를 기계적으로 재단할 수는 없다는 것을 보여준다.

13) 오세란, 위의 책, 208면.

14) 조은숙, 「풍문 속의 청소년문학」, 『창작과 비평』 제148호, 창비, 2009. 474면.

바라볼 수는 없다는 입장이다.[15] 즉 청소년소설은 청소년을 '대상'으로 하는 소설이요, 성장소설은 성장을 '주제'로 하는 소설이라는 점에서 범주의 층위가 다르다.[16] 따라서 본고에서 청소년소설을 성장소설로 지칭할 경우, 그것은 '청소년성장소설'의 의미가 될 것임을 미리 밝힌다.

아직도 우리의 청소년소설에는 그 태생을 둘러싸고 출판사의 '기획된 상품'일 뿐이라는 의심의 시선이 남아 있다. 따라서 청소년소설 연구는 일종의 '인정 투쟁'[17]의 성격을 띤다. 이는 청소년소설이 스스로 실체규명을 통해 독자적인 미학성과 장르로서의 불가피성을 설득해야하는 장르 초기의 불리한 위치에 있기 때문이다. '청소년문학'은 아직 사전에도 등재되지 않은 신조어[18]이다. 역사가 일천하다 보니 청소년소설은 스스로 장르의 규칙을 창조해가고 있는 중이다. 앨래스테어 파울러(Alastair Fowler)는 "장르의 특징은 변하는 데 있다"고 말했다.[19] 문학 장르의 안정성은 그렇게 확고한 것이 아니어서 개별 작품이 추가될 때마다 기존 장르는 변형되고 재창조된다는 뜻이다. 청소

---

15) 청소년소설이 청소년독자를 대상으로 하는 소설을 지칭한다면, 청소년소설의 하위장르로서 청소년추리소설, 청소년심리소설, 청소년역사소설, 청소년애정소설, 청소년명랑소설 등이 다 가능할 것이다. 그렇다면 성장소설 역시 청소년소설을 구성하는 하위장르로서 청소년성장소설이라는 위치를 점할 수 있을 뿐이다. 즉 청소년소설은 성장소설보다 더 넓은 함의를 가진다.

16) 오세란은 그런 점에서 청소년소설은 전통적인 성장소설의 주제나 형식, 철학에 비해 훨씬 더 넓은 스펙트럼을 가진다는 것, 근대의 가치인 성장이라는 주제에 청소년소설을 한정할 수 없다는 것, 청소년소설은 근대와 탈근대의 철학을 모두 품을 수 있는 넓은 개념의 장르임을 강조한다. 오세란, 앞의 책, 106면.

17) 소영현, 「청소년 문학이 질문해야 할 것들」, 『작가세계』 84호, 작가세계, 2010, 348면.

18) 조은숙, 앞의 논문, 472면.

19) 페리 노들먼, 김서정(역), 『어린이 문학의 즐거움』, 시공주니어, 2001, 303면 재인용.

년문학 역시 이 점에서 마찬가지로, 그 개념 정립은 작품들이 쌓이면서 일정 부분 해결될 것이다.[20)]

본고는 우리의 대표적인 청소년소설을 라캉의 이론을 빌어 분석할 것이다. 이는 청소년소설을 둘러싼 논의가 아직도 청소년소설의 범주나 장르 규정, 성장소설과의 관계 설정 등에 치우쳐 개별 작품의 심도 있는 분석으로 이어지지는 않았다는 문제의식에서 출발한다. 물론 여전히 청소년문학을 둘러싸고 범주 또는 용례에서 정치한 이론이 완성되지 못했다는 점을 부인하지 않는다. 그러나 청소년소설이 스스로를 존재 증명해야 했던 초기의 열악한 사태는 많이 지났으며, 이제는 작품의 내적 성취를 가늠하는 질적 평가가 병행되어야할 때가 되었다고 본다.

원론적인 지적이지만 청소년소설의 정당성은 질 좋은 작품의 생산과 유통으로 확보될 수 있다. 문학이 종국은 문학성으로 말해야 하는 것처럼 청소년소설 역시 마찬가지이고, 청소년소설의 비평 또한 작품성과 미학성에 기반한 질적인 평가로 이루어져야 한다. 지금까지 개별 작품에 대한 질적 논의가 전혀 없었다는 것은 아니다. 그러나 대부분 서평 형식으로 가볍게 다루어졌고, 몇 편의 본격 연구도 『완득이』를 비롯한 한두 작품에 국한되거나 주제나 내용에 따른 유형분석 등에 치우쳐, 다양한 방법론을 동원한 일반문학의 연구에 비해 치열성이 부족했던 것이 사실이다.

---

20) 박일환, 「청소년문학의 현황과 과제」, 『내일을 여는 작가』 제55호, 한국작가회의, 2009, 102면.

본고는 우리나라 청소년소설 다섯 편을 '인물의 주체화'라는 관점에서 분석한다. 분석의 도구로 라캉의 주체이론을 활용하는데, 그 중에서도 특별히 '아버지의 이름'을 근거삼아 주체의 양상을 살핀다. 아이가 사회 내 주체로 성장하는 과정에서 '아버지'가 차지하는 역할이 그만큼 지대하기 때문이다. 선정된 다섯 편의 텍스트 『완득이』, 『위저드 베이커리』, 『열일곱 살의 털』, 『나는 아버지의 친척』, 『모두 아름다운 아이들』은 '아버지의 이름'이 서사의 갈등구조와 인물의 성장과 주체화 과정에 비중 있는 역할을 담당하는 소설들이다. 따라서 이들 작품의 인물들이 보여주는 다양한 증후들을 '아버지의 이름'의 수용이나 거부, 저항으로 바라보면 기존의 분석틀로 발견하지 못한 다양한 의미를 추출할 수 있을 것이다.

2. 연구사 검토

청소년과 청소년문학에 대한 관심과 필요가 대두되고 작품이 창작되기 시작한 시기는 대략 1990년대 중반 이후이다. 그러나 채 10년이 되기 전 2000년대 중후반에 이르면, 가히 비약이라 부를 만큼 다양한 작품이 쏟아지고 이에 맞춰 비평 담론도 활발하게 생산되기 시작한다. 특히 이 낯선 장르를 어떻게 규정하고 어떻게 수용할 것인가를 두고 열띤 논의가 전개되었다. 그러나 작품 수가 적고 이론 역시 빈곤한 상태에서 단기간 내에 이루어진 연구는 깊이를 획득하지 못하고 한두 가지 논쟁에 집중하거나 몇 가지 유형의 경향성을 짚어내는 시사적인 촌평 형식에 머문 경우가 많았다.[21] 여기서는 본고가 텍스트로 삼은 청소년소설 다섯 편을 중심으로 그간의 연구를 검토한다.

먼저, 『완득이』에 대한 기존 연구는 주로 소설의 '갈등의 해결방식'과 '주인공 성장의 주체성 여부'를 중심으로 이루어졌다. 그중 가장 자주 언급되는 것이 갈등의 해결방식을 둘러싼 '낭만성' 논란이다. 이는 '동화', '판타지', '유토피아' 등으로 표현을 달리하며 여러 연구에서 반복해 거론되는데[22] 다문화 관점의 논의들에서 특히 그러하다.

허정은 『완득이』가 우리사회 다문화인이 겪는 차별 현상을 잘 포착하고 있으나 여전히 한국인과 다문화인 사이의 위계를 극복하지 못하고, 특히 결말의 '낭만성'이 갈등의 실재를 은폐하고 있다고 비판한다.[23] 정선주는 주인공 완득이에게는 다문화 가정 십대에게 가지는 우

---

21) 그런 의미에서 청소년소설 전반을 개괄적으로 다룬 오세란의 저작은 청소년소설 연구에 있어 아주 중요하고도 독보적이다. 이 연구는 그간의 논의를 집대성하고 청소년소설 전반의 쟁점을 이론적으로 보강한 본격적인 이론서라 부를 수 있다. 오세란, 앞의 책.

22) 영화 〈완득이〉에 대한 연구는 양과 성과의 면에서 소설 『완득이』를 능가한다. 낭만성에 대한 지적은 영화 〈완득이〉 연구에서도 반복된다. 가령 계운경은 영화 〈완득이〉가 대중성을 확보하기 위한 전략으로 '웃음의 효과'와 '낭만적인 시선'을 이용했다고 본다. 그리고 그 두 전략으로 말미암아 사회 변화를 촉구하는 강한 메시지에도 불구하고 관객을 사회참여자로 이끌지 못했다고 지적한다. 윤상현의 주장도 핵심에서는 궤를 같이 한다. 그는 영화 〈완득이〉가, '그들'을 보호와 관용이 필요한 수동적인 존재로 그리고 있고, '우리'가 그들을 포용하는 긍정적인 양상만 부각시켜 문제의 본질을 피해간다고 비판한다. 송재영도 영화 〈완득이〉를 '조화로운 사회에 대한 환상'으로 규정짓는다. 다문화주의는 차이를 인정하는 데에서 시작되는데, 〈완득이〉의 세계에서 타자들은 타자성을 버리고 쉽게 '동일화'되면서 그 세계는 '유토피아'가 되었다는 것이다. (계운경,「〈완득이〉의 상업전략과 사회질서의 유지、재생산」, 『한국콘텐츠학회논문지』 13권 5호, 한국콘텐츠학회, 2013. ; 윤상현, 『한국 영화 속 이주민의 재현에 대한 연구』, 경희대 석사학위논문, 2014. ; 송재영, 『한국 다문화 사회의 이중성』, 경희대 석사학위논문, 2012.)

23) 허정, 「『완득이』를 통해 본 한국 다문화주의」, 『다문화콘텐츠연구』 12집, 중앙대

리의 '판타지'가 투영되었다고 지적한다.[24] 김예림은 이 소설이 나름 타자의 윤리를 제시하고 있으나, 그 타자들을 약하고 선하게, 그래서 보호받아야 하는 '무공해적 타자'로 그려내면서 진부하고 상습적인 타자 표상을 재생산한다고 진단한다.[25] 강유정은 『완득이』가 취한 화해적 결말이 인공적이며, 소설 속 세상은 현실에 존재하지 않는 '유토피아'나 인공낙원뿐이라고 주장한다.[26] 김종헌도 『완득이』의 '낭만적인 현실인식'을 비판하면서, 특별히 완득이가 '낭만적'인 조력자 동주에 의해 수동적으로 주체가 되어버린 인물임을 문제 삼는다.[27]

완득이의 성장에 관여하는 동주의 역할에 대해서도 해석이 다양하다. 김명순은 완득이의 곤란이 자신의 노력이 아니라 동주에 의해 해결되는 방식을 문제 삼는다. 그래서 현실적 고통을 대면하지 않고 주변의 배려로 길을 찾는 완득이를 훼손되지 않은 세계에 사는 '동화적' 인물이라고 규정한다.[28] 김화선 역시 완득이의 성장이 타인의 주도로 이루어지면서 성장 과정의 진지함이 사라진 점을 비판하고,[29] 그 성장의 주도권이 동주샘에 속하는 모순을 지적한다.[30] 이에 반해 김지형은

학교 문화콘텐츠기술연구원, 2012.

24) 정선주, 「소설 『완득이』를 통해 본 한국사회의 다문화 판타지 고찰」, 한양대 석사학위논문, 2014.

25) 김예림, 「'존중' 없는 사회의 대중문화, 그 욕망과 미망에 대한 단상」, 『문학과 사회』 제98호, 문학과지성사, 2012.

26) 강유정, 「장르로서의 청소년소설」, 『세계문학』 34권3호, 2009.

27) 김종헌, 「청소년소설의 현실 반영과 인물의 내적 성장」, 『아동문학평론』 제133호, 아동문학평론사, 2009.

28) 김명순, 「청소년소설의 문학적 성격과 문제점」, 『현대문학이론연구』 36권, 현대문학이론학회, 2009.

29) 김화선, 「청소년문학에 나타난 '성장'의 문제-김려령의 〈완득이〉를 중심으로」, 『아동청소년문학연구』 제3호, 한국아동청소년문학학회, 2008.

30) 김화선, 「성장에 이르는 세 갈래 길」, 『아동문학평론』 제133호, 아동문학평론사,

오히려 완득이가 자기 성장을 위해 주체적으로 타자의 조력을 유도했다고 주장한다. 다만 그때 완득이가 취한 전략은 '순진한 학생'이라는 것인데, 이는 기존 권위의 테두리 안으로 자신의 주도성을 스스로 제한하는 태도라고 보았다.[31)]

이러한 연구들은 동주 선생의 조력을 어떻게 보느냐에 따라 완득이의 성장이 갖는 진정성이 달라질 수 있다는 것을 보여주는데, 이는 앞서의 낭만성 지적과 다른 맥락이 아니다. 완득이가 마주한 불운과 모순이 정의롭고 힘 있는 어른의 주도로 쉽게 해결되면서, 그것들은 소재나 배경으로 기능할 뿐 주인공의 성장을 지체시킬 갈등요소가 되지 못한다. 즉 조력자의 등장이 결핍과 갈등을 쉽게 해소하게 되면 서사의 결말은 독자의 불편을 최소화한 채 따뜻하고 낭만적으로 마무리되는 것이다. '조력자'와 '낭만적 결말'은 독립적인 것이 아닌 것이다. 그래서 정혜경은 『완득이』의 세계가 '낭만적'인 이유를, '적대자는 없고 오직 따뜻한 어른들'로 둘러싸인 자족적인 세계인 탓이라고 보았다. 그는 이를 청소년소설 전체의 문제로 확대하면서 청소년소설이 결말을 화해로 마무리하려는 강박과 교육적 관점을 포기하지 않는 한 계속될 문제라 비판하였다.[32)]

이밖에도 『완득이』의 다문화교육 텍스트로서의 활용성 측면을 다

2009.

31) 김지형, 「순진함으로서의 '학생' 표상 고찰」, 『한국아동문학연구』 제16호, 한국아동문학학회, 2009.

32) 정혜경, 「이 시대의 아이콘 청소년(을 위한) 문학의 딜레마」, 『오늘의 문예비평』 통권71호, 오늘의 문예비평, 2008.

룬 연구[33], 그 상업적인 성공을 출판환경의 측면에서 다룬 연구[34] 등도 있다.

최근 『완득이』를 정신분석적으로, 특히 아버지와 관련하여 다룬 오세란의 연구[35]는 본고와는 여러 면에서 일치한다. 저자는 완득의 친아버지를 '상상적 아버지'로, 동주샘을 '상징적 아버지'로 설정하고 완득이가 이 '두 아버지를 통합한 아버지'를 동일시의 대상으로 삼아 성장해간다고 보고 있다. 이때 동주샘이 초자아로 기능하지만, 완득의 성장에서 우위를 점하는 것은 친아버지인 '상상적 아버지'라고 해석하였다. 그러나 이론적으로 '상상적 아버지'는 아이의 성장을 도와 아이를 상징계로 이동시킬 수 없다.[36] 또한 완득이가 성장하려면 어린 시

---

33) 청소년소설이라는 점에서 『완득이』가 가지는 다문화교육 텍스트로서의 효용성에 주목하여 본격적인 실제 수업안을 제시하는 연구로는 김미영, 김혜영의 논문과 많은 석사논문들이 있다. (김미영, 「다문화 사회와 소설교육의 한 방법 -김려령의 『완득이』를 중심으로」, 『한국언어문화』 42권, 한국언어문화학회, 2010 ; 김혜영, 「다문화 시대의 독서 교육 : 『완득이』를 중심으로」, 『사고와 표현』 4권2호, 한국사고와표현학회, 2011) 다문화 소설로 접근한 것은 아니지만 특별히 이동주라는 교사상, 교사의 역할에 주목 한 연구도 있다. (신수정, 「2000년대 청소년소설에 나타난 교사와 학생 간의 소통 윤리: 『완득이』, 『열일곱 살의 털』을 중심으로」, 『아동청소년문학연구』 제11호, 한국아동청소년문학학회, 2012)

34) 소영현, 「북 쇼핑 시대의 문학, 〈완득이〉라는 낯선 영토」, 『작가세계』 통권78호, 작가세계, 2008. ; 최성일, 「완득아, 너 잘 만났다」, 『새얼문화재단』 통권62호, 황해문화, 2009.

35) 오세란, 「『완득이』의 정신분석적 접근 - 아버지와의 관계를 중심으로」, 『어문논총』 제29호, 한국어문학연구소, 2016.

36) 라캉이 생각한 '상상적 아버지'란 '상징적 거세에 종속되지 않는 예외적인 존재'로, 프로이트가 말한 '원초적 아버지'에 상응하는 일종의 상상적 '전능자'의 모습이다. 따라서 그는 모든 면에서 뛰어난 아버지, 이상형으로서의 아버지이기도 하다. (페터 피트머, 홍준기 · 이승미(역), 『욕망의 전복』, 한울, 2009, 153면과 홍준기, 『라캉과 현대철학』, 문학과지성사, 1999, 258면 참조.) 그런 점에서 완득이가 어린 시절에 '왜소한' 아버지를 동일시의 대상으로 삼을 수 없어 트라우마를 겪었

절의 트라우마를 해결하고 아버지와 화해하는 과정을 거쳐야한다는 점에는 동의하지만, 그것이 왜 '상상적 아버지와의 동일시'를 통해 이루어지는 것인지 해명되지 않는다. 동주샘 대신 친아버지를 동일시한다고 보는 이 해석은, '착한 완득이'가 불행한 생부를 배신하지 않게 하려는 '비평적 고려'라고 생각된다.

본고는 기존 연구들이 지적해온 서사의 '낭만성'을 인정하면서 그런 낭만성을 초래한 '원인'을 추적하고자 한다. '낭만성'이 완득이의 막연한 현실인식과 무관하지 않다는 인식에서 출발한다. 완득은 자신을 둘러 싼 모순된 환경에서도 문제를 문제로 인지하지 못하고, 제대로 분노하거나 제대로 욕망하지도 않는다. 이러한 '증상'을 '아버지의 이름'으로 조망하면, 단순히 '불우한 명랑 소년'으로 전형화할 수 없는 완득의 복잡한 내면이 드러나게 되며 작품의 결말 역시 '낭만적'이라고 단언하기 어려운 다층적인 의미를 생산하게 될 것이다.

『위저드 베이커리』에 대한 평가는 주로 '기존 청소년문학의 상투성을 극복한'[37] 참신성에 기반하여 이루어졌다.[38] 그 참신성 중 하나는

다고 해석하면서, 친부를 이상적인 '상상적 아버지'로 설정하는 것은 이론적으로 모순된다. 또 한 가지, 오세란은 완득의 성장이 라캉의 주체화단계, 혹은 프로이트의 발달단계에서 어디에 속하는지 명확하게 명시하지 않는다. 다만 '상징계 진입 전', 혹은 '상징계에 진입하는 전 과정 중 일부'라는 모호한 표현을 사용한다. '남근기를 온전히 겪지 못했다'고도 하고 '청소년기의 최종 지점에서 훨씬 하위단계에 위치한 아이 상태'라는 표현을 사용하기도 한다. 이미 '상상적'이라는 라캉적 용어를 사용하고 있으므로 이 상태를 '상상계'라고 설정하면 논의가 더 명쾌할 것이다. 하지만 이 경우 완득이에게는 이미 동주샘이라는 초자아가 형성되었기에, 완득이는 상징계에 진입하였다고 보아야 한다는 점에서 모순된다.

37) 정혜경, 「닫힌 결말 속의 인공 낙원」, 『창비어린이』 제26호, 창비어린이, 2009.

38) 참신성의 근거로 판타지적 기법의 도입, 화해와 봉합을 거부하는 결말의 특징, '성장'이라는 가치를 배반하는 반(反)성장서사의 가능성 등이 거론되었다. 이 밖에도 가족 판타지의 거부, 낭만적인 세계인식의 회피 등도 거론된다. 이런 요소는 『완득

청소년이 선호하는 판타지라는 장르 소설적 요소를 활용[39]한 점이다. 청소년소설 테두리 밖에서 창작되고 읽히던 판타지가 드디어 청소년문학의 영역으로 들어온 최초의 작품이라 할 만한데[40] 이 작품에 대한 청소년독자들의 환호에는 이런 기법의 차용이 큰 몫을 했을 것이다.

그런데 이 소설에서는 특이하게도 판타지가 구원이나 문제해결의 방도로 활용되지 않는다. 즉 환상이 개입했다 하여 (작품의 또 다른 특징으로 지적되는) '지나치게 어두운' 현실이 완화되지도 감춰지지 않는다는 것이다. 그래서 원종찬은 이 소설을 마법이 오히려 차가운 현실법칙에 눈을 뜨게 만드는 특이한 판타지라 평하고[41] 나병철도 환상을 개인의 욕망을 해결하는 사적 차원이 아니라 세계의 조화라는 공적이고 윤리적 차원의 도구로 이용했다는 점을 중요하게 평가한다.[42] 오세란 역시 판타지가 주인공이 감내해야 할 비극성을 해소하지 않는다는 사실을 특징으로 지적하였다.[43] 그밖에도 가족의 유지나 가족주의적 가치를 절대화하지 않았다는 점, 결말에서 성장의 성취라는 청소년소설의 목적의식을 탈피했다는 점 등도 기존 청소년소설과 차

이』 이후의 '명랑과 화해'라는 청소년소설의 전반적인 편향성을 고려했을 때 분명 낯설고 참신한 시도라고 할 수 있다.

39) 실제 청소년 독서의 대부분은 판타지나 무협물이다. 청소년들이 전반적으로 독서를 기피하지만 대부분의 중고등학교 도서관, 심지어 대학교에서도 대출 순위 1위는 판타지 소설이라고 한다. (김명순, 「광폭한 현실, 미약한 환상」, 『아동문학평론』 제133호, 아동문학평론사, 2009, 26면 참조)

40) 이후 판타지, SF 등의 장르소설이 청소년문학에 적극 도입된다. 배미주 『싱커』(2010), 듀나 『아직은 신이 아니야』(2013), 구병모 『방주로 오세요』(2012), 『피그말리온의 아이들』(2012) 등이 그런 작품들이다.

41) 원종찬, 앞의 논문, 223면.

42) 나병철, 「청소년 환상소설의 문학교육적 의미와 '가치의 세계'」, 『청람어문교육』 42권, 청람어문교육학회, 2010.

43) 오세란, 앞의 책, 211면.

별되는 지점으로 자주 거론된다. 그러나 정혜경은 이런 평가에 대해 이 소설이 가족이 흩어지고 주인공은 집을 떠나는 등 가족 경계 밖에서 다른 가능성을 찾는 외양을 취하고 있지만, 마법사 '아버지'가 세속의 아버지를 능가하는 강력한 아버지의 기호라는 점에서 결국 주인공이 오이디푸스 구조 자체를 부정하지 않는다고 지적한다. 또한 독자에게 N(no)과 Y(yes)라는 두 선택지를 제시하여 결말을 단정하지 않는 듯 보이나, N과 Y의 두 경우 모두 갈등이 극복되고 주인공은 균형 상태를 회복한다는 점에서 결코 열린 결말이 아니며 성장이라는 목표에서 자유로운 것도 아니라고 비판한다.[44] 한편 강유정은 이 소설이 현실을 지나치게 어둡게 그렸다고 지적한다. 지나친 비극성이 주인공을 갈등을 겪는 사실적 인물이라기보다는 작가가 자기 의도를 전달하기 위해 조형한 인물로 보이게 한다는 것이다.[45] 김명순 역시 판타지를 도입하지 않고는 해결이 불가능할 정도로 현실이 어둡게 설정됨을 문제 삼는데, 다른 한편으로 그 환상이 전체 구조와 유기적으로 연결되지 못하는 점을 비판하기도 하였다.[46]

이상에서 보듯 『위저드 베이커리』 연구는 다른 작품과의 관련 하에 글의 일부로 언급되는 정도로 분량과 심도 면에서 다소 미흡하다. 이 작품에 대한 단독 연구로는 김경애[47]의 것이 있다. 그는 이 소설이 평자들에게 혹평을 받는 이유가 평자들이 판타지의 도입을 청소년소설의 정통성이나 품격에 흠이 되는 것으로 판단할뿐더러 판타지 안에서

44) 정혜경, 앞의 논문, 2009.
45) 강유정, 앞의 논문.
46) 김명순, 앞의 논문, 아동문학평론사, 2009.
47) 김경애, 「한국현대청소년소설과 『위저드 베이커리』」, 『새국어교육』 제94호, 한국국어교육학회, 2013.

의 성장을 부정적으로 인식한 결과라고 진단하고 있다.[48] 또한 기존 청소년소설의 주인공이 대체로 '방황 후 귀가'라는 플롯을 취하는데 반해 이 작품의 주인공은 오히려 탈가를 통해 자기정체성을 획득하는 차이가 있다고 밝힌다. 또한 김명순과 마찬가지로 소설에서 마법들이 맥락적으로 연관되지 못하고 "에피소드처럼 산재되어 스토리의 결속력을 떨어뜨린다"고 지적하였다.

위의 논의들이 이 소설이 판타지 양식으로 서사적 재미를 획득하고 청소년소설을 엄숙함으로부터 해방시켰다거나, 비극적이고 섬뜩한 현실을 가족애라는 이름으로 혹은 청소년소설이라는 이유로 감추거나 돌려 말하지 않은 작가 태도를 높이 평가한 것 등은 온당한 지적이라고 할 수 있다. 그러나 판타지가 서사 자체에 별다른 역할을 하지 못한다는 주장은 납득하기 어렵다. 서사의 변곡점을 이루는 '몽마'라는 판타지적 체험을 주인공의 무의식 표출로 해석하게 되면, 그의 명백한 증상(말더듬증 등)의 원인이 해명되면서 서사 전체의 인과가 명확해지고 판타지 기법 차용이 적절했음이 증명될 것이기 때문이다. 또한 이러한 해석은 이 서사의 갈등요소를 단순한 적서 대립 이상으로 확장시켜, 독자에게 소설의 심층과 더불어 자신의 무의식을 들여다볼 기회를 제공할 것이다.

『열일곱 살의 털』에 관한 단독 연구는 전혀 없으며, 아래 연구에서 다른 소설과 같이 다루어진다. 그 평가는 대부분 긍정적이다. 원종찬

48) 이 주장과 달리, 판타지 도입을 비판하는 연구자는 거의 없다. 대체로 판타지를 도입하여 청소년소설의 경계를 확장했다는 긍정적인 평가가 주를 이룬다. 또한 소설의 결말이 성장인가 반성장인가를 두고 주장이 엇갈리기는 하지만 반성장으로 읽는 연구자들도 바로 그 점에서 청소년소설의 성장 공식을 탈피하려 한 적극적인 시도라고 긍정적으로 평가를 내리고 있다.

은 이 소설이 '두발 규제'라는 사소한 소재에서 출발하여, 주인공의 특이한 집안 내력을 거쳐 우리 사회 근대성의 뿌리까지로 의미를 확대한 점을 높이 산다. 청소년소설로서는 드물게 역사 · 사회적 문제의식, 상투적인 일탈형 청소년과 구별되는 '행동하는' 주인공에 대해서도 긍정적이다. 다만 그 참신한 소재가 시민적 권리라는 메시지로 소진되는 것을 아쉬워한다.[49] 김명순 역시 두발규제에서, 학교라는 권력기구의 속성과 부조리한 사회구조까지 주제를 확대해가는 것에 주목하고 이것이 기존 청소년소설의 사소설적인 경향성과 변별되는 지점이라고 본다. 특히 '무지르다' '슴벅대다' '보굿' '민날' 등의 우리말을 적절히 살려 쓴 작가의 노력을 높이 평가하는 한편, 성인(아버지)의 입을 빌어 주제의식을 직접 드러내는 등 여전히 청소년 독자를 계몽의 대상으로 삼는 한계도 동시에 지적한다.[50] 오세란은 이 소설에서 기존 성장소설과 달리 아버지가 청소년을 지지하는 새로운 존재로 등장한다는 사실을 중요하게 평가한다. 그러나 문제가 어른의 주도하에 마무리되는 결말에는 아쉬움을 표한다.[51] 소영현은 이 소설이 "재미와 교훈을 모두 갖추고" 있지만 어른이 기대하는 청소년상을 구현한 것을 문제 삼았다.[52]

이밖에 김지형은 주인공 일호가 사회를 향해 자신의 주체됨을 주장하고 있으나, 그 이면을 보자면 완득이가 그랬던 것처럼 '순진한 학생'으로 호명하는 사회 장치에 이미 포섭되어 있다고 주장한다.[53] 그러

---

49) 원종찬, 앞의 논문.
50) 김명순, 앞의 논문, 현대문학이론학회, 2009.
51) 오세란, 「완득이 이후」, 『창작과비평』 제148호. 창작과비평사, 2010년,
52) 소영현, 앞의 논문, 2010.
53) 김지형, 앞의 논문.

나 일호는 물론 일호의 증조부, 고조부까지 송씨 가문 오대의 행적을 '순진함'으로 치부하는 것은 무리라고 생각된다. 권력의 하수인으로서 일호의 고조부와 증조부가 행했던 폭력의 행적과, 후대 삼대의 저항은 소설 속에서도 대비적으로 배치되어 있다. 이를 나란히 '순진함'으로 묶어버리면 투항과 저항의 윤리적 차이는 사라져버린다. 일호의 외롭고 힘겨운 투쟁을 '우발적인 행동'으로 단정하고 이를 '순진함'이라 규정하는 것 역시 십대의 사회적 참여를 과소평가하는 것이라 생각된다.

본고는 송씨네 삼대가 세계의 모순에 눈을 뜨고 그 폭력에 대항해 가는 성장의 과정에 집중하여 논의를 이어갈 것이다. 대다수 연구가 일호가 만난 학교의 부조리와 그에 대한 저항만을 문제 삼으며, 또 다른 억압기제로서의 가정과 국가의 폭력성을 놓치고 있다. 본고는 이 세 권력과 그에 대한 저항의 문제를 '아버지의 이름'으로 접근하고, 인물들이 성취하고 또 실패한 지점을 헤아려 소설의 의미를 새롭게 규명할 것이다.

『나는 아버지의 친척』은 개별 연구는 물론 다른 소설과 함께 다루어진 논의도 찾기 어렵다.[54] 신간 소개의 형식으로 짧게 언급한 오세란의 「비행을 꿈꾸다」 정도만 눈에 띤다. 오세란은 이 작품이 '단단한 구

---

54) 이 작품에 대한 관심이 이토록 저조한 것은 『완득이』 출간 이전인 2006년 작품이라는 데에서도 이유를 찾을 수 있다. 한미화에 의하면, 2008년의 『완득이』 출간 이전에는 인터넷 서점에 '청소년소설'이라는 분야가 존재하지 않았다.(한미화, 「최근 출간된 청소년소설의 경향」, 『창비어린이』 제43호, 창비어린이, 2013, 20면) 즉 청소년소설이 창작되고는 있었지만, 장르에 대한 인식도 부족하고 청소년소설이라는 용어 자체가 낯설던 시기로, 개별 작품에 대한 진지한 관심을 기대하기 어려운 환경이었다. 연구자들의 관심부족을 이런 문단 상황으로 다 설명할 수는 없겠지만 하나의 요소로 참조할 수는 있을 것이다.

성과 문장'을 갖추어 문학적으로 높은 완성도를 보인다고 평가한다. 그러나 이 지나치게 모범적이고 보편적인 성장서사로써 개별화되고 다양화된 오늘날의 청소년독자를 설득할 수 있겠는가고 의문을 제기한다.[55)]

이 소설은 『나는 아버지의 친척』이라는 제목부터 아버지를 거론하고 있으며 아버지와의 관계 설정이 서사의 핵심이라는 점에서도 '아버지의 이름'으로 접근했을 때 작품의 진면목이 제대로 드러날 것으로 보인다. 주인공이 겪는 심적 갈등과 의식의 전환도 정신분석적 해석으로 그 의미가 더욱 선명해 질 것이다.

『모두 아름다운 아이들』에 대한 연구는 다른 청소년소설에 비해 상대적으로 풍부한 편이다. 먼저 성장소설과 관련해서는 김경수, 이선옥, 오석균, 오형엽 등의 연구가 있다. 김경수는 작품 속의 말하기와 글쓰기라는 행위와 그 기능에 주목한다. 불합리한 세계, 어른들의 몰이해, 의사소통이 불가능한 관계들 속에서도 등장인물들은 말하기와 글쓰기를 다리 삼아 위태로운 청소년기를 건넌다는 것이다.[56)] 이선옥은 학교라는 억압적인 기제에서 청소년들이 감내하는 고통의 현실을 지적하면서도 "왜냐 선생님의 『허생전』은 계속된다"는 구절을 통해

---

55) 오세란, 「비행을 꿈꾸다」, 『창비어린이』 제19호, 창비어린이, 2007, 105-106면. 가족문제를 언급하는 논문 속에서 잠깐 언급되기도 한다. 가령 최미령의 논문에서는 주인공이 아버지의 거짓과 위선에 대결하면서 성장하는 서사로 언급되고 (최미령의 『한국청소년소설에 투영된 가족 이데올로기 연구』, 카톨릭대학 석사학위논문, 2010) 박경희의 논문에서는, 두 주인공 미용과 준석의 대립을 '아버지 찾기'와 '아버지 지키기'의 투쟁으로 보고 '아버지 부재'가 청소년의 삶의 지표를 상실하게 하는 것으로 해석하고 있다. (박경희, 『한국 청소년소설 연구: 가족 분화와 인물의 자아 정체성 형성을 중심으로』, 전남대 박사학위논문, 2016.)

56) 김경수, 「성장소설의 새로운 모색」, 『문학과사회』 37호, 문학과지성사, 1997.

미완의 희망을 찾는다.[57] 오석균은 『모두 아름다운 아이들』의 문체나 사고의 단계가 청소년 대중의 수용능력을 넘어선다고 주장하고, 청소년소설이 독자의 눈높이에 맞는 표현과 기법을 고민할 것을 제안한다.[58] 오형엽은 성장소설의 관점에서 접근하면서도 작가의 전작 『낙타의 겨울』과 『모두 아름다운 아이들』 두 작품 사이의 연속과 변모의 양상을 추적한다. 『낙타의 겨울』에서 보인 해체의 전략이 한계에 부딪히면서 새로운 출구를 모색한 작품이 『모두 아름다운 아이들』이라는 것이다. 해체는 필연적으로 허무적인 세계관으로 귀착될 수밖에 없는데, 작가는 『모두 아름다운 아이들』을 통해 '상호주관성의 관계'라는 새로운 해법으로 구출되었다는 것이다.[59]

효용적인 측면의 논의로는 김명석의 글이 있다. 그는 『모두 아름다운 아이들』 중 「허생전을 배우는 시간」의 수업방식에 주목하고, 왜냐 선생이 진행하는 『허생전』 수업방식을 그대로 원용해 다시 실제 『허생전』 수업 모형을 구성해본다.[60] 소설 속 『허생전』 수업은 모든 교사가 꿈꾸는 수업 모델이라 할 수 있고, 이 부분이 발췌되어 여러 교과서에 실린 것도 그러한 수업방식을 활용해보자는 취지였다는 점에서 충분히 의미있는 시도라고 할 수 있다.

청소년문학의 관점에서 접근한 것으로는 김경애의 글이 있다. 그는

57) 이선옥, 「폭력적 질서의 공간, 그리고 길찾기」, 『창작과비평』 95호, 창비, 1997.
58) 오석균, 「청소년과 청소년문학에 대한 소고」, 『한어문교육』 22집, 한국언어문학교육학회, 2010.
59) 오형엽, 「관계의 해체와 상호주체성의 새로운 관계」, 『문학과사회』 10권1호, 문학과지성사, 1997.
60) 김명석, 「소설 교육과 독자의 내면화과정 연구; 최시한의 「허생전을 배우는 시간」을 중심으로」, 『국어교육연구』 제50집, 국어교육학회, 2012.

1996년 발표 당시 『모두 아름다운 아이들』이 청소년문학으로 평가되지 않았다는 사실을 의미심장한 사회적 현상으로 읽어낸다. 또한 이 작품을 통해 청소년문학의 범주 규정을 시도하기도 한다. 거기에서 '방황을 통한 봉합의 구조' '회고하는 서술자가 아닌 내부 인물의 시선' '서술자가 인물의 심리적, 인지적인 시점을 넘어설 수 없다는 점'을 청소년소설의 장르적 특징으로 도출한다.[61]

여타 청소년소설에 비하면 연구가 깊이 있고 다채로운 편이나, 이 작품이 이룬 문학적인 성취를 고려하면 아쉬운 감이 없지 않다. 성민엽이 지적했듯 청소년소설이니 교육소설이니 하는 고정관념과 이 소설이 가지는 문학사적인 위상이 그 밖의 깊이 있는 논의를 가로막은 것이라 생각된다.[62] 작가 자신도 본인이 "신경 써서 깔아놓은" 것들에 대해 "이야기해주는 사람이 없어" 서운하다고 토로한다.[63] 주인공이 성장을 방해하는 것들을 탐색해가는 과정, 무엇을 인식하고 표현하게 하는 말의 중요성 등이 자신이 "깔아놓은 것"이라고 스스로 밝히는데, 이는 라캉적 해석의 적절성을 보여주는 단서에 다름 아니다. 나아가 일기라는 내면 쓰기 형식, 인과적 판단을 거부하는 인물들의 행동, 교사를 향한 동일시와 모방의 심리 등도 정신분석적인 연구를 요구한다. 특히 왜냐 선생의 주문과 다른 길을 선택하는 주인공의 행위는 '아버지의 이름'으로 접근할 때 비로소 '차이를 만들어내는'[64] 독해가 가

61) 김경애, 「한국현대청소년소설과 『모두 아름다운 아이들』」, 『한국문학이론과 비평』 제51집, 한국문학이론과비평학회, 2011.
62) 최시한 · 성민엽, 「대담-진정한 자아를 세우기 위하여」, 『문학과 사회』 제37호, 문학과 지성사, 1997.
63) 최시한 · 성민엽, 위의 대담, 266면.
64) 어도선, 「라캉과 문학비평」, 김상환 · 홍준기(편), 『라깡의 재탄생』, 창비, 2002.

능해진다.

이상에서 살펴본 바와 같이, 위 다섯 편의 텍스트는 그 지명도나 청소년문학에서 차지하는 위상에 비해 연구가 대단히 빈약한 편이다. 언급한 연구들도 개개 작품에 대한 본격적이고 심층적인 연구라기보다는, 주제나 소재 혹은 발표 시기에 따라 작품 여럿을 한 지면에서 간략하게 거론하거나 서평 형식으로 나열한 인상비평적인 것들이 대부분이다. 몇 개 작품을 일정한 관점에서 조망한 석사 논문들이 없지는 않으나 이들 연구도 주제나 소재의 차원을 넘지 못하고 있다. 하나의 방법론에 기초하여 다수의 작품을 체계적으로 일관성 있게 분석한 연구는 찾기 어렵다. 진지한 연구를 위해서는 작품 개개에 대한 관심 못지않게 방법론에 대해서도 고민할 필요가 있다.

라캉이 "무의식은 언어처럼 구조화되어 있다"고 주장한 것처럼, 언어로 직조된 소설은 무의식의 구조를 담지하고 있다.[65] 청소년소설 또한 예외가 아니다. 따라서 본고는 정신분석적 이론 중 '아버지의 이름'을 도구삼아 기존 연구가 발견하지 못한 주인공의 무의식, 나아가 소설의 심층을 헤아려 청소년소설 연구의 지평을 확대 심화하고자 한다.

620면.

65) 프로이트는 무의식의 발견자는 자신이 아니라 앞서 간 시인들이었다고 말했다. 박찬부, 『현대정신분석비평』, 민음사, 1996, 78면.

3. 연구의 방법과 범위

본고는 우리나라 청소년소설 다섯 편, 『완득이』, 『위저드 베이커리』, 『열일곱 살의 털』, 『나는 아버지의 친척』, 『모두 아름다운 아이들』을 라캉의 주체개념으로 분석하고 그 의미와 성과를 해명할 것이다. 본고가 라캉의 이론을 분석의 틀로 선택한 것은 아래의 세 가지 이유에서이다.

첫째는 라캉은 '주체의 죽음'을 논하는 현대철학의 조류에서 주체를 탐구한 드문 철학자이기 때문이다. 현대철학자들에게 주체란 자명한 출발점도, 통일적이고 자립적인 중심도 아니다. 오히려 외부의 것, 즉 타자에 의해 구축된 결과물이다. 라캉 역시 주체를 '언어적 구성물'로 본다는 점에서 구조주의자의 문제의식을 벗어나지 않는다. 그러나 그는 근대적 의미의 '절대 주체'를 부정하면서도 새로운 주체개념을 구축하는데, 바로 여기에 그의 사상적 독창성이 있는 것이다.[66]

사실 주체에 대한 고려 없이, 즉 주체를 말하지 않고 성장에 대해 진

---

66) 라캉은 임상의 경험에 의해 '무의식의 구조'를 확신하면서도 현상학의 주체개념, 특히 주체를 의식과 자유에 결부시킨 사르트르의 개념만은 끝까지 버리고 싶지 않았다. 그래서 구조주의자들의 맹공 속에서 '주체 없이는 구조도 없다'(문장수, 「자크 라캉의 주체 개념」, 『철학논총』 제56집, 새한철학회, 2009, 397면 재인용)고 주장하며 주체라는 범주를 끝까지 지켜낸다.

바디우도, 라캉을 대가로 부를 만한 면모라면 구조의 절대성과 주체의 비환원성을 같이 지켜 낸 그 점에서 찾는다. 라캉이 '구조주의와 현상학이 사면을 이루는 능선 위를 위태롭게 걸으며' 독특하고 고유한 자신만의 주체개념을 완성했다는 것이다. 그런 의미에서 보자면 라캉의 절대주체의 비판은 여타의 구조주의자들과 달리 주체를 구제하기 위해서였다고 말할 수 있다. (알랭 바디우 · 엘리자베트 루디네스코, 현성환(역), 『라캉, 끝나지 않은 혁명』, 문학동네, 2013, 60-62면 참조 정리)

술하는 것은 불가능하다. 인간의 '성장 서사'란 '주체의 변화 과정'을 추적하는 글이다. 해체된 주체로서 성장을 동기로 삼는 청소년소설에 대해 할 수 있는 말이란 매우 한정적일 것이다.

한편 라캉의 주체는 '분열된 주체', '무의식적인 주체'라는 점에서 자아심리학이나 교육학에서 말하는 주체와는 거리가 있다.[67] '성장 주체'로서의 청소년소설의 인물과는 괴리가 있지 않느냐는 의문이 제기되는 부분이다. 그러나 바로 이러한 주체야말로 청소년소설을 논할 수 있는 적절한 개념이다. (다음 장에서 다시 거론하겠지만) 라캉의 주체는 분열되고 소외되었다는 점에서 보편에 포섭될 수 없는 '나머지'이며 필연적으로 개별자이다. 만일 분열 없이 통일된 주체가 있다면 이는 보편적, 일반적 법칙에 따라 움직이는 개성 없는 익명의 존재일 것이다. 분열된 주체는 상징계가 보유한 제도나 규율, 객관적인 지식의 가능성을 끊임없이 파괴하는 '위반의 장소'로서 보편주의적 음모에 저항한다.[68] 그렇다면 라캉의 주체 개념은 인간의 자율성과 복잡성에 대한 통찰이라 보아야 한다. 인간이 대타자를 의심하고, 상징계에 고정되지 못하고 '미끄러진다'는 것은 애초 인간이 '언어적 차원이나 철학적 이론으로 완전하게 해명할 수 없는'[69] '복합적이고 모순적인 존재'[70]라는 이야기이다. 인간은 이론과 구조로 환원되는 단순한

---

67) 정신분석학에서 말하는 주체의 분열은 일반심리학에서 말하는 심리적 분열상이 아니라, 주체가 아버지의 이름을 선택하고, 오이디푸스 콤플렉스를 통과한 이상 돌이킬 수 없도록 결정된 정신구조의 기본조건이다. (박찬부, 『기호 주체 욕망』, 창비, 2007, 141면)

68) 홍준기, 앞의 책, 머리말 xi면.

69) 숀 호머, 김서영 역, 『라캉읽기』, 은행나무, 2014, 103면.

70) 베르트랑 오질비, 김석 역, 『라캉, 주체 개념의 형성』, 동문선, 2002, 166~167 정리.

존재가 아닌 것이다.

그러므로 우리는 이 통찰을 먼저 문학에, 그리고 청소년문학에도 적용할 수 있다. 소설의 구체적인 인물, 생동하는 주인공은 라캉의 '나머지로서의 주체'이기도 하다. 존재는 기호로 표상되면서 어쩔 수 없이 잉여의 부분을 남긴다. 청소년 주인공 역시 교육학과 심리학에서 규정하는 '청소년'이란 개념어로 다 환원될 수 없는 '나머지'가 존재한다. 문학은 그 '나머지'라 할 구체적인 인물의 '개별성'에 주목한다. 루카치를 인용하자면 소설 속에 '형상화된 개인은 자체의 고유한 무게를 갖는다.'[71] 인간이 분열되지 않은 통합적이고 동질적인 존재라면 소설적인 인물은, 더 원천적으로 소설이란 장르는 탄생하지 않았을 것이다.

특히 라캉이 말하는 '분열된 주체', '형성중인 주체'는 청소년기의 인물을 이해하는 중요한 통찰이 된다. 청소년기는 주체가 세계 내에서 자신의 정당한 자리를 탐색하고 찾아가는 지난한 시기이며, 사춘기란 내적인 분열과 혼란 속에서 갈등을 시작하는 이름이다. 따라서 청소년소설의 인물은 '욕망하는 주체'로서 세계와 타자의 인정을 욕망하며, 동시에 '질문을 던지는 주체'가 되어 기성의 가치에 의혹과 반발심을 가진다. 그 의혹이 각성으로 이어지면서 대타자 중심의 기성질서에 저항하고 자신의 타자 종속적인 삶을 뛰어넘기도 한다.

이렇듯 청소년기 인물이 사회의 한 구성원으로 자리잡아가며 겪는 갈등상황은 라캉이 탐구했던 주체화 과정과 상동적 구조로 되어 있다. 이는 라캉의 주체이론이 청소년소설 인물을 이해하고 분석하는

---

71) 루카치, 반성완 역,『소설의 이론』, 심설당, 1998, 99면.

유용한 도구가 될 수 있는 이유이다.

라캉을 선택한 두 번째 이유는 라캉의 '소외(alienation)'와 '분리(separation)'라는 개념이 청소년기 '성장'의 다양한 층위와 양상을 변별적으로 설명해줄 수 있기 때문이다. 청소년기의 '성장' 개념에는 체제 내적인 '수용'과 체제 전복적인 '비판'이 모순적으로 공존한다.[72] 즉 '성장'이란 단어에는 '수용 vs 저항', '순응 vs 비판' 이라는 대조적인 두 개념이 혼재되어 있다.

'순응'은 일종의 '입사'의 형식을 취한다. 이때의 성장은 미숙한 주인공이 시련과 고난을 통과하면서 자신이 속한 공동체의 가치를 내면화하여 그 집단의 한 구성원으로 자리 잡는 것을 의미한다. 이는 라캉 이론에서 주체가 대타자에 포섭되면서 자기 존재의 일부를 잃어버리는 '소외(alienation)'에 해당한다. 그러나 한편 세계가 모순되고 부조리할 때, 기성 사회에의 안착을 일방적으로 성숙된 삶이라 말하기 어렵다. 이때의 진정한 성장은 비속한 사회에 대한 혐오나 반항을 포함하며, 기존의 질서와 가치를 타파하는 더 먼 단계까지의 진입을 요구한다. 이는 라캉 이론에서 대타자로부터의 '분리(separation)'에 해당한다. 특히 청소년문화가 대항담론으로서 기존 가치에 대한 대결을 포함할 때, 그리고 현재와 다른 더 나은 세계를 기획할 때, 그것을 설명하는 이론적인 틀로서 라캉의 '분리' 개념은 아주 유용하다.

그간 우리는 기성 사회로의 '순응'과 기존질서에 대한 '저항'이라는 모순된 두 지점을 구별 없이 '성장'이라 총칭해 왔다. 그러나 성장의 양상을 '소외'와 '분리' 개념에 따라 구분하면 주체화 과정에서 주체가

---

72) 최현주, 앞의 책, 45면.

위치하는 서로 다른 지점, '입사/거부', '순응/저항'이라는 다른 차원의 성숙이 변별적으로 선명하게 드러나게 될 것이다. 본고는 '소외'와 '분리' 개념에 따라 주인공의 성장 양상을 구분한다.

셋째, 라캉의 '부성은유', 혹은 '아버지의 이름'이라는 개념이 청소년소설에 나타난 아버지상을 종래와 다른 방식으로 탐구할 수 있게 하기 때문이다. 일제강점기와 한국전쟁이라는 질곡의 역사를 지나면서 우리나라 소설 속 인물들의 성장에 '아버지의 이름'이 제대로 기능하지 못했다는 주장은 오래되었다. 흔히 말하는 살부의식(殺父意識), 즉 아버지를 부정하거나 넘어서면서 성인이 되어간다는 서구의 교양소설의 원형을 우리 성장소설에 대입하기 어렵다는 것이 우리나라 성장소설의 특수한 조건이기도 하다. 그런데 최근의 청소년소설에서는 '아버지의 존재'가 인물의 성장에 중요한 요소로 등장한다. 물론 이 시대가 존경받는 아버지, 권위를 누리는 아버지, 아버지다운 아버지를 쉽게 허용하는 시대는 아니다. 그러나 훼손되고 왜곡된 아버지, 욕망하고 억압하는 아버지가 여러 양상으로 청소년소설의 인물의 성장에 관여하고 있다. 이는 '아버지의 이름'이라는 개념을 소환하게 하는 중요한 계기가 된다.

라캉의 이론에서 '아버지의 이름(the Name-of-the-Father)'은 주체화 과정의 핵심 요소이다. 아버지란 아이에게 무엇이 허용되고 허용되지 않는지를 제시하면서 법을 제정하는 사람이다. '거세'라는 메타포로 나타나는 아버지의 법과 금기를 수용하면서 아이는 상징계로 진입한다. 따라서 아버지는 아이를 사회적 존재로 만들고 언어적 질서를 익히게 하며, 그 과정에서 아이는 존재의 '소외'를 겪으며 욕망을 배운다. 한편 소외 이후 대타자의 불완전성을 직시하는 '분리'의 과정과 '환상횡단'도 결국 대타자와 연루된 사태에서 비롯된다는 점에서 아버지와 무관할 수 없다.

따라서 본고는 소설 속 인물들이 주체의 완성을 향해가는 분투 과정에서 특별히 '아버지의 이름'이 갈등의 축이 되는 작품을 분석 텍스트로 선정했다. 소설의 인물들이 보여주는 다양한 증상들을 '아버지의 이름'의 부재, 거부, 저항의 관점으로 들여다보면 기존 분석과는 다른 의미를 생산할 수 있기 때문이다.

선정된 텍스트는 주인공에게 '아버지의 이름'이 제대로 작동하지 않거나, 주인공이 '아버지의 결여'를 목격하거나, '아버지의 질서'를 뛰어넘는 작품들이다. 이를 '아버지의 이름'에 따라 나누면 아버지의 이름이 작동하지 않는 '부성의 부재를 보여주는 서사', 아버지의 금지를 받아들이지만 그 아버지가 불완전한 인물임을 깨닫게 되는 '결여된 부성을 보여주는 서사', 아버지의 이름이 갖는 허구성을 깨닫고 아버지의 질서 너머를 향해 도약하는 '부성의 환상을 넘어서는 서사'로 구별할 수 있다.

'부성이 부재한 서사'에서는 성장 주체가 세계 내에 자기 위치를 가지지 못한다. 자리를 배정하는 '아버지'가 기능하지 못하므로 인물은 상징계에 정착할 수 없어 존재적 위기를 겪거나 고립된 세계에 유폐되어 있다. 상징계란 언어의 세계란 점에서 언어수행에도 장애를 겪으며 타인과의 교류 역시 불가능한 경우가 많다. 이때의 청소년 인물은 상상적 세계에 갇혀 아직 주체의 단계에 이르지 못한 즉, '소외'를 경험하지 못한 주체라 말할 수 있다.

'결여된 부성의 서사'는 인물이 상징계에 진입하여 대타자가 지정한 자기 역할을 수행한다. 그러나 '아버지'가 사실 그렇게 견고한 이름이 아니라는, 대타자가 지극히 허술한 기반 위에 존재한다는 것을 깨닫는 순간을 맞는다. 청소년 주체는 그 아버지에게 저항하거나 아버지의 결핍을 용서하면서 성장의 다음 단계로 이동한다. 이때의 주체는 대타자의 불완전성을 깨닫는 '분리'의 단계에 이르렀다고 할 수 있다.

드물지만 아버지의 이름, 그 권위와 억압을 거부하고 '상징계 너머로 탈주하는 소설'이 있다. 성장 주체가 '대타자의 욕망을 욕망'하는 단계를 넘어 자기 욕망, 즉 '주이상스(jouissance)'[73]를 찾아 아버지와 다른 자기 삶을 찾아가는 서사이다. 이는 자기 삶의 진정한 책임을 떠맡으며 더 이상 자기 존재의 근거를 타자에 두지 않는다는 점에서 '소외'를 청산하고 자기 욕동(drive)[74]의 주체가 되는, 주체화의 마지막 단계에 이른 서사라 할 수 있다.

주체는 절대적인 자유 속에서 자율적으로 자기 성장을 성취하는 것이 아니라 타자와의 관계 속에서 출생하고 성장한다. 인간의 욕망 역시 타자의 욕망을 좇아 형성되는데 아이가 만나는 최초의 타자는 부모이다. 그러므로 주체는 자신의 만족이 아니라 부모나 타자의 만족을 대리 수행하며 살아간다. 따라서 라캉이 제시하는 진정한 주체의 완성은 자신을 규정하는 타자의 욕망으로부터, '아버지의 이름'으로부터 해방되는 것을 의미한다고 할 수 있다.

하지만 라캉에 의하면 주체화란 완성을 향해가는 일방향적인 것도, 일생에 단 한 번의 기회로 완성되는 것도 아니다. 거기에는 단계별, 상

73) 향유나 향락 등으로 번역된다. 상징계 금지의 원리인 쾌락원칙을 넘는 과도한 쾌락으로 불쾌나 고통을 수반하며 죽음충동과 연결된다.

74) 욕망은 대타자의 금지를 위반하려는 에너지라는 관점에서 여전히 타자 의존적이다. 반면 욕동은 금지와 제약을 모르는 비사회적인 것으로 근본적으로 성적이며 주이상스, 죽음충동과 연관된다.

황별로 진행과 역진행, 지체, 후퇴, 극복과 성취의 드라마가 존재한다. 청소년소설의 주인공이 겪는 성장의 서사 역시 마찬가지이다. 청소년 독자는 청소년소설 속 인물이 맞닥뜨리는 주체화 과정과 각각의 과정을 통과하거나 실패하는 주인공의 분투의 서사를 보면서 자신과 세계에 대한 이해의 깊이를 더해갈 수 있을 것이다.

본고는 라캉의 주체이론과 '아버지의 이름'에 기대어 청소년 인물의 주체되어가기, 자기정체 찾기를 화두로 청소년소설 다시 읽기를 시도한다. 이 작업이 작품과 등장인물에 대한 심층적 이해와 함께 작품 해석의 다양성 확보, 나아가 청소년소설의 다른 가능성에 대한 전망에 기여할 수 있기를 소망한다.

Ⅱ. 라캉의 주체 개념

청소년소설을 '인물의 주체화'라는 관점에서 분석하기 위해서는 먼저 주체가 구성되는 과정을 정리할 필요가 있다. 라캉에게 있어 주체는 두 단계를 거치며 구성되는데, 그 첫 번째는 '언어로서의 타자'에 복종하는 '소외'의 차원, 두 번째는 '욕망으로서의 타자'를 대면하는 '분리'의 차원이다. 분리는 '환상의 횡단'이라는 추가적인 분리까지를 포함하는 개념이다. 주체는 이 두 과정을 통과하며 '진정한 자신'이 되어간다.

1. 주체의 형성과 '소외'

가. 거울단계 - 자아의 형성과 오인의 구조

라캉에 의하면 우리는 주체로 태어나지 않는다. 인간은 출생부터 주체인 것이 아니다. 하나의 인간이 주체가 되기 위해서는 라캉이 '거울단계'라 명명한 예비단계를 거쳐야만 한다. '거울 단계'는 아이가 언어라는 상징의 세계로 들어가기 전, 그래서 주체가 되기 전, 상상의 차원에서 '자아(ego)'를 구성하면서 상징차원의 주체를 예비하는 단계라 말할 수 있다.[1)]

생후 6개월에서 18개월 사이의 어린아이는 거울 속 자신의 모습을 보고 환호한다. 이전까지 '파편화된' 상태로 지각되던 통제 불가능하고 미성숙한 자신의 신체가 어떤 결핍도 없는 하나의 통일체(게슈탈트)로 경험되기 때문이다. 그 순간 아이는 거울 속에 비친 자신의 이미지에 매혹되고 그 이미지가 자신과 '동일'한 것이라 '오인'하게 되는데, 라캉은 이를 '거울단계(mirror stage)'라 부르고 이를 일반화하여 '상상계(the imaginary)'라 이름 붙였다.

라캉에 의하면 '자아'는 우리가 우리 자신이라고 믿는 이런 이상적인 이미지들이 결정화되고 침전됨으로써 생겨난다. 그렇다면 자아는 불가피하게 '거짓된 이미지'요, 그 이미지는 자기 외부의 낯선 '타자'라는 점에서 우리는 그것으로부터 '소외'되어 있다. 라캉은 그의 정신분석적 첫 번째 작업으로 상상계적 자아 개념을 규명하여 서양철학이 오랫동안 유지해온 '사고하는 주체'라는 개념이 사실 '오인'과 '소외'의 자아에 기반한 것임을 보여주려 한 것이다.

그렇다면 자아란 존재의 진실에 반하는 무엇이다.[2)] 그러나 우리의 주체는 이러한 자아로부터 출발하는데, 거울단계는 비록 완벽하지는 않지만 '내가 누구인가'라는 질문에 대한 최초의 답을 제시[3)]하기 때문

---

1) 프로이트와 달리 라캉은 '자아(ego)'와 '주체(subject)'를 구분한다. 그는 '자아'는 상상계, '주체'는 상징계라는 각각 다른 범주에 속하고, 그 구성 방식도 다른 논리에 기초한다고 본다.
2) 아니카 르메르, 이미선(역), 『자크 라캉』, 문예출판사, 1994, 122면.
3) 페터 비트머, 앞의 책, 48면.

이다. 이후 아이는 이 통일되고 일관된 자아 이미지를 기반으로 '나'라는 자기의식을 형성하고, 이 자기의식을 중심으로 세계와의 관계, 타인과의 관계를 건설할 수 있다. 그런 의미에서 상상계는 속이는 질서이지만, 우리는 상상계의 매개 없이 절대로 자신이나 세계를 인식할 수 없다.[4]

자신의 이미지에 매혹된다는 점에서 거울단계는 나르시스의 신화와 연결된다. 프로이트에 의하면 나르시시즘의 대상은 '자아 이미지로서의 타인'이다. 즉 자아란 전적으로 타자적인 이미지를 자기애적으로 동일시하는 변증법으로부터 생겨나는 것이다. 따라서 상상적인 것의 본질은 타자와 자아가 병합되는 '이자적 관계'라 할 수 있다. 이자적 관계란 주체와 세계가 아직 구분되지 않고 자신과 대상간의 차이도 분명하지 않은 '연속성의 심리 상태'를 의미한다. 따라서 아이는 상상계에서 엄마(타자)와 자신을 동일시하거나, 타자 혹은 세계와 틈이 없는 일체감을 느끼며 갈등도 결핍도 없는 완전하고 충만한 세계를 산다.

라캉은 초기에는 거울단계를 발달단계의 특정시기로 그 의미를 한정하고, 상상계는 언젠가 상징계에 의해 극복되고 상징계 속에 편입되어야 할 낮은 단계의 질서로 보았다.[5] 그러나 이후 거울단계는 유아기 이후에도 자신과 세계, 그리고 타인을 인식할 때마다 계속해서 작용하는 기본적인 심리기제로서, 아이는 상징계에 들어간 후에도 여전히 상상적인 측면을 저변에 간직한다는 것을 인정한다. 주체는 본질상 타자적인 자아를 매개로 구성되기 때문에 인간은 결코 타자의 구

4) 김석, 『에크리, 라캉으로 이끄는 마법의 문자들』, 살림, 2007, 95면.
5) 홍준기, 앞의 책, 1999, 226면.

조를 벗어날 수 없다는 것이다. 그런 관점에서 보면 인간은 모두 '소외'되어 있으며, 그는 거울 관계의 소외가 상징계 소외에 우선하면서 이후 주체의 근원적 속성으로 자리잡는다는 것을 강조한 것이다.

나. 언어의 습득과 주체의 형성

초기 라캉이 거울단계의 허구성을 해명하는 데 주력했다면 1950년대의 라캉은 정신분석에 언어적 접근방법을 도입하고 주체와 언어의 관계를 밝히는 작업에 몰두하였다. 그는 언어가 인간 무의식의 심리구조를 드러낼 뿐 아니라 사회적 존재로서의 주체의 기원을 밝혀줄 핵심적인 역할을 한다고 보았다. 라캉은 이 주체가 형성되는 사회적 현실을, 언어적인 질서로 구성된 세계라는 뜻에서 '상징계(the symbolic)'라고 명명했다. 주체는 언어를 통과하며 형성되는데 그 과정에서 무의식이 발생하고 주체는 분열을 겪는다. 이것이 그의 주체 이론의 핵심이다.

라캉은 프로이트가 소개한 '포르타-다' 놀이를 통해 인간이 언어의 주체로 탄생하는 순간을 그려냈다.[6] 이 놀이는 언어가 어떻게 현실의 즉각적인 산경험으로부터 인간을 멀어지게 하는지 잘 보여준다. 아이는 엄마에게서 실패로, 실패에서 언어('fort'와 'da', 혹은 '엄마'라는 기호)로 두 단계를 거치며 현실의 사물로부터 멀어진다. 즉 '실패' 혹은

6) 프로이트의 어린 손자는 엄마가 집을 비운 사이, 실을 매단 실패를 침대 밖으로 던지며 '오오오오'라는 소리를, 잡아당기며 '다'라는 소리를 내고 논다. '오'는 독일어로 'fort'(가버린)를, '다'는 'da'(여기)를 의미하는 것으로, 엄마의 '사라짐'과 '돌아옴'을 상징한다. 프로이트는 아이가 이 놀이를 통해 엄마의 부재라는 고통스런 산경험(현실)을 상징으로 대체함으로써 그것을 저항 없이 견딜 수 있게 되었다고 해석한다.

'엄마'라는 기호로 표상되면서 엄마의 실재는 사라지고, 엄마의 '현재적 존재가 불가능'[7]해진다. 언어는 부재하는 것을 재현함으로써 현재하게 하지만, 동시에 현재하는 것을 추상화하여 부재하게도 하는 것이다. 헤겔은 "언어는 사물을 살해한다"고 말했다.

라캉은 이 놀이에서 주체의 출현을 읽어냈다. 이전까지 아이는 엄마의 부재를 수동적으로 견딜 수밖에 없었으나 '실패'를 멀게도 가깝게도, 즉 엄마를 현존하게도 부재하게도 하면서 상황의 주체가 된다는 것이다. 따라서 이 놀이는 아이가 대상을 상징적으로 지배하면서 언어의 주체로 자신을 확립하는 극적인 순간을 보여준다.

이제 아이는 인칭대명사 '나'와 자신을 동일화함으로써 언어공동체의 일원이 되어 사회적 존재로 자신을 정립할 수 있게 되었다. 하지만 나의 존재가 '나'로 기표화하면서 언어가 사물을 살해한 것처럼 주체 역시 존재를 상실하고 분열을 겪는다.

기표는 왜 주체를 분열로 이끄는가, 그럼에도 불구하고 주체는 왜 언어를 폐기할 수 없는 것일까. 구조주의 언어학은 언어를 주체에 선행하면서 주체와 무관하게 자율적으로 작동하는 하나의 체계로 파악한다. 그것은 인간의 발화로 생성되는 것이 아니라 인간을 벗어나 있으면서 인간을 주체로 빚어내는, 주체 이전부터 존재하는 선험적이고 독립적인 질서이다. 인간은 그 속에서 태어나고 '담론의 회로(circuit of discourse)'라 할 그 안을 맴돌면서 살아간다. 이처럼 주체를 구성하지만, 주체에 대해 전적으로 '외래적이며 이질적인 성질'을 갖는다는 점에서 라캉은 이 상징적 질서를 '타자'로 설정한다. 그리고 이 상

---

7) 브루스 핑크, 김서영(역), 『에크리 읽기』, 도서출판b, 2007, 188면.

징적 타자를 상상계적 타자(현실세계의 타자들)와 구별하여 '대타자(Other)'라 부른다. 따라서 '대타자'는 세상의 법과 질서, 언어의 장소이며, 주체를 빚어내는 근본적인 원인이라고 말할 수 있다.

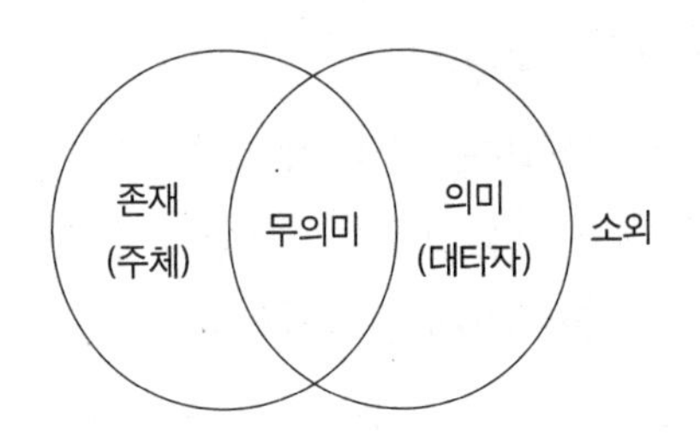

인간은 상징계라는 문명사회에 진입하기 위해서는 말을 배워 대타자에 의해 주체의 자리를 보장받아야 한다. 그러나 이는 대타자(언어)에 대한 종속을 전제하는 것이므로 주체는 대타자에게 자기 존재 일부를 내 주어야 한다. 인간은 존재와 대타자 사이에서 어느 한 쪽을 선택해야 하는 위기에 놓인다.

여기서 인간이 '존재'를 선택한다면 '주체'는 사라지고 무의미로 떨어질 것이다.[8] '의미'를 선택한다면 주체로 살아남지만 자기 존재를 상실하므로, 소외된 주체, 무의식으로 분열된 주체로 살게 될 것이다. 인간이 사회적 존재인 한, 그리고 상징계에서 '말하는 존재'로 살고자 하는 한 선택은 결정되어 있다. 우리는 존재를 포기하면서 '의미'를 선택할 수밖에 없다. 위의 벤도식은 이를 보여준다.

그러나 라캉이 보기에 언어는 본질적으로 '실패'를 전제로 한다. 우리는 끝내 말하려는 바를 다 말할 수 없는데, 라캉에 따르면 기표의 고유한 규칙과 질서가, 그리고 언어가 가진 본질적인 한계가 말하는 이

8) 주체가 자신의 '존재(being)'를 선택할 수도 있다. 그러나 그 존재는 말이 되지 않는 존재, 무의미한 존재, 혼돈스런 존재, 광적인 존재이다. 여기서 광적이라 함은 언어에 의한 자신의 분열을 용납하지 않는다는 의미이기도 하다. (김상환, 「라깡과 데카르트」, 김상환 · 홍준기(엮음), 『라깡의 재탄생』, 창비, 2002, 162면)

의 의도(기의)가 완벽하게 구현되는 것을 방해하기 때문이다. 이처럼 기표가 본래의 의도(기의)로부터 '미끄러지는' 것, 기표화 과정에서 남는 찌꺼기, 여기에서 무의식과 욕망이 발생한다.[9]

이렇게 기표와 기의가 일대일로 대응하지 못한다면, 기표가 기의에 닿지 못하고 '미끄러진다'면, 기표가 지시하는 것은 기의가 아니라 또 다른 기표가 된다. 소쉬르 언어학에서 의미작용은 최소한 두 개의 기표가 짝을 이뤄 관계를 맺으며 그 차이와 변별에 의해 이루어진다. 첫 번째 기표의 의미는 두 번째 기표가, 두 번째 기표의 의미는 세 번째 기표가 결정한다는 것이다.[10] 어휘사전이 한 단어의 의미를 정의하기 위해서 계속 또 다른 단어를 끌어들이는 것이 그 좋은 예이다.

그렇다면 기표는 우리를 다른 기표로 이끌고, 우리는 기표들이 만들어내는 끝없는 과정 속에 사로잡히게 된다. 이때 '주체의 의지를 벗어나면서' 반복되는 '기표의 연쇄 작용', 이것이 바로 '무의식'이다. '주체의 의지를 벗어난다'는 점에서 무의식은 주체가 알지 못하는 말(기표), 즉 '타자의 담론'이 된다. 따라서 기표의 주인은 무의식이지 주체가 아니다. 이것이 "인간이 언어의 주인이 아니다", "인간은 언어를 선택할 수 없다"라는 문장의 실질적인 의미이다. 언어적 존재로서의 주체는 이렇게 분열되고 자신으로부터 '소외(alienation)'되어 있는 것이다.

그러나 역으로 '소외'는 주체의 '존재'가 위 벤 도식처럼 두 원의 교집합만큼 대타자의 영역에 구멍처럼 남는다는 것을 보여준다. 이 남겨진 존재의 조각은 의미화될 수 없는 사유인 무의식을 구성하고, 동

9) 라캉에 의하면 언어 없이는 무의식이라는 것이 존재할 수 없는 것과 마찬가지로 욕망 또한 언어를 통해 존재하게 된다. (숀 호머, 앞의 책, 112면)
10) 김상환, 앞의 논문, 161면.

시에 대타자에 완전히 종속되지 않는 존재의 영역을 유지한다. 즉 주체는 상징계에 속하면서도 그 일부는 무의미로 남을 수밖에 없는데, 앞으로 다룰 '무의식의 주체'의 위치가 바로 여기이다.

다. 결여된 주체, 무의식의 주체

인간은 자신을 대타자에 위임하고 기표들에 대리되는 한에서만 주체로 구성될 수 있었다. '나' 혹은 '아무개'로 지칭되면서 타자들의 세계 속에서 그 존재성을 확보하는 것이다. 그러나 기표가 주체를 대리하고 주체가 기표의 연쇄 속에 들어가면서 주체는 '회복할 수 없을 만큼 분열'[11]된다. 앞에서 살펴본 것처럼, '언어적 주체'란 타자의 영역에서 타자의 언어로 사유하는 '소외된 주체'이기 때문이다. 그런데 주체가 기표를 경유하여 상징 속에 구성되는 것이라면, 그리고 자기 고유성을 버리고 기표를 선택하며 발생하는 것이라면, 주체는 언어에서 비롯된 '결과물'이지 그 자신의 '원인'이 아니다. 주체는 고정된 실체나 근원적인 원인이 아니라 하나의 '기표의 효과'가 되는 셈이다.

달리 말하자면 기표는 '아무 것도 아닌' 인간을 '나' 혹은 '아무개'라는 기표로 환원하면서 하나의 독립된 개체로 불러냈으나, 이때 주체는 기표의 작용으로 '부재(無)로부터' 하나의 '의미효과'로 일시적으로 출현하는 것이다. 그것은 상징 차원에서 자신의 본질적인 부분을 상실하면서 발생한 것이니 그것이 앞에서 밝힌 '소외'의 메카니즘이다.

따라서 주체의 본질은 '존재의 죽음', '존재의 결여'이라 말할 수 있다.

---

11) 아니카 르메르, 앞의 책, 1994, 116면.

인간은 대타자에 의탁하여 '말을 하는 주체'의 자격을 획득하지만, 그 자격은 자신의 상실을 함축한다. 그러므로 "라캉주의적 관점에서 우리가 확신할 수 있는 유일한 것은 우리가 존재하지 않는다는 사실이다."[12] 주체의 삶은 역설적으로 주체의 소멸, 주체의 죽음에 불과한 것이다.

뒤에서 다시 살피겠지만 라캉에게 있어 '결여(want)' 즉 '부족하다'는 것은 욕망의 전제가 되고 그 안에 무엇을 담아낼 '가능성'의 의미를 갖는다. 비어있는 주체는 욕망한다. 언어를 욕망하고, 언어에 내재된 타자들의 욕망을 욕망한다. 즉 결여와 욕망은 동의어이다.

앞에서 보인 소외의 벤도식에서 주목할 점은 주체의 원과 대타자의 원이 완전히 포개어지지 않는다는 것이다. 이는 주체가 대타자와 만날 때 흔적 없이 사라지는 것이 아니라 또 다른 가능성으로의 무의식을 낳는다는 것을 의미하였다. 무의식은 주체와 대타자가 완전히 일치하는 것을 불가능하게 하면서 주체를 대타자로부터 자유롭게 하여 그에게 '소외'를 극복하고 다른 가능성을 향해 나아갈 여지를 제공한다.

2. 대타자의 결핍과 '분리'

가. 욕망의 변증법과 대상a

인간은 사회화 과정에서 대타자에 대한 복종을 피할 수 없었으며,

12) 숀 호머, 김서영(역), 『라캉읽기』, 은행나무, 2014, 106면.

그런 의미에서 소외는 '주체의 사실'[13]이었다. 그러나 상징계는 완벽하고 총체적인 구조가 아니며, 따라서 대타자가 주체를 완전히 잠식하는 일은 벌어지지 않았다. 만일 대타자가 완벽하였다면 주체에게 복종 이상의 다른 가능성은 없었을 것이고 '소외'는 주체의 최종적인 결과였을 것이다. 대타자의 불완전함은 주체에게 그로부터 벗어나 자신을 지킬 수 있는 일정한 거리를 허용하는데 이러한 거리를 라캉은 '분리(seperation)'라고 부른다. 지젝이 지적한 것처럼 대타자가 불완전하다는 점, '결여'되었다는 점이야말로 라캉 이론의 가장 혁명적인 지점이다.[14]

그렇다면 주체는 어떻게 대타자의 결여를 발견하는가? 분열에 시달리는 주체는 완벽해 보이는 타자의 인정을 갈구하며 그가 자신을 욕망해 주기를 소원한다. 예컨대 아이는 부모에게, 나는 당신에게 어떤 존재인가, 당신이 내게 원하는 것은 무엇인가, 즉 '케 보이(Che vuoi?)'라고 묻게 되는데, 이 질문은 아이가 부모가 원하는 바에 자신을 맞춰 부모 욕망의 대상이 되고자 하는 것이다. 그러나 대타자는 주체의 위 질문에 답을 가지고 있지 못하다. 부모 자신의 욕망 역시 늘 불완전하고 변덕스러우며 모순적이기 때문이다. 라캉에 의하면 영어의 'want'가 '욕망'과 '결여'를 동시에 의미하듯이 욕망은 결여와 동의어이다. 대타자가 욕망한다는 사실은 그가 결여되었다는 것인데, 대타자를 선망하는 주체는 대타자의 결핍을 수긍하지 못하고 이 질문과 대답 사이, 대타자가 미처 답하지 못한 결여의 공간을 스스로 메우고

13) 김상환, 앞의 논문, 160면 재인용.
14) 슬라보예 지젝, 이수련(역), 『이데올로기라는 숭고한 대상』, 인간사랑, 2002, 213-214면.

자 한다. 이것이 '환상'이고, 이때 필요한 것이 '대상a'이다.

'대상a'란 주체가 주체로 되는 순간에 주체로부터 떨어져 나가 소실된 그 무엇이다. 즉 기표에 의해 거세되면서 누락되어 주체가 영구히 상실한 '찌꺼기'라고도 할 수 있다. 한편 그것은 거세 이전 아이에게 충족감을 주던 것이라는 점에서 '욕망의 원인'[15]이며, 소외되기 전 즉 상징계 이전의 것이라는 점에서 실재(the real)에 속하는, 인간의 존재 상태를 상기시켜주는 기억체(reminder)이기도 하다.

주체는 자신이 상실한 '대상a'를 되찾아 자신과 대타자의 결여를 가리고 타자를 향한 욕망을 지속시키려 한다. 대타자가 가지지 못한 것이라는 점에서 대상a는 상징계가 가지는 균열, 구멍, 결여이며, 동시에 그 결여를 치유할 수 있다고 믿는 무엇이기도 하다. 주체는 이 '대상a'에 의지하여 자기 분열과 타자의 불완전성에 눈을 감고 상징계의 완전함이라는 환영을 유지할 수 있다.[16] 세계와 자신의 결핍에서 눈을 감는 이러한 방어적인 회피, 이것이 라캉이 말하는 '환상(fantasy)'이다.[17]

그러나 환상은 기만일 뿐이고 주체나 타자가 결여되었다는 사실을 사라지게 할 수는 없다. 물론 환상에 나름의 기능이 없는 것은 아니다. 주체는 대타자의 결여에 눈을 감으며 비로소 세계를 의미 있고 일관

---

15) 욕망의 대상이 아니다. 욕망의 대상이 있다면 우리의 욕망은 충족이 가능하다. 그러나 잃어버린 대상인 대상a는 욕망의 원인으로 작용한다. 대상a에 의해 우리의 욕망은 이 기표에서 저 기표로 끝없이 영속된다.

16) 그래서 지젝은 대상a를 "평범한 대상을 숭고하게 만드는 불가해한 어떤 것"이라고 부른다. (슬라보예 지젝, 박정수(역), 『하우투리드 라캉』, 웅진지식하우스, 2007, 103면)

17) 김상환, 앞의 논문, 166-167면.

성 있는 것으로 경험할 수 있다. 인간은 실재의 공허를 마주할 만큼 강한 존재가 아니기 때문이다. 즉 환상이란 현실을 떠받치며, 실재계가 우리의 일상생활의 경험 속으로 범람하는 것을 방어하는 역할을 한다.[18] 또한 환상은 욕망하는 주체를 유지시킨다. 만약 환상이 깨진다면 우리는 세계를 향해 아무 것도 희망하거나 바랄 수 없으며, 욕망 없이 인간의 삶이 유지될 수는 없다.

그렇다면 '분리'가 가지는 적극적인 의의가 무엇인가 묻게 된다. '분리'를 경험한 주체가 환상 속으로 도피한다면, 자기기만이 '분리'의 결과라면 '분리'가 가지는 긍정성은 무엇인가?

대타자가 결핍되었으며, 그래서 타자 역시 욕망하는 존재라는 사실은 주체의 욕망을 한계에 몰아넣는다. 인간은 대타자의 욕망에서 자기 욕망의 진실을 찾으려 하지만, 그가 주체에게 답을 줄 수 없다는 사실은 주체로 하여금 상징계의 막다른 벽을 경험하게 한다. 주체는 이러한 절망을 통해서만 자아이상으로서의 타자를 벗어나 스스로 욕망하는 주체로 거듭날 수 있게 된다.

라캉이 '실재계'의 개념으로 나아간 것은 상징계의 한계에 부딪힌 욕망의 출구를 제시하기 위해서이다. 따라서 환상은 라캉이 '실재'라고 부른 차원으로 주체를 이동하게 한다. 욕망은 상징계 너머의 '실재'로, 또한 욕망을 대신하는 실재의 '주이상스'를 향해 나아간다. 우리의 최종 목표가 상징계 대타자로부터의 '완전한 분리'라면, 바로 환상이 그리로 가는 계기를 마련해 준다. 이것이 환상과 욕망이 갖는 적극적

18) 숀 호머, 앞의 책, 141면.

의미이다. 그래서 라캉은 "환상은 실재와의 관계에서 작동"[19]한다고 말한다.

나. 환상 가로지르기와 주이상스(jouissance)

'욕망하는 주체'는 대타자의 불완전성을 감지하고 있다는 점에서 '분리'의 최초의 단계에 진입했다고 말할 수 있다. 그러나 여전히 타자의 욕망에 지배받고 있기 때문에 그가 가진 욕망은 소외된 욕망이다. 라캉에 따르면, '주체의 완성'을 위해서는 그 이상의 '추가적인 분리'가 요구되는데, 이것이 '환상 가로지르기'이다.

인간이 '말하는 존재'인 한 인간은 상징계 이전의 '실재'로 돌아갈 수 없다. 대상a가 잃어버린 실재의 조각이란 것을 상기한다면, 대상a와 주체가 맺는 관계는 환상일 뿐이다. 환상을 탈출하려면 주체는 대상a가 타자의 공백과 결여를 잠시 가릴 뿐, 그 본질은 무(無)라는 사실을 인정해야 한다. 이것이 추가적 분리로서의 '환상 가로지르기'이다. 주체는 환상이라는 장막을 걷고 자신의, 그리고 대타자의 결여를 대면해야 하는 것이다. 이러한 결핍을 경험할 때 비로소 주체는 자신의 상징적 정체성을 지탱하고 있던 환상의 구도를 '가로질러' '실재'의 '새로운 주체'와 조우할 수 있게 된다. 실재(the real)는 라캉 사유에서 가장 어려운 영역으로, 그것을 나타내는 가장 적절한 표현은 그것이 "표현될 수 없다"는 것이다. 즉 실재는 상징화에 저항하면서 상징계와

---

19) 자크 라캉, 맹정현 · 이수련(역), 『자크 라캉 세미나 11; 정신분석의 네 가지 근본 개념』, 새물결, 2008, 70면.

주체를 위태롭게 만드는 낯설고도 냉혹한 무엇이다.

'환상을 가로지르게' 되면 주체는 욕망의 원인(대상a)과 맺고 있던 관계를 변경하게 되는데, 라캉은 이를 '자신을 원인화한다'고 말한다. 달리 말하면 주체는 진정한 '주체 자체'로 도래하기 위해서 기표의 '효과'나 '결과'라는 주체의 위치를 넘어서 자신을 '원인'의 자리에 위치시킨다. 그러므로 이 추가적인 분리는 "자기 자신의 원인이 되려는, 원인의 자리에서 주체로서 존재하게 되려는" 주체의 시간적으로 역설적인 움직임이다.[20] 따라서 '환상 가로지르기' 즉 '환상의 횡단'은 상징계 대타자로부터 독립하여 자기 존재를 능동적으로 구성하는 여정이라고 말할 수 있다. 타자의 공백을 깨달은 주체는 더 이상 상징계 내에서 자기 욕망을 실현하려 하지 않고, 타자의 인정 범위인 상징계 한계를 넘어 그 이상을 탐색한다. 이것이 '진정한 분리'이다.

라캉은 오랫동안 주체는 자신의 '욕망을 포기하지 않는 법'을 배워야 한다고 강조했다. 자신의 욕망이 타자의 욕망에 지배당하도록 놓아두면 안 된다는 것이다. 그러나 후기 라캉은 욕망이 자신이 생각했던 만큼 혁명적인 것도, 분석의 최종적인 것도 될 수 없다는 것을 깨닫는다. 욕망은 늘 '금지의 위반'을 꿈꾸는데, 위반이란 곧 대타자의 법과 질서와의 상관 속에서만 움직이기 때문이다. 분석의 목표가 '타자

20) 상징계는 주체 이전에 이미 존재하며, 주체는 언어에 의해 구성된 기표 '효과'이다. 따라서 소외의 단계에서 주체는 언어의 결과이지 진정한 기원이나 원인이 아니다. 대타자가 주체의 진정한 원인이 되는 것이다. 인간이 상징계의 결여를 받아들이게 되면, 주체는 자기 자신에 대한 책임을 떠맡게 된다. 이것이 '자신을 원인화한다'는 말의 의미이다. 결과였던 존재가 원인을 자처한다는 점에서 라캉은 이를 '시간적인 역설'이라고 본다.(브루스 핑크, 이성민(역), 『라캉의 주체』, 도서출판b, 2010, 127면 참조)

로부터의 분리'라면 욕망은 대타자, 법에 대한 반동일 뿐, 그것을 뛰어넘는 운동성을 가지지 못한다는 뜻이다. 이후 라캉에게 본질적인 것은 욕망이 아니라, 상실된 대상(즉 실재)과 결부된 '욕동'(drive)[21]이 된다.

욕망은 주체가 '쾌락원칙 너머'까지 나아가 '주이상스(jouissance)'에 접근하는 것을 바라지 않는다. 그러나 욕동은 사회적 이상이나 규범, 즉 대타자의 허락을 고려하지 않는다. 그것은 금지를 모르며, 궁극적으로 상징계의 '쾌락원칙'의 경계를 넘고 '주이상스'를 지향하기 때문이다. 주이상스(jouissance)란 '쾌락', '향유' 등으로 번역되는데, 그 뜻은 '고통을 수반하는 쾌락'으로 정의할 수 있다. 주체는 일정 정도의 쾌감은 즐기지만, 한계를 넘는 과도한 쾌감에는 고통을 느낀다. 쾌락의 한계를 넘는 과도하고 고통스러운 쾌감, 이것이 주이상스이다.

언어를 사용하는 상징계 주체에게 주이상스는 애초에 금지되어 있다. 사회적 금지와 억압을, 그리고 존재의 포기를 받아들일 것을 요구하는 상징계는 (희열이 아닌) 쾌락과 (욕동이 아닌) 욕망의 영역이기 때문이다. 그래서 라캉은 주체가 타자로부터 진정한 해방과 분리를 목표로 한다면 욕망의 주체에서 욕동의 주체로 나아가야한다고 요구하게 된다. 라캉이 추구하는 분석의 최종 목표 역시 자신의 쾌락을, 주

21) '충동' 혹은 '욕동'으로 번역되는데, 먼저 욕동을 본능과 구분하는 것이 중요하다. 프로이트에 의하면, 본능은 충족될 수 있는 욕구를 지칭하며, 허기나 갈증 같은 것이다. 반면 욕동은 만족될 수 없는 항구적인 심리로, 리비도가 그 전형이다. 라캉은 이러한 프로이트의 주장을 받아들여 욕동을 욕망과 연결시킨다. 욕동이나 욕망이나 결코 그 대상에 이르지 못한다는 점에서 동일하다. 그러나 욕망이 상징계의 산물이라면 욕동은 실재계의 것이다. 욕동은 근본적으로 성적이며, '죽음의 욕동(타나토스)'으로 죽음까지 감수하는 자기 파괴적인 충동이다. 따라서 고통을 동반하는 쾌락인 '주이상스'와 연결된다.

이상스를 제대로 즐기도록 하는 것이다.

물론 라캉이 욕동을 위해 사회적인 제약들을 완전히 파기하라고 주장하는 것은 아니다. 다만 타자의 욕망에 종속된 소외를 청산하고 자기 충동의 주체, 자기 생을 주도하는 주체, 자기 욕망을 스스로 결정하는 주체로 나아갈 것을 주문하는 것이다. 그렇다면 주체화의 완성은 '환상 가로지르기'를 통해 '욕동의 존재'가 되는 것이다. 즉 오랫동안 주체가 겪었던 '소외'를 탈피하여 '자기 삶의 주인 되기', 그것이 그 최종의 목표라고 할 수 있다.

이상 라캉이 전 생애에 걸쳐 완성해나간 그의 주체이론을 간략히 살펴보았다. 상상계의 '소외와 오인의 자아'가 상징계의 '주체'가 되어 소외와 분리를 겪고, 환상을 가로지르며 '주이상스의 주체'가 되기까지의 전 과정은 라캉이 일생동안 이루어낸 사유의 변화와 궤를 같이 한다. 그의 담론이 주체의 구조에 대한 종속성과 불가피성을 거부하면서 마지막에 도달한 경계를 우리는 '주이상스의 윤리'라 부를 수 있을 것이다. 라캉이 말하는 초기 주체는 사회적 삶을 영위하기 위해 일정 수준 상징질서에 종속되지만, 점차 주이상스를 중심으로 대타자와 구조에 대항할 수 있는 실천적인 가능성을 드러내게 된다.

3. '아버지의 이름'의 기능

앞에서 주체가 생성되고 이것이 '진정한' 주체로 이행해가는 '소외', '분리' 그리고 (추가적인 분리로서의) '환상 횡단'이라는 주체화의 세 단계를 고찰하였다. '오이디푸스 콤플렉스'는 이러한 과정을 추동하는 힘과 동기로서, 라캉의 주체이론을 이해하는 또 하나의 핵심 개념이다.

프로이트는 오이디푸스 신화를 차용하여 어머니에 대한 성적 애착과 아버지에 대한 증오를 인간의 본성으로 규정하였다. 아이는 어머니를 선망하지만 아버지의 힘과 위협 아래 '거세공포'를 경험하면서 어머니를 포기하고 아버지와의 '동일시'를 선택한다는 것이다. 그는 오이디푸스 콤플렉스를 아이가 하나의 성적 주체로 성장하기 위한 계기로 보고 있으며, 나아가 초자아의 발달, 모든 문명과 도덕, 종교의 기원까지 이 개념과 연결시켰다.

프로이트의 이러한 견해를 라캉은 언어적인 관점에서 재해석하였다. 라캉은 '팔루스'(phallus, 남근)를 성과 관련된 좁은 의미가 아니라, 인간의 결핍과 욕망을 설명해줄 '상징적 기표'로 보고 있다. 팔루스는 페니스와 다르게, 인간에게 충족감을 주고 인간의 결여를 채워줄 것 같은, 그래서 인간이 영원히 찾아 헤매지만 끝내 가질 수 없는 궁극적인 결핍과 욕망의 대상이요 그 기표라는 것이다. 라캉은 오이디푸스 콤플렉스의 아버지 역시 생물학적인 아버지가 아니라 팔루스를 가진 상징적 아버지, 즉 '아버지의 이름'으로 읽어냈다. 또한 오이디푸스 콤플렉스를 아이의 '어머니에 대한 욕망'이 '아버지의 이름'으로 대치(치환)되는 과정으로 보고, '은유는 대치'라는 공식에 따라 이를 '부성은유'라 명명하였다.

'부성은유'에 의하면, 아버지는 상징계의 대리자로 아이와 어머니 사이의 주이상스를 금지[22]하는 법의 기능을 한다. 상상계에서 어머니

22) '아버지의 이름'은 프랑스어 Nom-du-Père에 훨씬 더 인상적인 뜻이 담겨 있다. nom은 '이름'이면서 '아니오'를 뜻하는 non과 발음이 똑같다는 점에서 '아버지의 이름'은 곧 '아버지의 금지'를 환기시킨다. (브루스 핑크, 맹정현(역), 『라캉과 정

를 욕망하며 어머니의 욕망의 대상이 되고자 하던 아이는 이 법을 받아들임으로써 상징계에 진입이 허락되고 주체가 된다. 이는 아이가 아버지와의 경쟁관계를 끝내고 자신이 어머니의 팔루스가 될 수 없음을 인정하는 것인데, 이것이 라캉이 말하는 상징적인 '거세'이다. 거세란 자신에게 팔루스가 없음을, 즉 자신이 결여되었다는 것을 받아들이고, 팔루스를 가진 아버지와 자신을 '동일시'하며 아버지의 법을 인정하는 것이다.

한편 주체성의 획득은 '어머니'의 상실을 전제로 한 것이므로 어머니를 향한 욕망이 억압되면서 주체는 무의식을 형성한다. 이후 주체는 이 상실을 채우려 다른 대상을 끊임없이 좇지만 욕망의 충족은 영원히 미뤄질 수밖에 없다. 그러므로 '부성은유'는 바로 인간을 무의식의 주체, 욕망의 주체로 주조해가는 기제이기도 하다.

그러나 라캉은 '아버지의 이름'이 행하는 원초적인 억압이 아이에게 꼭 해로운 것만은 아니라고 말한다. 그는 팔루스를 가지지 않은 어머니를 '메두사'에, 어머니의 욕망을 '악어'에 비유하면서, 어머니와의 이자관계를 청산하지 못한 아이를 악어의 입 속에 거하는 존재로 표현한다. 이때 악어가 입을 닫아 아이를 삼키지 못하게 하는 막대가 팔루스, '아버지의 이름'라는 것이다. '아버지의 이름'은 '위험한 모자간의 이원적 상황'으로부터 아이를 구출하고, 아이는 비로소 어머니의 팔루스 '이기'(be)를 벗어나 아버지처럼 팔루스를 '가지는'(have) 상징계의 존재로 이동하게 된다. 타자(어머니)의 욕망의 '대상'이 아닌, 팔루스를 가진 자기 욕망의 '주체'로 부상하는 것이다.

신의학』, 민음사, 2002, 142-143면)

'부성 은유'의 결과로 이제 주체는 결핍도 소외도 없는 어머니와 자신만의 충만한 세계를 떠나 타자와의 관계 속에서 욕망과 결핍에 시달리고 갈등을 겪는 인간다운 인간으로 변모해간다. 자연의 세계를 떠나 문명과 언어적 주체로 올라서는 것이다.

이 단계에 이르면 아이는 오이디푸스 콤플렉스를 벗어나는 것처럼 보인다. 그러나 팔루스의 진정한 실체는 늘 '결여' 혹은 '무'라는 점을 상기할 필요가 있다. 앞서 밝힌 대로 팔루스를 가진 아버지(대타자) 역시 결여된 존재라는 사실이 주체를 '분리'의 차원으로 이끈다. 이렇게 오이디푸스 콤플렉스는 상상계와 상징계의 영역을 넘어서 아이를 상징질서에서 해방하는 차원으로까지 그 의미를 확장한다. 특히 라캉이 어머니 상실의 억압에서 산출되는 대상a에 관심을 가지게 된 후, '부성은유'는 주체를 '실재의 차원'으로까지 이끌어간다.

청소년소설의 인물들은 '아버지의 이름'을 수용하거나 거부하고 뛰어넘으면서 각기 다른 자신의 고유한 주체화의 여정을 선택한다. 부성은유는 주체가 점한 다양한 증후와 위기의 위치를 비춰줄 수 있다. 본고에서 '아버지의 이름'으로 청소년소설 인물의 주체화 과정을 분석하는 까닭이 여기에 있다.

III. '아버지의 이름'으로 본 인물의 주체화과정

1. 이름을 부르는 의사(擬似) 아버지 -『완득이』

오랫동안 청소년소설은 "창작만 될 뿐 실제 소비되지 못한다"[1]는 자책과 우려에 시달려 왔다. 그러나『완득이』의 '성공'[2]은 이런 회의와 우려를 단숨에 낙관으로 돌려놓았다.『완득이』이후 청소년소설은 청소년을 '위한' 책이나 청소년에게 '권하는' 책을 넘어 청소년이 '선택하는' 책이 되었으며 나아가 청소년을 넘어 다양한 연령의 독자까지 끌어들일 수 있는 가능성을 보여주었다.

『완득이』가 '독자의 확보와 확대'라는 청소년소설의 오랜 숙제를 해결한 공을 부인할 수 없지만 작품의 질적 성취를 문제 삼자면 이견이

1) 오세란, 앞의 책, 219면.
2) 성공이란 문학적 완성이라는 개념이라기보다 대중적 호응이라는 의미에서다.『완득이』가 청소년소설을 대중에게 확실하게 각인시켰다는 의미에서 청소년문학 전반에 긍정적 역할을 했다는 것을 부인하기는 어렵다.

있을 수 있다. 대중적 지지에 비해 연구자들의 평가는 그다지 호의적이지 않은데, 『난장이가 쏘아올린 작은 공』을 연상시킬 만한 당대적 소재들이 대중적 재미를 위해 어떻게 소비되는지 살펴보면 그런 평가가 수긍되기도 한다.

연구사를 검토하면서 밝혔듯 『완득이』에 대한 비판에서 가장 많이 반복되는 지적이 '낭만성'이다. 작가의 세계인식이나 문제 해결방식이 지나치게 낙관적이다 보니, 인물들은 지나치게 따뜻하고 선하게 그려지고 갈등의 요소가 갈등을 제대로 구현하지 못한다는 것이다. 낭만성이란 "모순을 모순으로 느끼지 않으려고 하는 하나의 모순"[3]이며, '마비와 도취' 그리고 '비판의 포기'로 규정[4] 할 수 있다. 『완득이』 역시 여러 모순을 집약하여 보여주면서도, 그 모순이 모순으로 작동하지 않으며 '비판'적으로 다루어져야 할 사태가 화해와 이해로 봉합된다는 점에서 확실히 '낭만적'이라고 평할 수 있다.

그러나 '낭만성'이 『완득이』가 취한 '대중성의 결과'라는 점을 환기한다면 이는 『완득이』가 이룬 약점이자 동시에 성취이기도 하다. 『완득이』가 보여주는 낭만성은 독자 일반에게는 『완득이』가 가진 미덕으로 이해되는데, 이는 〈창비 문학상〉 심사평에도 잘 드러난다. "도시 빈민가, 장애인, 이주 외국인 노동자 등 자칫 과중한 무게로 느껴질 수 있는 한국 사회의 그림자들도, 완득이를 통과하면 정감 있고 활기찬 이웃의 얼굴로 다가온다."[5] '과중한' 삶의 '그림자'가 무슨 이유에선지

---

3) 아놀드 하우저, 반성완 · 백낙청 · 염무웅(역), 『문학과 예술의 사회사 3』, 창작과비평사, 1999, 195면.
4) 아놀드 하우저, 위의 책, 206면.
5) 원종찬 · 공선옥(외), 「수상작 : 김려령 장편소설 『완득이』」, 『창비어린이』 제19호, 창비어린이, 2007, 312면.

완득이를 통과하면 '정감과 활기'로 바뀐다는 것이다. 실제로, 모순이 중첩된 환경에서도 완득이가 겪는 불행의 느낌은 지나치게 막연하고, 그의 고민에는 절실함과 비감함이 부족하다.

본 연구는 『완득이』의 '낭만성'이 완득이가 보여주는 삶에 대한 비현실적이고 모호한 태도와 무관하지 않다고 보고 그런 태도의 '원인'을 규명하려고 한다. 즉 완득이는 왜 현실의 문제를 문제로 인식하지 못하는지, 숱한 갈등의 요인들이 왜 그에게 심리적인 갈등과 동요를 유발하지 않는지, 왜 그는 제대로 분노하거나 제대로 욕망하지 않는지, 세상의 모순과 부조리의 가운데에서 완득이의 절망은 왜 그토록 막연한지 등을 해명하려는 것이다.

갈등이란 인물의 욕망이 다른 이의 욕망이나 세계의 조건과 부딪혀 발생하는 것이라면, 완득이가 현실의 모순을 모순으로 느끼지 못하는 것은 욕망이 형성되지 않았기 때문이라고 말할 수 있다. 어떤 이유에서인가 완득이는 아직 욕망을 가진 주체로 성장하지 못했으며 상징계 질서에 발을 디디지도 않았다. 본고는 이것을 주체화를 유도하는 부권 기능, 그 중에서 '아버지의 이름'을 빌어 해명하고자 한다.

가. 부권기능의 실패와 의사(擬似) 아버지

소설 『완득이』[6]는 완득이의 기도로 시작된다. 교회라는 곳에서 담임교사를 죽여 달라고 기도하고, 헌금으로 흥정까지 하는 의외의 설

6) 김려령, 『완득이』, 창비, 2008. 이하 소설의 인용은 면수만 밝히고 괄호 안에 표기한다.

정은 도입부터 이 소설이 재미와 과장, 명랑 코드로 진행될 것임을 명시하고 있다.

문제는 완득이가 죽기를 소원할 만큼 동주를 미워하는 이유가 소설 속에 명확하지 드러나지 않는다는 것이다. "일주일 내내 남을 괴롭"(9)혀서라는 표면적인 이유와, 자율학습을 강제했다는 것, 완득이가 기초생활자라고 공개적으로 떠벌린 것 등을 고려하더라도 쉽게 납득되지 않는다. 동주는 유난히 폭력적이거나 규율이 엄하거나 벌칙이 많은 교사로 그려지지 않았다. 죽여 달라고 기도할 만큼 동주를 미워할 절실한 이유는 소설 어디에서도 확인되지 않는다.

동주의 특별한 점이라면 수시로 완득이를 '부른다'는 것이다. 그는, 자율학습에 빠졌다고, 수급품을 가져가라고, 다시 그 수급품 중 일부를 내놓으라고, 그리고 생모의 존재를 알려주겠다고 '도완득'을 부른다. 완득이가 공교롭게도 동주와 같은 동네로 이사하면서 그의 호명은 귀가 후 늦은 밤까지 이어진다. 이웃한 남자와의 불화도 동주가 옥상을 사이에 두고 밤낮으로 완득을 불러댔기 때문이다. 그는 '호명'하는 교사로, 일단은 완득이의 반감이 거기에서 비롯되었다고 가정할 수 있다.

정윤하의 말을 참조하자면 동주가 학생 모두를 그렇게 호명하는 것은 아니다.[7] 동주는 무슨 의도인지 특별히 완득이를 호명하고 있다.[8]

> 하-, 이 동네 집들 진짜 따닥따닥 붙어 있다. 내가 세상으로부터 숨

---

7) 정윤하는 "담임이 완득이, 완득이 할 때도 나 같으면 정말 짜증났을 텐데, 넌 부르거나 말거나 하는 것 같더라."(61)라고 말한다.

8) 이하 모든 본문 인용의 밑줄은 필자의 것이다.

> 어있기에 딱 좋은 동네였다. 왜 숨어야하는지 잘 모르겠고, 사실은 너무 오래 숨어 있어서 두렵기 시작했는데, 그저 숨는 것밖에 몰라 계속 숨어 있었다. 그런 나를 똥주가 찾아냈다. 어떤 때는 아직 숨지도 못했는데 "거기, 도완득!"하고 외쳤다. 술래에 재미를 붙였는지 오밤중에도 찾아댔다. (206)

위는 동주에게 마음을 연 이후 완득이의 진술이다. 완득은 동주의 호명이 자신을 세상으로 불러내려는 의도라는 것을 알고 있었다. 세상으로부터 스스로를 고립시켰으며, 그리고 그 사실에 조금씩 불안을 느끼던 자신을 불러 세상 속 일원으로 자리 잡게 하였다는 것이다. 작가 스스로도 '나에서 우리로' 나아가는 것이 완득이의 성장의 핵심이라고[9] 밝힌 것처럼, 이 소설의 서사는 '자기 세계에 갇혀 있던 주인공을 조력자인 교사가 불러내 사회 속에 진입시킨 이야기'이다. 그리고 이때 교사가 사용한 방법이 '이름 부르기'였다.

동주 이전에 완득이는 제대로 호명되지 못했다. 소설 곳곳에서 완득은 제대로 불리지 못하거나, 잘못 불린다. 미술교사는 그를 "저기 맨 뒤 학생", 혹은 "두리번거리다 나하고 눈 마주친 학생"으로 지칭하며 변별적인 '이름'으로 부르지 않는다. 교회에서 만난 핫산은 그를 끝까지 '자매님'(9, 33, 64, 77, 88면)이라고 '바꿔' 부른다. 옆집 남자는 그의 이름을 모를 리 없으면서도 '만득인지 완득인지' 라며 분명하게 부

9) "작가님이 볼 때 완득이의 성장은 뭐라고 생각하시는가요?" "내면의 성장, '나에서 우리로' 오는 과정에 있죠. 완득이는 나에게 묻힌 아이였잖아요. 그 알에서 지금 나온 거예요. 완전히 나온 건 아직 아니죠." (채널 예스, "새로운 성장소설 『완득이』의 작가 김려령을 만나다", 2008.05.08. http://ch.yes24.com/Article/View/14071에서 인출. 검색일: 2017.06.08)

르기를 거부한다.(19, 39, 46면) 그는 제대로 불리지 않거나 잘못 불리고, 애매하게 불린다.

'이름이 불린다'는 것은 고립된 개체가 타자와의 '관계' 속에 하나의 아이덴티티를 가진 주체로 초대된다는 뜻이다. 채트만은 고유명사를 "아이덴티티 혹은 자아의 정수"로서 "개성의 궁극적 잉여물"[10]이라 규정하였다. 그런데 그 아이덴티티는 "여러 사람 가운데 구별로 이끄는 독특성"[11]이란 점에서 '타자 안'에서 구현된다. 그런 의미에서 '이름'은 타자가 부르는 기호로서, 집단 속에 특정한 이름이나 역할을 부여받지 못한 아이는 완전한 의미에서 사회구성원이나 '주체'가 될 수 없다.[12]

따라서 '이름'으로 불리기 이전의 완득은 아직 '주체'가 아니다. 아래에서 다루겠지만, 완득이가 겪는 언어구사의 어려움, 욕망도 원망도 없는 막연한 현실인식 등은 주체화 단계에서 곤란에 봉착한 하나의 '증상'으로 파악된다. 아이의 주체화는 오이디푸스의 극복으로 성취되지만 어떤 이유에선지 완득에게 '아버지의 이름'이 제대로 작동하지 못하고 있으며, 완득의 부친 도정복은 '아버지의 이름'으로 규정되는 상징계적인 아버지의 역할을 방기하고 있다.

(1) "나도 내 몸이 싫었다. 이게 나한테 끝나는 게 아니라 멀쩡한 너한테까지 꼬리표를 달아주더라. 부모가 도움은 못 돼도 피해는 주지 말아야하는데, 내 아들이라고 하면 좋지 않은 말을 한마디씩 해. 그래서

10) 시모어 채트먼, 한용환(역), 『이야기와 담론- 영화와 소설의 서사구조』, 푸른사상, 2003, 158면.
11) 시모어 채트먼, 위의 책, 148면.
12) 아니카 르메르, 앞의 책, 148면.

되도록 너하고 떨어져 있으려 했다."

"혼자 있었어도 불편하지 않았어요."

"내가, 네 아버지라는 걸 다른 사람들이 모르길 바랐다. 그래서 너한테서 자꾸 숨었지. 그렇게 나를 숨겼던 게 오히려 너까지 숨어살게 만든 것 같다." (174)

(2) "완득이에게 친구가 없다는 거 알아요? 애가 만날 혼자 살았다면서요? 가끔 와서 쌀독 채워놓으면 다예요? 어린애가 혼자 밥 먹고 설거지하고 빨래하고. 그럴 줄 알았으면 당신이 싫었어도 끝까지 옆에 있었을 거라고요!"

"……."

"완득이 운동하게 놔 두세요."

"완득이마저 세상에 숨어 살게 할 생각 없어."(150)

아이는 아버지에 대한 '상징적 동일시'를 통해 상징계로 진입한다. 그런데 아버지 도정복은 '해(害)가 되는 아버지'라는 자격지심으로 일찍부터 아들을 따로 살게 하고, 자신의 역할을 '쌀독에 양식을 채우는' 것으로 한정하고 있다. 스스로 자신이 아들의 동일시 대상이 될 수 없다고 판단한 것인데[13] 따라서 그는 아들을 제대로 알지 못하고[14] 이 때문에 아들을 세상으로 인도할 수도 없게 되었다.

라캉에 따르면 아버지는 단순히 생계를 책임지는 역할, '성교와 출

---

13) "아버지는, 너는 나처럼 살지 마라, 라고 말하고 싶었을 게다."(13)은 아들의 동일시를 거부하는 심리를 나타낸다.

14) 동주의 농담을 사실로 믿고 완득이가 소설가가 되기를 기대할 정도로 그는 아들에 대해 제대로 아는 것이 없다.

산에서의 역할이 아니라 아버지의 이름으로 규정되는 역할을 수행할 때'[15] 상징계적인 아버지가 된다. 만일 그가 아버지로서 그에 상응하는 역할을 하지 못한다면 아이를 상징계로 이끄는 통로를 막게 된다.[16] 도정복은 아들의 동일시 대상이 되기를 포기하고, '아버지의 이름'으로서의 역할을 기피하면서 아들의 상징계 진입을 방해하고 있는 것이다. 인용에서 보듯 도정복은 그 자신 역시 세상을 등지고 숨어 사는 인물이다. 자신이 세상으로부터 숨어야만 아들을 세상에 내보낼 수 있다고 믿으면서 결과적으로 그와 아들 모두를 고립시키고 있다.

한편 그는 아들을 언어의 세계로 이끌지 못했다는 점에서도 '부권 기능'에 실패했다고 할 수 있다. 라캉에 따르면, 아버지 역할의 핵심은 언어의 문제이고, 본질적으로 의미화의 문제이다. '아버지의 이름'은 주체가 그것에 근거해서 상징적 세계를 구축하도록 돕는 '누빔점(point de caption)'[17]의 역할을 한다. 즉 '아버지의 이름'이란 아이에게 언어를 사용하게 하는 하나의 준거점이며, 아이를 언어라는 타자의 세계로 인도하는 기표로 작용한다.

아버지가 그런 역할을 실행하지 못하면 아이는 '언어적 존재'가 되지 못하고 '육체'를 삶의 기반으로 삼게 된다.[18] 이는 아버지 도정복이

---

15) 아니카 르메르, 앞의 책, 137면에서 재인용.

16) 페터 비트머, 앞의 책, 167면.

17) 상징계에서 기표와 기의가 미끄러진다고 하여 우리가 일상에서 소통이 불가능하거나 타자가 하는 말의 의미를 파악하지 못하는 것은 아니다. 라캉은 기의와 기표가 미끄러지다가 결합하는 순간이 있다고 보고 이를 '누빔점', 혹은 '고정점'이라는 용어로 설명한다. 적어도 의식적 언어에서는 바로 이 누빔점의 순간에 기표와 기의가 연결되고 '부분적'인 이해가 가능해진다. 그러나 진실은 언제나 언어로부터 빠져나가므로 언어는 항상 중요한 점을 놓친다.

18) 페터 비트머, 위의 책, 171면.

남민구에게 춤을 가르치면서도 말을 가르치지는 못한 것을 제대로 설명해 준다. 삼촌 남민구는 "몸은 짱인데 말은 꽝"(17)인 인물로서, "레오나르도 다빈치의 인체공학도에 나오는 남자"(34) 같은 완벽한 신체에, 완벽한 신체적 기능(뛰어난 춤 솜씨)을 갖추고 있으면서도 말을 더듬는다. 아버지 도정복은 춤꾼이란 점에서 애초에 '몸을 쓰는' 사람이며, 남민구에게 가르친 춤은 언어 이전의 육체적 '몸짓'이다. 민구 삼촌의 말더듬은 상징계 진입에 실패한 그의 유아적인 정신 상태를 보여준다. 그는 언어적 질서라 할 '변별적 사유'를 하지 못한다.[19]

완득이 역시 언어적인 혼란을 겪고 있다. '어머니'라는 말을 모른다고 여러 차례 걱정하거나, 말을 못해 주먹을 쓰는 거라고 주장하며, 가끔 늘 쓰던 글자조차 생소해 보인다고 고백하는 것은 자신도 자신의 언어적 무능을 예민하게 자각하고 있다는 암시이다. 그런 의미에서 완득이를 "낫 놓고 기역자는 몰라도 낫으로 지를 줄은 아는 천부적인 쌈꾼"(10)이라 부르는 동주는 언어 이전의 육체적 존재에 지체되어 있는 완득이가 처한 사태의 본질을 정확하게 짚고 있다.

소쉬르는 언어를 기표와 기의로 구성된 '차이의 그물망'으로 파악했다. 언어나 용어는 독립된 의미 실체가 아니라 다른 항이나 개념과의 '변별적 차이'에 의해 기능한다. 그리고 그 차이는 바로 '분절'과 '분할'을 통해 이루어진다. 완득이의 「운수 좋은 날」과 「감자」를 섞어 쓴 독후감, 「우리 유치원」과 「울면 안 돼」라는 동요를 뒤섞어 부르던 유치

19) 남민구 삼촌에게는 언어를 맥락적으로 이해하는 분별이 없다. 언어상황에 따라 연(緣)줄과 연(鳶)줄을 구별하는 일을 하지 못하고("그 놈의 연줄이 시장에도 있었네." "여, 연줄, 요즘에 아, 안 팔던데."(106)), 같은 동작이 다른 상황에서 다르게 작동하는 차이를 이해하지 못한다. 예컨대, 완득이가 지하철에서 싸울 때 상대를 바닥에 내리치려 하자 그것을 보고 "업어주지 마." 라고 말한다.

원 시절, 그리고 잔다르크를 동양 남자로 착각하여 "서양사 동양사, 남녀를 막 가로지르는" 시험 답안 등은 완득이가 다른 맥락의 문장과 스토리를 '분절화'하지 못하고 뒤섞으며, '변별적 차이'를 생산하지 못한다는 것을 보여준다.

따라서 완득이가 킥복싱을 시작하며 처음으로 자기가 하고 싶은 일을 발견한다는 것은 의미심장하다. 라캉에 의하면 인간은 언어의 세계에 들면서 비로소 욕망도 무의식도 가지게 된다.

> "완득이 운동하게 놔 두세요."
>
> "완득이마저 세상 뒤에 숨어살게 할 생각 없어."
>
> "여태 세상 뒤에 숨어살던 완득이가, 운동하면서 밖으로 나오고 있잖아요. 자기가 하고 싶은 거, 제일 잘할 수 있는 거, 하게 놔두세요."
>
> "……."
>
> "싫어도 싫다는 말 못 하고 아파도 아프다는 말 못 한 대요. 아니, 안 한 대요. 그냥 다 속에 담고 산다는 거예요. 누가 먼저 말을 걸지 않으면 하루 종일 한마디도 안 한대요."
>
> "누가 그래?"
>
> "선생님이요."
>
> "그 양반 오지랖도 넓군."
>
> "말을 좀 험하게 해서 그렇지, 정은 많은 분이에요."
>
> "혼자 힘들게 키워 놨더니 생색은 다른 사람들이 다 내는군." (150)

언어 없이는 욕망이 존재하지 않는다. 싫다는 '말 못하던' 완득이가 처음 뭔가 하고 싶은 것이 생겼다는 것은 드디어 그가 언어의 세계, 상징계적 세계로 들어섰다는 이야기이다. 그는 어머니 말처럼 이제 막

'자기가 하고 싶은' 것을 하면서 세상으로 나오고 있다. 그리고 그 공(생색)은 힘들게 '쌀독을 채운' 아버지 도정복이 아니라, '이름을 불러서' 고립된 자아의 세계를 빠져나오게 한 동주에게 돌아간다. "생색은 다른 사람들이 다 낸다"는 도정복의 발언은 바로 동주가 완득의 상징계 진입을 도왔다고 '생색'낼 수 있는 아버지, '의사(擬似) 아버지'임을 자신도 모르게 고백하는 셈이다.

완득에게는 또 한 사람의 '의사(擬似) 아버지'가 있다. 킥복싱 관장으로 그는 완득에게 세상의 질서와 법을 가르친다.

(1) "상대에 대한 기본 매너가 전혀 없어."

"……."

"스포츠하고 싸움은 다른 거야. 이게 종이 한 장 차이 같지만, 그 한 장 차이를 넘지 못하면 넌 그냥 쌈꾼인 거야. 알았어? 녀석, 섬뜩하네. 사람 죽일래?" (80)

(2)"이건 잽!"

팍!

이번에는 나를 확 걷어찼다.

"이건 구타!"

퍽!

관장님 발이 복부 깊숙이 꽂혔다. 나는 그대로 무릎을 꿇고 바닥에 주저앉았다.

"이건 앞축! 알았어? 이게 왜 링 안으로만 들어가면 쌈꾼이 되는 거야?"

(……) 싸움으로 맞든 운동으로 맞든 나한테는 그게 그거인 거다. 그

런데 관장님은 다르다고 한다. (87)

싸움에 규칙(룰)이 있을 리 없는데, 그것은 상징 이전의 상상계적 세계에 속하기 때문이다. 그러나 그것이 스포츠가 되면 상대와의 공존을 위해 '매너'라는 공통의 기호를 받아들여야 한다. 구타와 잽의 차이, 싸움과 스포츠의 차이는 "종이 한 장의 차이"지만 바로 그 차이를 분별해야 인간은 상징적 존재, 문화적 존재가 될 수 있다.[20] 그리고 그 차이는 바로 규칙과 질서의 유무에서 비롯된다. 그런 점에서 규칙이란 차이와 분별에 의해 만들어지는 언어적 구조와 동일하다. 관장은 그 '차이'를 가르치며, "일단 이기고 봐야"(88) 하는 쌈꾼의 세계에서 규칙과 질서, 절제와 분별의 세계로 완득이를 이끌었다. 그는 '법과 금지로서의 아버지'가 된 것이다.

어려서부터 카바레 삼촌들에게서 배운 싸움 솜씨에, 관장의 말대로 "잘못 뿜으면 여럿 다치겠다 싶"은 충동성, 그런 기질을 제어할 어른이 없는 환경 등이 그를 "천부적인 쌈꾼"(10)으로 키웠다.[21] 관장은 "핵을 품"은 완득이를 맡아 그가 가진 무질서한 에너지를 다듬고, 넘치던 완력에 제재를 가하면서 일종의 '거세'를 행했다.[22] 이제 링이라

---

20) 분별적인 언어는 상징적 표현의 가장 주요한 형태이다. 문화에서 언어를 제거하면, 분절적인 언어가 없었다면 인간 사회의 조직은 불가능했을 것이다. 최협, 『부시 맨과 레비스트로스』, 풀빛, 1996, 69면 참조.

21) 동주는 이를 "신체조건, 욱하는 성질, 주변 환경, 어느 하나 조폭으로 모자람이 없다"고 말한다.(10)

22) 본문 109면에 관장이 뾰족한 우산 끝으로 완득의 발등을 찍는 장면이 있다. 빠른 발놀림 훈련을 위한 것인데, 결과적으로 걷기 어려울 만큼 발등과 발가락이 부어오른다. 오이디푸스의 이름이 '부은 발'이었다는 점에서 관장의 훈련은 오이디푸스화 과정, 즉 거세의 과정과 놀랍도록 유사하다.

는 공인된 공간에서 일정한 룰 아래 싸우면서, 뒷골목의 '쌈질'이 '스포츠'가 되고 사회 속에 용납될 만한 것으로 승화된다. 그리고 완득이는 이 "규칙도 많고 조심스러운 운동"에 자기 몸을 맞추며 그것을 좋아하기에 이른다. 처음으로 상징계의 규율에 복종하면서 하고 싶은 일이 생긴 것이다.

동주가 완득이를 사회라는 상징계적 세계로 불러내었다면, 관장은 거기에 규칙과 룰을 더해 질서의 체계를 익히도록 하였다. 친부에 의해 미루어졌던 '부성은유'는 이 두 의사(擬似) 아버지에 의해 행해졌다.

> 지난 봄, 똥주를 만났다. 그리고 똥주가 죽이고 싶을 만큼 싫었다. 그때 즈음 나는 킥복싱을 시작했다. 킥복싱은 미치도록 좋았다. 싫다와 좋다가 한꺼번에 나에게 왔다. (……) 내말을 들어 줄 사람이 없어, 누구와 대화해 본 적이 없어 혼자 떠들 수 있는 교회를 찾았다. 내 몸을 언제 어떻게 움직여야할지 몰라, 내 몸을 잘 움직여줄 수 있는 체육관을 찾았다. 어쩐지 아버지 어머니도 새로 찾은 기분이다. (179)

위 글에서도 두 사람을 만나기 전에 완득이가 느끼던 결핍은 '대화를 할 수 없고 대화할 대상이 없다'는 언어와 관계의 문제, '몸을 제어하지 못한다'는 절제와 규칙의 문제로 나타난다. 그는 첫 번째 결핍을 해결하기 위해 교회(혹은 학교)를, 두 번째 결핍을 해결하기 위해서 체육관을 찾았다. 그리고 거기에서 동주와 관장이라는 두 조력자를 만났고 두 사람의 도움으로 언어와 질서의 세계인 상징계에 안착하는데, 이는 완득에게 난생 처음 '싫은 것'과 '좋은 것'이 생겼다는 것으로 확인된다. 이를 도표화하면 아래와 같다.[23] 드디어 완득은 상징계 진입에 성공하고, 기호와 욕망을 가진 주체가 된 것이다.

아래 표에서 보듯, 완득은 두 사람을 이항적으로 나란히 인식하고, 관장을 동주 못지않게 자신을 성장시킨 주역으로 인정하고 있다. 두 사람을 만나면서 '아버지 어머니를 새로 찾은' 것 같다는 완득의 진술은 새로운 아버지, 의사(擬似) 아버지에 의해 자신이 '아버지의 세계'인 상징계로 들어섰음을 의미한다. 위 인용은 관장과 동주샘을 '새아버지'로 받아들인 완득이의 무의식을 여실히 드러낸다.

그럼에도 서사에서 동주의 역할은 관장에 비해 절대적이라고 할 수 있다. 동주는 완득의 아버지 도정복마저 상징계로 나오도록 돕는다.

(1) "나도 예술이라고 생각하는 데 , 남들은 춤쟁이라고 하더라. 그게 세상이야."

"세상이 뭐라고 해도, 아버지는 춤추셨잖아요."

"내가 아무리 노력해도 세상이 날 안 받아줬다. 춤은 그나마 다른 사람하고 함께 할 수 있는 유일한 힘이었고. 사지 멀쩡한 놈이 뭐가 아쉬워 그런 쌈질을 하겠다고……."

"다른 사람하고 별로 잘 산 것 같지도 않은데요."

짝!

23) 완득이가 경험한 결핍 내용과 동주/관장 두 사람을 통해 도달한 결과

완득의 결핍	해결의 장소	해결의 목표	얻은 것	조력자 (의사아버지)	조력자에 대한 감정
대화와 관계	교회	언어의 획득	언어와 관계	동주샘	싫다
몸의 조정	체육관	몸의 훈련	규칙	관장	좋다

아버지가 내 뺨을 내려쳤다. (79)

(2) 그 영감이 '네 몸땡이는 멀쩡한데, 네 정신상태가 문제야.'했을 때는 처음으로 대들었다. 당신이 내 몸 같았으면 그렇게 말했겠냐고. 그랬더니 내가 숙소에서도 안 나오고, 남하고 어울리지도 않으니까 내 모습도 볼 수 없다고 혀를 차더라. (176)

완득의 아버지 도정복 역시 완득과 유사한 상황에 놓여 있었다. 두 사람 모두 타인과 관계를 맺지 못하고, 완득이의 '싸움'처럼 도정복 역시 '춤'이라는 사회에서 인정받지 못할 주이상스를 가지고 있다.[24] 친구도 없고 타자도 없는 도정복의 자아는, 완득이가 그랬던 것처럼 상상적 세계에 붙들려 있다. 타자와의 관계가 바로 상징계의 속성이며, 상징계란 타자 속에서 자신을 보는 것인데, 도정복은 "세상이 안 받아" 주고 "남하고 어울리지도 않으니까" 자기 모습을 볼 수 없다. 내가 누구인지 말해줄 수 있는 사람은 내가 아니라 타자인 것이다.[25] 상징계 주체가 아닌 도정복의 삶은 그래서 상징계(법)의 경계나 테두리 밖에 위치한다. 단속대상이 되는 카바레, 불법으로 물건을 팔던 지하철과 '영역 침입'이라고 쫓겨나는 시골 장터 등, 그의 사회적인 지위는 법과 불법 사이의 경계에 있다. 사회적으로 경계에 처한 인물은 가정 내에서도 확고한 자기 위치를 점하지 못한다. 아내는 그의 정상성을 의심하고('이상한 춤'을 추는 사람) 떠났으며, 아들은 '몸도 춤도 물려

24) 도정복은 자신의 춤이 세상과 소통하는 한 방법(언어)이라고 주장하지만 아내조차 그 '이상한 춤'을 이해하지 못했다는 것은 춤이 인정받지 못할, 고통 속의 쾌락, 혼자만의 주이상스이다.

25) 도정일, 「무의식과 욕망」, 『문학과학』3호, 문학과학사, 1993, 101면.

줄 수 없'는 그를 동일시의 모델로 인정하지 못한다.

동주는 그를 〈신나는 댄스 교습소〉의 교사로 승격시켜, 사회적 배제를 극복하고 정상적인 '아버지'의 경로에 편입할 기회를 제공한다. 완득의 싸움이 스포츠가 되듯이, 퇴폐적인 카바레의 춤이 '배울만한 것'으로 상향되면서, 도정복은 공인된 세계의 일원으로서 양지의 세계로 이끌려 나온다. 같이 춤을 춘 여자들이 엉덩이를 툭툭 치고, 남민구 외에는 누구에게도 어른으로 인정받지 못하던 아버지는 이제 가르치는 자, 팔루스를 지닌 어른의 지위를 부여받는다. 말하자면 동주는 완득의 아버지에게도 '아버지의 기호'로 작용하는 것이다. 일이 없어 떠났던 민구 삼촌까지 교습소로 불러들여 흩어졌던 가족을 재건하는 역할 역시 동주의 몫이다. 그는 아버지의 아버지며 삼촌의 아버지로, '큰 아버지', 절대적인 아버지가 된다.

이 작품에서 동주의 활약은 비현실적으로 결정적이다.[26] 완득은 운 좋게도 정의롭고 경제적 능력도 갖추고 특별히 완득의 성장에 지대한 관심을 가진 확실한 조력자를 만나, 이렇다 할 노력 없이 동주가 주도하는 성장의 궤도에 올라탔다고 말할 수 있다. 동주는 학생을 돌보는 교사의 범위를 넘어 그 가족의 성장에까지 관여하며 서사 전체의 진행을 주도한다. 완득의 성장이 주체적이지 못하고 동주의 주도에 의존적이라는 비판이 대두되는 지점이다.

소설에서 동주가 완득을 돕는 이유는 명확하지 않다. 완득에게 어머니를 만나게 하려 할 때 완득이가 "나한테 왜 그러세요!" 라고 묻는

---

26) 그래서 『완득이』의 실제 주인공은 완득이 아니라 담임 이동주라는 주장도 있다. (오홍진, 「소설의 재미와 성장의 교훈」, 『어린이책이야기』 제3호, 아동문학이론과 창작회, 2008, 133-134면)

데, 소설은 이 질문에 답을 하지 않는다. 개연성의 측면에서 동주가 완득이에게 행하는 일방적인 지원은 완득이는 물론 독자도 설득하지 못한다. 그러나 라캉의 '아버지의 이름'을 빌어 동주를 '의사(擬似) 아버지'로 환치하면 이런 비판은 약화된다. 어떤 의미에서 이 소설은 '아버지와 아들의 이야기'이기 때문이다. 동주는 자신의 주장처럼 완득이의 삼촌이고, 어느 문화권에서는 삼촌은 아버지와 동격이다.

나. 욕망하는 주체가 되다

동주의 호명 이전에 완득이가 갇혀 있던 고립상황은 완득이의 사회화, 주체화를 방해했다. 그것은 완득이 아버지 도정복이 완득에게 '아버지의 이름'으로 작동하지 못했기 때문이었다. 완득은 아버지를 자아이상으로 삼지 못하고, 언어 사용에서 곤란을 겪으며, 자기 힘을 절제할 줄도 몰랐다. 그리고 그는 욕망이 없었다. 자신을 버리고 떠난 어머니에 대한 반감이나 원망이 언급되지 않는 것은 욕망이 부재함을 의미한다. '어머니라는 말'을 모른다는 완득의 진술은 어머니를 특별히 그리워하지 않았다는 것이고, "어머니가 없는 불편함을 몰랐다"(54)거나 "혼자 있어도 불편하지 않았"(174)다는 것은 자신의 처지에 어떤 갈망이나 원망도 없는 욕망 이전의 상태에 놓여 있었음을 보여준다.

그러나 언어의 세계에 들어오게 되면서 완득은 달라진다. 아래는 어머니의 존재를 알게 된 날, 그가 겪는 심적 변화를 보여주는 대목이다.

> 정황상 나는 가출을 해야 했다. 출생의 비밀을 알았습니다. 잠시 혼자 있고 싶어 떠납니다, 라고 쓴 쪽지 하나를 남겨놓고 떠나야 했다. 그

> 런데 아버지와 어머니라는 사람들이 먼저 떠나버렸다. 잘못하면 가출하고 돌아와 내가 쓴 쪽지를 내가 읽게 될 확률이 높았다. 어떻게 된 집이 가출마저 원천적으로 봉쇄해놓았는지. 돌아다니다 돌아다니다 혼자 있고 싶어서 온 곳이 결국 집이었다. (38)

가정은 아이가 만나는 최초의 사회적 공간이지만 아버지조차 며칠씩 집을 비워 혼자 지내는 완득에게는 집이 그런 사회적 역할을 하지 못한다. 자신 외에 아무도 없는, 즉 타자가 부재한다는 점에서 그의 집은 상상계적 장소이며, 대화(편지)가 성립할 수 없는 언어 이전의 집이다.

위의 인용을 보면 결과적으로 완득의 가출은 실현되지 않았고, 정확히 말하자면 가출 편지도 쓰이지 않았다. 그러나 "주체가 변모하는 고유한 순간은 행위의 순간이 아니라 선언의 순간"[27]이라는 지젝의 지적처럼, 중요한 것은 '가출을 해야 한다'는 발언이고 이는 곧 가출의 선언으로 효과를 발휘한다고 말할 수 있다. 라캉은 '편지는 결국 도착'[28]한다고 말했다. 그런 의미에서 완득의 가출 편지는 발화에는 실패하였으나 수신되었다. 자신이 쓴 편지를 자신이 읽으며 그의 발화는 완성되었다. 편지는 완득이를 발신인이며 동시에 수신인이라는 '상대적' 위치에 위치시키면서 상징적 관계에 진입하게 했다고 볼 수 있다. 그러므로 완득이의 가출은 현실적으로 실현되지 않았지만, 그 순간 그가 산동네 외딴 집, 외딴 방이라는 종래의 '고립된 자기 세계'

---

27) 슬라보예 지젝, 앞의 책, 2007, 29~30면.

28) "편지는 언제나 그것의 종착지에 도착한다."는 라캉 〈세미나〉의 마지막 문장이다. (권택영, 『후기 구조주의 문학이론』, 민음사, 1990, 36면 참조)

를 떠났음을 암시한다. 또한 '아버지가 감추었던 비밀을 알고 말았다'는 발언은 이제 그가 상상계적 환상의 세계에 속하지 않는다는 것, 현실(비밀)을 알아차리게 되었다는 것, 그래서 아이의 수동적 단계를 넘어 다른 층위로 이동했음을 의미한다. 결국 다시 귀가하지만 집을 나가기 전과 후의 그는 달라졌으며, 이제 심리적으로 자기만의 집을 떠나 동주라는 아버지의 세계로 입문했음을 말해준다.[29]

> 멈춰 버린 동네에서 내가 움직인다. 전에는 나만 멈춘 것 같았는데 지금은 나만 움직인다. 느낄 수 있다. 나, 대회에 나간다. 나 지금 스텝 바이 스텝 중이다. (110)

이제 오히려 완득을 둘러싼 세계가 정지되어 있고, 완득이 앞으로 나아가는 것으로 그려진다. 지체되고 고착되었던 존재가 사회적 존재가 되고, 욕망의 세계로 들어가 욕망의 대상(대회)을 향해 전진하는 것이다. 주체는 한 번에 완성되는 게 아니고 '스텝 바이 스텝'으로 계속 새로이 만들어지는 것임을 보여주기도 한다.

완득이는 이제 막연한 거리감을 버리고 현실에 밀착한 것으로 보인다. 그래서 먼저 핫산에게 자신을 '자매'라 부르지 말라고 요구하는데, 특히 윤하와 동석한 자리에서 정정을 요구한 것은 여자 친구에게 하

---

29) 우연이라고 하기에는 완득이 이 가출에서 돌아온 뒤, 자신을 찾아 온 동주를 맞으며 '이불을 뒤집어쓰고도 똥주를 막을 수 없다'면서 동주의 존재를 인정해 버린다(39). 더구나 동주가 떠나자마자 연습장을 펴고 '그래, 쓰자. 소설이 별 거냐.'하며 언어적 수행을 시도한다. 동주를 아버지로 받아들이고 그 아버지의 지시(법)에 따라 언어적 행위를 시작한다고 말할 수 있다. 이 가출을 계기로 그는 세계와 타자에 대한 태도의 변화를 보이며 다른 층위로 이동한 것이다.

나의 남성으로 인정받고자 하는 욕망을 드러낸 것이라 할 수 있다.[30]

이러한 진척은 언어에서도 나타난다. 처음 윤하와 만났을 때, 완득은 제대로 대화하는 법을 몰랐으며[31] 윤하가 취하는 제스처의 진의도 파악하지 못하였다. 기호를 수신하지 못하다보니 윤하를 이상한 애로 치부하기도 하였다. 이후 언어가 훨씬 정교해질뿐더러, 윤하에게 먼저 말을 걸거나 화해를 청하는 등 언어 수행의 과정에 능동성을 보인다. 자신도 놀랄 만큼 윤하를 향한 호감을 정확하고 솔직하게 전달하기도 한다.[32]

완득이는 자신의 속내를 잘 드러내지 않는 서술자이다. 그러던 그가 동주샘의 병실을 찾은 날, 그간 눌러두었던 반감과 증오를 가감 없이 토로한다. 동주도 "주둥이로 킥복싱을 배웠나, 말 잘하네."라며 그의 언어적 변화를 감지한다. 이후 완득은 "농담도 제법하"는 단계에 이르면서 '말하는 주체'로 성장한다.

언어가 없다면 욕망도 없다. 언어적 존재가 되면서 완득이는 욕망을 가지게 되었다. 킥복싱이라는 "태어나서 처음으로 하고 싶은 거"가 생기고, 그것이 "미치도록 좋았"으며, 그제야 "살아 있다는 것을 실

---

30) 이 요구 이후는 '형제님'(128)으로, 외국인 노동자들에게서도 '완득이'(161)로 정확하게 불린다.

31) 윤하와 처음 만났을 때 완득이는 상대의 말을 들으려 하지 않는다. 따라서 대화가 제대로 이어지지 못한다. "너 왜 만날 혼자 다녀?" "뭐?" "혼자 급식 먹고, 만날 혼자 다니잖아." 하여간 그래서 뭐가 어쨌다는 건지. 어? 예수님 그림이 바뀌었다. "내 얘기 들어?" "뭐? 어, 들어" "어쨌든, 넌 아무것도 아닌 일을 꼭 뭔가로 만들려는 애들하고 다른 것 같아." "무슨 말인지 하나도 못 알아듣겠네."(61)하는 식이다. 또한 논리적이지도 못하다. 가령 "좀 재수 없다" "누가?" "너." "왜?" "몰라."(84)

32) "좋은 데라며?" "너랑 있기 좋은 데지." 내가 말해 놓고 내가 깜짝 놀랐다. 뭐 이런 낯간지러운 말을.(138) 이 구절은 완득이 자신의 감정을 정확히 알고, 또 정확히 표현하게 되었다는 증거다.

감"[33]하게 되었다. 윤하도 본능적인 충동의 대상에서 욕망의 대상으로 변화한다.[34] 또한 "싫어도 싫다고 말 못하던" 완득은 드디어 동주를 향해 "저 원래 선생님 싫어해요." 라고 말할 수 있게 된다. 이는 자신의 감정을 확실하게 발언할 수 있게 되었다는 언어수행의 문제이기도 하고, '싫고 좋다'는 기호(嗜好)와 욕망의 문제이기도 하다.

완득은 나아가, 아버지를 대신해 가정 내 불화를 주도적으로 해결하고 조정해 나가는 역할을 자처하게 된다. 신발을 선물하며 어머니의 존대를 멈추게 하는 것이 그것인데, 어머니가 아들에게 존대를 한다는 것은 아버지가 가정 내 각자의 위치를 지정하는 부권기능을 수행하지 못했다는 뜻이다. 신발을 선물하는 행위는 어머니의 귀가를 요청하고 어머니를 어머니로 인정하겠다는 적극적인 신호이다. 아들의 저항을 염려했을 어머니는 그 신호를 이해하고, 그 자리에서 바로 아들에 대한 존대를 거둔다.

그렇다면 여기서 완득이의 주체화는 완성된 것처럼 보인다. 자기만의 세계를 빠져나와 가족과 사회의 일원이 되고 타인과의 관계를 제대로 형성했다고 할 수 있다. 그런 의미에서 완득이를 포함하여 흩어졌던 '가족'들이 한 자리에 모여 삼계탕을 먹는 풍경은 이 소설에서 가장 따뜻하고 낭만적인 장면이다. 민구 삼촌과 완득의 삼촌 행세를 하

---

33) 그는 처음으로 '실감'이라 할 현실감을 가지게 되었다고도 말할 수 있다.

34) 처음에 완득은 윤하와 어떤 교감도 하지 못해 피곤하고 이상한 애 취급을 하면서도 가슴이 큰 윤하의 "단추를 풀어버리고 싶다"고 생각한다.(63) 상대를 본능적 충동의 대상으로만 바라본 것이다. 그러다가 서로를 알아가면서 "정윤하 별로다"(128)에서 "정윤하, 싫지 않다."(147)를 거쳐 "귀여운 구석이 있다"(188)로 발전하고, 뒤에는 킥복싱대회에서 KO승을 하고자 하는데 그것은 윤하를 위해서이기도 하다. 그가 윤하의 욕망을 욕망하는 단계로 이동한 것이다.

는 동주에 더해, 소설 내 유일한 악역인 옆집 아저씨까지 '식구(食口)'가 되어 둘러앉았다. 동주와 옆집 아저씨가 서로 누가 '형님'인지 다투는 장면은 사회적 타자들끼리 모여 비혈연적인 '유사가족'을 형성했음을 보여준다. 특히 상에 오른 '삼계탕'은 완득의 이전 식사인 '햇반이나 라면'과 대조를 이루는 적절한 설정이다. 정성을 들여 오래오래 푹 끓여야 완성되는 이 음식은 기존의 임시적이고 위태로웠던 '해체적 가정'을 복원하는 강력한 상징이 된다. 이 자리에서 비로소 완득은 처음으로 어머니를 어머니라 부른다.

이제 그간의 모든 갈등이 무화되면서 이 '착한 타자'들은 세상의 차별과 배제에도 불구하고 어떤 저항의 기미나 불만도 없이 자기 충족적인 하나의 풍경을 완성하였다. 이 확대된 유사가족에서 구심점은 단연 동주인데, 그는 가출한 어머니를 데려 왔으며 자신이 집주인인 양 옆집 남자를 초대하기도 하였다. 그의 주도로 소설은 행복하게 마무리되는 것처럼 보인다. 이런 점에서 이 작품은 결핍이 해결된 해피엔딩이 될 수 있었다. 갈등의 장치들이 무색하게 소설은 선한 타자들이 모여 따뜻한 관계를 복원하며 완결되었다. 기존 연구자들의 지적처럼 '낭만적'인 대단원이라 부를 만하다.

그러나 아직 해결되지 않은 질문이 있다. 왜 완득은 동주의 호명에 그토록 거부감을 표시했을까. 완득이는 자신만이 아니라 아버지, 나아가 가족 전체를 회복시킨 고마운 동주에게 왜 계속 싫다는 감정을 숨기지 않았던 것일까. 삼계탕을 먹는 저 완성된 그림에도 불구하고 아직 해결되지 않은 완득의 감정적인 앙금은 무엇일까. 이를 해명하려면 '믿을 수 없는 화자'로서의 완득이의 서술을 좀 더 심층적으로 탐색해야 한다.

다. 미완의 과제

소설 전체에서 완득이 동주에게 고맙다고 말하는 장면은 세 번 등장한다. 동주가 집을 가르쳐줘 어머니가 그를 찾아왔을 때, 킥복싱 시합을 앞두고 동주가 고아먹으라고 생닭을 사주었을 때, 그리고 동주가 아버지를 위해 댄스교습소를 차리려는 것을 알게 되었을 때이다. 서술자의 감정을 드러내지 않는 서술방식은 동주에 대한 그의 감정을 구체적으로 파악하기 어렵게 만들지만, 이 세 번의 인사는 그가 동주의 선의를 인정하고 그의 조력에 감사하고 있다는 것을 보여준다. 그런데 이 감사의 감정보다 더 빈번하고 더 확실한 어조로 완득은 소설 곳곳에서 동주에 대한 반감과 미움을 드러내고 있다. 그의 이런 저항감의 이면에는 아직 해소하지 못한 억압이 존재하는 것으로 보인다.

(1)

"한 번, 한 번이 쪽팔린 거야. 싸가지 없는 놈들이야 남의 약점을 가지고 계속 놀려먹는다만, 그런 놈들은 상대 안 하면 돼. 니가 속에 숨겨 놓으려니까, 너 대신 누가 그것을 들추면 상처가 되는 거야. 상처 되기 싫으면 그냥 그렇다고 니 입으로 말해버려."

"뭐가요?"

"그 '뭐' 말이야, 새끼야."

(……) 나는 한 번도 내 입으로 아버지에 대해 말한 적이 없다. 내가 커밍아웃하면 그 놀림이 내가 아니라 아버지를 향하게 되리라는 걸 너무 잘 아니까. 이 세상이 나만 당당하면 돼, 해서 정말 당당해지는 세상인가? 남이 무슨 상관이냐고? 남이 바글바글한 세상이니까. (……) 내

> 입으로 말하라고? 아버지는 이미 몸으로 말하고 있다. 그걸 굳이 아들인 애가 확인사살 해 줘야 하나? 자기들은, 내 아버지는 비장애인입니다, 하고 다니나? (……) 똥주, 이 인간은 어쩌면 그렇게 한 대 패주고 싶은 말만 하는지. (120-121)

> (2) 장애라는 말에 아버지의 어깨가 잠시 흔들렸다. 사람에게는 죽을 때까지 적응이 안 되는 말이 있다. (……)
>
> 겉으로 드러난 몇 가지만 가지고 내 모든 것을 다 아는 것처럼 떠드는 똥주. 외국인 노동자를 부리는 집에서 태어나, 지금 외국인 노동자와 함께 한다고 그 사람들을 다 아는 것처럼 행세하는 똥주. 이것이 내가 똥주를 죽이고 싶었던 진짜 이유다. 나는 아버지에게도 나에게도 딱지가 앉지 않는, 늘 현재형이라 아물 수 없는 말을 하고 말았다. (173-174)

(1)은 동주가 완득에게 '커밍아웃'을 종용하는 대목이다. 정확히 '무엇'을 커밍아웃할 것인가에 대한 언급은 없다. 가난을 문제 삼아 언쟁을 벌이는 것처럼 보이기도 하지만[35] (2)에서 말하듯 '진짜 이유', 문제의 핵심은 아버지 도정복의 장애, 왜소증이다. 그 사실이 끝내 '뭐'로 말해진다는 것은 그것을 정확하게 발설하는 것이 완득과 동주 모두에게 얼마나 어려운 일인지 말해준다.

라캉에 의하면 환자가 치료를 원하지 않는 것은 당연하다. 증상은

35) 완득이가 동주 입원실을 찾아가 동주에게 대드는 장면에서 자신의 가난과 베트남 어머니만 언급한다. 그러나 실제 해야 할 말은 '아버지의 장애'이다. 그것은 완득에게 '영원한 상처'라서 늘 직설적인 동주도 그 이야기를 직접 언급하지 못한다. 아버지의 장애에 대해 완득이가 느끼는 심리적인 거부와 저항을 알기 때문이다.

어떤 식으로든 환자에게 만족감을 주기 때문[36]이다. 라캉은 이를 '무지에의 의지'[37]라고 불렀다. 완득 또한 마찬가지로, 그는 자신에 대해 모르고자, 진실을 덮어 두고자 한다. '영원히 현재형인' 자신의 열악한 처지와 그것이 빚어낸 상처들을 세상에 들키느니 차라리 상처를 지니고 살고자 한다. 그렇다면 그동안 남과 관계 맺기를 피하고 자기 세계에 갇혀 산 것, 즉 '조용히 살자는 인생철학'(15)이나 "이상한 막을 씌워놓고 번개처럼 나왔다가 다시 들어가 버리는"(174) 처세 방식 등은 자신의 가족사를 세상에 드러내고 싶지 않았기 때문이라고 말할 수 있다. 즉 그 '뭐'를 감추기 위한 자구책이었다.

완득은 자신의 이런 태도를 "비장애 부모를 비장애라고 굳이 말하지 않는 것"과 같은 것이라고 강변한다. 그러나 그는 단순히 입을 다문 것이 아니라 입을 다물기 위해 자신을 고립시키고 아예 성장을 멈추기로 한 것이다. 따라서 그 문제를 해결하지 않고서는 완득은 세상으로 나갈 수 없으며, 그런 의미에서 "한 번 자기 입으로 말해버리는" 그것이 완득에게 남아있는 사회화의 마지막 관문이고, 일종의 입사의식이 될 것이다.

그렇다면 동주를 '죽여달라'고 했던 교회에서의 기도는 단순한 해학이 아니라 동주의 호명에서 완득이 '자아의 위협'을 감지했다는 것을 뜻한다. 그 호명에 이끌려 자신이 세상에 커밍아웃하면서 갈등의 세계, 불화의 세계에 들게 되리라고 예감한 것이다. 그러므로 완득이가 미워하고 피하고 싶어 한 대상은 표면적으로는 동주지만, 이면적으로

---

36) 브루스 핑크, 맹정현(역), 『라캉과 정신의학』, 민음사, 2002, 17-18면.
37) 브루스 핑크, 위의 책, 2002, 25면.

는 내면의 진실[38]이었다.

동주의 호명에 이끌려 완득이가 나온 세상은 아직 커다란 '가족 공동체'였다. 옆집 남자마저 동주의 '형님'이라면 완득이를 둘러싼 모든 이들은 부모요 삼촌이며, 교회에서 만난 이들은 또 '형제'들이다. 그를 둘러싼 세계는 여전히 안전하고 따뜻한 무풍의 지대이고, 그는 아직 가족 밖 상징계로까지는 나서지 못했다. 아이의 성장이 자신의 존재 지평을 외부세계 속으로 넓혀가는 것이라면 가정은 아이가 진입해야 하는 바깥세계의 입구라는 점에서 성장의 일차 관문[39]일 뿐이다. 그렇다면 완득이는 이제 겨우 일차 관문을 통과한 것이다. 자신만의 고립된 세계를 벗어나 조금 더 큰 유사가족 속에 자기 위치를 정치(定置)했을 뿐인 것이다.

그렇다면 그간의 숱한 비판과 달리 이 소설은 '낭만에 의한 해피엔딩'이 아니라 '아직 끝나지 않은 성장'의 서사라고 보아야한다. 완득의 성장 과업은 아직 완수되지 않았다. 동주샘을 완득의 삼촌이라 믿는 혁주나 윤하의 오해를 완득이가 굳이 정정하려 하지 않았다는 사실을 주목할 필요가 있다. 그 두 사람만이 완득이가 관계 맺은 가족 밖의 '타자'인데, 두 사람에게도 자기 가족의 진실을 밝히지 않은 것, 그리고 동주를 삼촌으로 믿도록 내버려둔 것은 그들과의 관계마저 은폐에 기초하고 있음을 알려준다. 그러니 완득이에게 세계와의 갈등과 불화는 아직 제대로 시작되지 않았다고 할 수 있다.

완득의 성장에 고통이나 수난이 없는 것은 당연한 결과이다. 가족

---

38) 김남석, 「다문화 가정의 심리적 거리와 영상 표현방식에 대한 연구-영화 〈완득이〉를 중심으로」, 『현대문학이론연구』 55권, 현대문학이론학회, 2013, 11면.

39) 최시한, 『한국문학과 가족 이데올로기』, 푸른사상, 2007, 90면.

이라는 자기 동일적인 타자 속에서 격렬한 갈등을 기대할 수는 없기 때문이다. 완득은 아직 자아라는 세계가 산산이 부서지는 입사의 충격을 겪지 않은 것이다.

> 그래도 똥주가 순진하기는 하다 ……. 나를 찾았으면 자기가 숨을 차례인데, 내가 또 숨어도 꼬박 꼬박 찾아줬다. 좋다. 숨었다 걸렸으니 이제는 내가 술래다. 그렇다고 무리해서 찾을 생각은 없다. 그것이 무엇이든 찾다 힘들면'못 찾겠다, 꾀꼬리'를 외쳐 쉬엄쉬엄 찾고 싶다. (206)

동주가 여전히 술래가 되어 완득이 숨을 때마다 그를 부른다는 것은 그의 호명이 마무리되지 않았다는 뜻이다. 완득이가 아버지의 장애를 자신의 입으로 '말해버릴 때' 동주의 아버지 역할은 완수될 것이다. 완득이는 '무리하지 않고 쉬엄쉬엄' 자기 과업을 완수하겠다고 한다. 지금은 숨을 고르며 쉬고 있지만 언젠가 세상에 자신의 전모를 드러내고 세상의 조롱에 저항하고 부딪히면서 유예된 성장에 도달하게 될 것이라는 뜻이다. 윤하나 혁주에게도 가족사의 진실을 밝힐 때가 올 것이다.

독자는 동주의 지나친 완득에 대한 사랑에 의구심을 갖게 된다. 왜 동주는 이토록 완득의 성장에 주력하는가. 그러나 정작 완득은 그런 질문을 하지 않는다. 대타자의 호명에 응답하지만 아직 대타자에게 '케보이(Che Vuoi)?'라고, "도대체 왜 내게 이러는 거예요?" "내게 원하는 게 뭔가요?" 라고 묻지 않는다. 그에게 동주샘은 고마운 '아버지'요 자아이상이지만, 이 '아버지'에 대한 의심이나 의혹은 아직 떠오르지 않았다.

완득이도 어느 시기에 동주의 질서에 회의를 느끼면서 그의 욕망을 의심하고 그를 뛰어넘으며 '분리'라는 성장의 후속작업을 이어나갈 것이다. 그러나 그것은 이 소설 이후의 서사가 될 것이다.

라캉은 증상을 '스스로를 나타내 보이는 것'으로 정의한다. 증상은 무의식의 세계에, 실재에 무엇인가 문제가 있다는 것을 알리는 신호이다. 완득이 보여주는 막연한 현실인식, 욕망도 갈등도 없는 심리, 그가 가진 낭만성과 비현실성 등은 그 자체 그의 고유한 증상들이었다. 그는 상징계 대타자의 세계로 나아가는 길목에 붙들려 있었으며, 거기에 그의 문제가 있었다. 이렇게 이해한다면 소설의 해석은 다른 층위로 옮겨가고 훨씬 복합적인 의미를 추출할 수 있게 된다.

『완득이』는 상징계 진입의 어려움과 고통을 보여주는 소설이다. 완득의 성장이 사회화, 대타자에 대한 의문까지 나아가지 않았다 해서 성장이 아닌 것으로 치부될 수는 없다. 완득은 이제 겨우 자기 자신에게서 빠져나왔을 뿐이고 그 다음의 성장에 대해서는 아무도 알지 못한다. 모든 청소년소설이 동일한 수준의 성장에 이르러야 하는 것은 분명 아닐 것이다.

2. 금지하지 않는 모호한 아버지-『위저드 베이커리』

2009년 창비 청소년문학상 2회 수상작 『위저드 베이커리』[40]는 1회

40) 구병모, 『위저드 베이커리』, 창비, 2009. 이하 소설의 인용은 면수만 밝힌다.

수상작 『완득이』와 자주 비교된다. 『완득이』가 착하고 유머러스한 인물들이 어두운 현실을 따뜻하고 유쾌하게 헤쳐 나가는 긍정적 서사라면, 이 소설은 불행한 인물들의 어두운 심리와 그들이 겪는 외상적인 사건을 타협 없이 끝까지 밀어붙이는 무거운 작품으로 알려져 있다. 『완득이』의 명랑 코드 전략을 고만고만하게 따라하는 작품들이 양산되는 추세에서 친모의 자살, 근친상간, 소아성애라는 극단의 소재를 택해 좌고우면하지 않고 파국을 향해 돌진하는 작가의 뚝심은 크게 평가받을 만하다. 청소년들이 선호하는 판타지 기법과 추리적 요소를 차용하고, 〈헨델과 그레텔〉이나 계모설화 등을 상호 텍스트적으로 병치한 작가의 서사적 역량도 돋보인다.[41] 마지막 결말을 두 가지로 제시해 독자의 선택을 유도한 점, 제목이 주는 낯선 어감, 외국 도서 느낌의 공들인 표지의 삽화 등도 청소년 독자의 흥미를 끄는 데 일조했을 것이다.

『위저드 베이커리』에서 아버지를 기술하는 키워드는 '애매모호함'이다. 서사가 파국으로 마무리되는 것은 바로 그 모호함에 가려진 아버지의 욕망 때문이다. 이 연구는 '모호한 아버지', '금지하지 않는 아버지'가 어떻게 아이의 성장과 주체화를 저해하고 가정의 근간을 해칠 수 있는지 살핀다. 또한 이를 극복하려는 주인공의 의지가 환상의 세계와 맞물려 어떻게 자기 성장으로 나아가는지 규명한다. 특히 기

41) 『위저드 베이커리』는 동화나 설화적 요소를 적극 도입하였다. 헨델과 그레텔, 백설공주 이야기, 나니아 연대기 등의 이름이 직접 거론되기도 한다. 거기에 동화와 설화에 빈번하게 출연하는 마법사 모티프, 나쁜 계모 모티프가 중요한 이야기소로 활용되면서 독자를 익숙한 이야기의 세계로 유인한다. 독자는 양식화되고 패턴화한 이야기가 변형되거나 유지되는 즐거움과 함께 서사의 즐거움에 빠져들게 된다.

존 연구가 외면하거나 소홀히 다룬 '몽마(夢魔)의 침입'을 '아버지의 금지'와 금지에 대한 '위반의 충동'으로 읽어낸다면, 작품의 심층적이고 무의식적 의미가 보다 명확해질 것이다. 이때 작가와 독자가 무의식적으로 거부하는 불편한 심층의 지점 역시 제 모습을 드러낼 것이다. 그러나 무엇보다도 이 소설이 성장을 거부하는 반(反) 성장 서사라거나, 서사 주체인 '나'가 주체화와 성장의 과정에서 소외된 수동적인 존재라는 기존의 평가와 달리, 주체의 성장과 그 과정의 고통이 좀 더 적극적인 의미로 해석될 수 있을 것이다.

미케발에 의하면, 스토리에서 공간이 기능하는 방식은 두 가지인데 하나는 배경으로서의 공간이요, 다른 하나는 행동을 실현하는 장소이다. 공간은 전적으로 배경으로 남을 수 있지만, 때로는 공간이 '주체화'하는 예도 많다. 이때의 공간은 행동이 행해지는 '행동의 장소(the place of action)'가 아니라, 역동적으로 '행동하는 장소(acting place)'이다.[42] 이는 공간이 동력이 되어 인물의 변화, 성장, 깨침의 여정을 이끌어내기도 한다는 뜻이다.

이 소설에서는 주인공의 심리 변화와 서사의 의미론적 경계에 따라 공간을 셋으로 나눌 수 있다. 첫째는 '아버지'의 금지가 행해지지 않는 '집'이라는 공간, 둘째는 환상의 공간 '베이커리', 마지막은 무의식으로서의 '꿈'이라는 공간이다. 이들 각각의 공간은 라캉이 말한 '상상계' '상징계' '실재계'라는 세계와 대응하고 있으며, 주인공의 공간 이동은 그의 의식 변화와도 상동적으로 연결되어 있다. 즉 공간이 주인

42) 미케 발, 한용환 · 강덕화(역), 『서사란 무엇인가』, 문예출판사, 1999, 174면.

공을 억압하거나, 성장시키거나, 해방하면서 주인공의 통과의례의 구도를 형성하고 서사의 중요한 한 축으로 기능하고 있다.

가. '금지'가 행해지지 않는 아버지의 집

서사는 주인공을 상상계에 붙잡아두는 '집'이란 공간에서 시작된다. 주인공의 '집'은 일반적인 집의 기능이나 자질을 가지지 않았다는 것이 특징이다. 이 집은 일찍이 친모가 목을 맸던 집, 구성원들 사이 의심과 경계가 난무한 집, (전처 자식에게) 식탁과 음식이 허용되지 않는 집이다. 그러나 무엇보다 근친상간을 꿈꾸는 아버지가 사는 집이고, 위에 언급한 모든 왜곡되고 뒤틀린 문제들의 원인은 이 아버지에 있다.

이야기는 새어머니 배 선생과 주인공의 갈등에서 시작된다.[43] 계모설화에서 갈등의 당사자는 주로 계모와 전실 자식이다. 가부장제 가정에서 아버지의 역할과 권위가 그토록 미약하거나 중립적일 수는 없을 것이나, 아버지는 갈등 구조 밖에 있고 그의 무책임은 대부분 은폐

43) 현대소설의 독자에게 '계모에게 핍박받는 전처 소생'이라는 모티프는 다소 당혹스러울 수 있다. 사회적으로 '정상 가족'을 벗어난 다양한 가족 형태가 실험되고 옹호되면서 오히려 '나쁜 계모' 모티프를 뒤집는 '새로 쓰기'가 시도되는 추세이기 때문이다. 『위저드 베이커리』는 이런 시대적 윤리에 아랑곳하지 않고 '구박하는 계모, 희생당하는 전처 소생, 무관심한 아버지'라는 계모설화의 화소를 반복한다. 누명을 씌우는 계모, 쫓겨나는 자식이라는 설정에서도 계모설화의 원형적 패턴을 따른다. 『장화홍련전』에서 계모가 장화를 모함할 때의 구실이 '음란하다'는 것인데, 이 작품 주인공 역시 동생을 욕보였다는 '음란'을 구실로 내쫓긴다. 이 역시 익숙한 설정이라고 할 수 있다. 그러나 이 서사가 계모설화와 갈라지는 지점은 갈등의 원인이 계모의 욕심이나 심성에 있지 않고, 아버지의 부도덕에 있다는 점이다.

되어 있다. 그러나 프로이트와 라캉은 가정 내 어머니와 자식의 관계를 결정짓는 권리와 의무를 아버지에게 둔다. 따라서 가정 내의 질서와 평화의 유지는 아버지의 몫이다.

> 아무도 탓할 것 없다. 처음부터 서로 잘해보자거나 친해지자는 노력 대신 우리는 각자 택했던 것이다. 배 선생은 통제와 압력 또는 권력에의 욕망을, 나는 나대로 거기에 전혀 감응하지 않는 냉소와 무관심을. 배 선생의 일련의 태도들은 약간 왜곡되긴 했으나 그것도 나름대로 '내 엄마가 되고 싶어 하는'(엄마의 요건 가운데 지배력 행사에만 집착한?) 몸부림의 일종이었을 터다. 내가 아버지에 대한 한 점의 분노도 없이, 가족의 기원과 속성에 순종하며 그녀의 욕망 아래로 미끄러져 들어가 주었더라면 모든 일이 지금과 달라졌을까. (213)

"아무도 탓할 것이 없다"는 것이 주인공 '나'의 고백이다. 여기서 '아무'는 배 선생으로, '나'는 배 선생이 내 고통의 가해자가 아니며 그녀의 학대는 일종의 "내 엄마가 되고 싶"은 심리가 '왜곡'되어 나타난 것이라고 지적하고 있다. 그리고 '엄마'가 되겠다는 그녀의 '몸부림'에도 자신이 '무관심과 냉소'로 일관한 이유를 '아버지에 대한 분노' 때문이었다고 밝힌다. 표면적으로는 갈등의 축이 배 선생과 '나' 사이에 있는 것 같으나 실상 그것은 자신과 아버지 사이의 문제라는 것이다. 이것은 주인공이 작품 내내 외면해오다가 소설 말미에서 인정하는 진실의 일면이다.

배 선생은 자신을 '엄마'로, '나'를 '자식'으로, 그래서 확실한 '모자관계'로 확정짓고 싶어 하였다. 아버지의 반대에도 불구하고 기어이 결혼식을 올려야 하고, '나'를 꼭 식장의 화동으로 삼아야겠다고 고집한 것도 대외적으로 또 주인공에게 자신이 이 집안의 안주인이라는 "일종의 선언"(24)을 하려는 의도 때문이었다.

외양적으로 배 선생은 주인공을 적대하는 전형적인 '안타고니스트(Antagonist)'로 기능하지만, 엄마 혹은 아내라는 가족 내의 합당한 위치를 보장하라는 배 선생의 요구는 현실적으로 정당하다는 것을 인정해야 한다. 재혼가족에게는 가족의 '경계 설정' 자체가 명확하지 않기 때문이다. 가족이란 경계에 누가 속하고 속하지 않는지에 관한 구성원의 인식이 불명확하다는 뜻이다. 초혼가족은 생물학적, 관습적으로 정의된 선명한 경계를 갖고 있지만, 재혼가족에서는 접촉 빈도와 의지에 의해 가족이라는 경계가 주관적으로 정의된다.[44] 그러므로 재혼가족의 경우 새 배우자와 그 배우자의 자녀와의 관계를 인도해줄 명확한 역할규범[45]이 초혼가정보다 더 시급하게 요구된다. "최초의 결혼생활이 실패로 돌아간 뒤 그것을 보상받고"(33) 싶은 배 선생은 바로 그 경계 설정, 혹은 관계 설정에 더욱 집요할 수밖에 없었을 것이다.

배 선생은 "남편을 갖게 되어 자신의 딸과 함께 사회적으로나 법적으로 보호"(28)받겠다는, 재혼에 대한 명확한 기대와 지향이 있었다. 부계혈연의 사회에서 이혼녀라는 표식은 분명히 흠결이고 모녀가정은 '결손'의 불완전한 가족으로 치부되기 때문이다. 따라서 배 선생에게 가족의 범위와 구성원 사이의 관계를 명확히 설정하는 것은 그녀가 "필사적으로 그리고 싶었던 가족사진"(33)을 완성하고 유지할 수

44) 김효순, 「청소년 자녀가 있는 재혼가족의 새부모 역할 경험에 관한 연구」, 『가족과 문화』 23집1호, 한국가족학회, 2011, 141면.

45) 김효순, 위의 논문, 142면.

있는 필수적인 방안이었다. 거기에는 혈육인 무희를 '정상가정'에서 키우며 보호하겠다는 모성적인 소망이 깔려있기도 했을 것이다.

독자는 일인칭 초점자인 '나'의 시각에 사로잡혀 자칫 배 선생은 물론 그 여자의 딸 무희가 주인공 못지않은 피해자라는 사실을 잊기 쉽다. 특히 무희는 내면을 드러내기에 어리기도 하지만 '제한된 초점자'의 한계 때문에 고통을 느끼는 존재로 취급되지 않는다. 그러나 부계 혈연의 가족구조에서 계부의 가정에 편입된 어린 여자아이는 이중삼중으로 취약한 약자일 수밖에 없다.[46] 그러니 혈연적으로 타자인 두 남자의 집에 어린 여자아이를 데리고 들어오는 배 선생의 심리는 '새 가정'에 대한 기대와, '새 남자들'에 대한 불안과 초조가 공존했을 것이다.

> 배 선생도 처음에는 웬만한 새어머니들이 밟는 절차대로 플레이스테이션 같은 환심을 살 만한 선물을 내게 갖다 안겼다. 첫 만남에서 그녀는 옆에 당시 두 살 난 딸의 손을 붙잡고 왔다. (……) 그 애와 내가 눈이 마주칠락 말락 한 순간, 그녀는 딸의 어깨를 자기 허벅지 쪽으로 감싸듯이 꼭 끌어당겼다. 그리고 딸은 나를 올려다보며 두려운 듯 어깨를 움츠렸다. 그 애가 나를 꺼려서 어깨를 움츠리고 그걸 본 배 선생이 자기 몸에 끌어당겨 붙여서 안심을 시켜준 것인지, 배 선생이 끌어당겼기 때문에 거기에 반사작용이나 호응이라도 하듯 아이가 어깨를 움츠

46) 무희는 장면 어디에서도 잘 보이지 않는다. 목소리는 서술자의 목소리로 간접 인용된다. 중요한 순간에 손짓을 하거나 조그맣게 울 뿐이다. 아무 목소리를 가지지 못했다는 점에서 가장 소외된 타자이고 대상화된 존재이다. 이 아이는 다만 소재로, 사건의 동기로 차용될 뿐이다. 오직 주인공의 꿈에서만 다 큰 십대의 모습으로 변해 자기 목소리로 말을 한다.

> 림으로써 뒤늦게 나를 꺼리는 감정이 든 것인지 앞뒤 관계를 도무지 알 수 없었다.(27)

배 선생이 선물을 안기면서 '나'의 환심을 사야 할 만큼 불리하고 불안한 처지에서 새 관계를 시작했다는 것을 눈여겨봐야 한다. 나이에서든, 완력의 정도에서든, 부계혈통 사회의 남아라는 신분에서든, '나'는 배 선생의 딸애에게 위해를 가할 수 있는 위치에 있다. 이런 불안의 요소를 제거할 수 있는 최선의 방안은 두 '남자'들이 '아버지와 오빠', 혹은 '남편과 아들'의 역할을 충실히 수행하는 것으로, 이때 그들은 오히려 외부의 가해로부터 두 여자를 보호해 줄 수 있다. 이를 위해서는 가족구성원 모두가 가족이라는 경계 안의 합당한 자기 위치를 받아들여야만 한다. 배 선생이 자신이 꼭 '엄마'이어야 하고 '나'를 '아들'이란 지위와 역할에 고정시키려 한 이유가 이것이었다. 그런데 무엇인가가 배 선생이 꿈꾸던 정상가족을 만들 수 없게 했다.

> 배 선생은 나를 볼 때마다 불쾌감을 굳이 숨기지 않았다. 이유는 어렴풋이 짐작이 됐다. 화재나 교통사로도 아니고, 사람의 감정적 결과를 가져오는 원인이 꼭 한 가지일 수만은 없다. 그래도 그중 분명한 것 한 가지는 아버지의 시선 처리에 있었다.

여러 가지 이유가 있을 수 있겠으나 확실한 것 하나는 '아버지의 시선'이 문제라는 것이다. 이 작품에서 아버지는 시종일관 "딴 데로 시선을 돌리"(77)거나, "무표정에 가까"운 시선(155)으로 "표정을 알아보기 힘"들거나, "의중을 알 수 없"을(156) 만큼 "모호의 극치를 달리는"(157) 것으로 나타난다. 한 마디로 그 시선은 '모호하다'. 표정이 하나의 기표라면 그의 눈빛은 아무 것도 의미하지 않는다.

아버지가 모호하다는 것, 명확한 의사 표명을 하지 않는다는 것은 가정의 존속에 치명적인 문제가 될 수 있다. 아버지란 가족구성원에게 무엇이 허용되고 무엇이 허용되지 않는지를 명확히 제시하면서 가족 내 법을 제정하는 사람이기 때문이다.[47] 이때의 아버지의 법이란 '금지'의 법이다. 가족관계는 금지를 기반으로 성립하는데, 여기서 금지란 '근친상간의 금지'에 다름 아니다. 아버지는 가족구조 내에 각자의 위치를 부여하여 경계를 짓고 그 경계를 넘지 말 것을 명령해야 한다. 이는 일종의 분배의 정의이다. 법을 구현하는 아버지, '상징적'인 아버지는 이렇게 말한다. "네 엄마는 내 거란다. 물론 다른 여자들은 네가 가져도 돼."[48]

그러나 아버지들이라고 해서 무조건 '분리하는 심급(審級)', 이자관계를 해소하는 제3자의 역할을 할 수 있는 것은 아니다. 프로이트는 근친상간 금지 법률이 향하는 대상을 주로 후손들로 상정한 데 반해, 라캉은 이를 주로 부모라고 생각한다. 라캉은 자녀를 향한 부모의 욕망에 더 중점을 둔 것이다. 레비스트로스에 따르면, 친족 내의 결혼 금지란 딸의 세대에 대하여 자신들이 성장한 가정이나 부족에 소속해서는 안 된다는 규정이다. 따라서 근친상간 금지 법률이 향하는 대상은 아버지들이기도 한데, 그것은 그들이 딸들과 관계를 맺는 것에 대한 금지이다. 이는 아버지의 욕망도 승화되지 않은 상상적 욕망이 될 수

47) 브루스 핑크, 앞의 책, 2002, 141면.
48) 브루스 핑크, 위의 책, 2002, 174면.

있다는 것을 인정하는 것이다.[49)]

『위저드 베이커리』의 아버지는 '모호한 시선'으로 근친상간의 욕망을 은폐하고 있다. 그는 모호함 뒤에 숨어서 가족들에게 명확한 분리의 기능, 위치 지정의 기능을 행하지 않는다. 자신이 금지의 법을 지킬 수 없기에, 가족들에게도 금지를 행하지 않는 것이다. 그런 의미에서 그는 '거세되지 않은 아버지', '상상계의 아버지'이다.

분리와 경계가 분명하지 않게 엉켜진 상상계적인 공간에서 배 선생의 불안은 증폭될 수밖에 없고, 그래서 배 선생의 '횡포'는 일관되게 공간에 대한 욕구와 직결된다. "이 집은 너만 사는 것이 아니라 내 공간이기도 해"라거나, "집 전체를 전세 냈다고 생각하지 마라"거나, "내 집이 정신 산란한 건 못 참겠다"는 말은 집을 자기 공간으로 선언하는 동시에 집이 안전한 공간이 아니라는 불안을 드러내는 것이다.

> 공간 확보에 대한 배 선생의 욕망은 점차 구체적으로 나타났다. (……) 자리가 내 자리가 아닌 것만 같을 때 더욱 증폭되는 공간에의 욕구. 배 선생의 과장된 손짓 한 번, 누추한 몸짓 한 번마다 '여긴 내 집이고 여기 안주인은 나야!'라는 비명이 들려왔다. 그 비명 너머로, 자라나는 무희의 시무룩한 얼굴이 보였다. 그걸 걱정하고 있는 거야? 내가 당신의 영역을 침범해서 여동생을 해코지라도 할까 봐? (37-38)

배 선생의 신경질적인 간섭과 질책이 어디서 비롯되는지 직설적으로 보여주는 대목이다. "여긴 내 집"이라는 비명소리 같은 그녀의 '공

---

49) 페터 비트머, 앞의 책, 149-150면 참조.

간 확보에 대한 욕망'은 그 공간이 안전하지 않다는 불안 때문이고 그 불안의 이면에는 '자라나는 무희'가 있다. 배 선생에게는 무희를 위한 '안전한 영역'이 당장 절박하게 필요한 것이다. 배 선생이 거실과 식탁이라는 공통의 공간이 안전하지 않다고 생각하는 것은 남편이나 주인공에게 아빠나 오빠로서의 역할을 기대할 수 없게 되었기 때문이다. 그래서 배 선생은 "내가 네 엄마여도 그랬을까? 얘가 네 동생이었어도 그랬겠니?" 라고 묻는다. 아버지에게도 "얘가 당신 딸이어도 그렇게 말할 수 있어?"라고 질문한다. 아버지는 위 질문의 답을 "애매모호하게" 피해간다. '나' 역시 끝내 '새어머니'를 '배 선생'으로 지칭하면서 배 선생의 기대를 저버린다.

위의 인용에서는 막연하게 '해코지'로 표현되지만, 배 선생은 설명할 수 없는 예감에 시달리고 있었다고 할 수 있다. 그리고 배 선생의 염려와 예감은 결국 예언이 되었고 주인공은 무희에 대한 성폭행범으로 몰려 집을 떠나게 된다. 누이를 노리는 아들은 가족일 수 없으므로 배 선생은 주인공에게 거실과 식탁만이 아니라 주인공의 방마저 용납하지 않는다.

한편, 아버지의 애매모호함은 아들에게도 치명적인 불안의 요소가 된다. 프로이트는 「토템과 터부」에서 '원초적 아버지'를 상정하고, 근친상간 터부의 기원을 해명한다. 그는 근친상간 터부가 토템 터부와 연결되어 있다고 보고, 이 두 가지 터부는 오이디푸스가 범한 두 가지 죄악, 즉 아버지(토템)을 죽이고 어머니를 탐한 죄와 정확하게 일치한다고 말한다.[50] 이후 이 터부는 하나의 공동체가 유지될 수 있는 도

50) 지그문트 프로이트, 이윤기(역), 『종교의 기원』, 열린책들, 2004, 203면.

덕과 법률, 종교, 문화를 형성하는데, 그래서 레비스트로스는 근친상간의 금지를 인간의 삶이 자연에서 문화로 넘어가는 과정으로 이해한다.

그러나 터부는 '해서는 안 된다'는 부정적인(negative) 규칙이지만, 다른 한편으로 다른 부족 혹은 다른 가족과의 상호 커뮤니케이션, 즉 사회화를 촉진하는 긍정적인(positive) 내용을 함축한다.[51] 라캉이 '아버지의 금지'를 주체의 사회화와 연결하는 것이 그런 까닭이다. 그에 따르면 '아버지의 금지'는 억압으로만 기능한 것이 아니라 거기에는 해방적인 요소도 있다. 아이는 자연을 떠나 문화의 영역으로 들어가 혈연적인 관계를 벗어나며 가족 외부에서 새로운 관계를 형성하게 되는 것이다. 이런 의미에서 금지를 행하지 않는 아버지는 아이를 불안하게 하고, 아이는 아버지에게 확실한 금지를 애원(요청)하게 된다.

소설 마지막에 아버지가 무희를 추행하는 장소는 안방이다. 아버지는 무희의 방과 자신의 방을 오가며 금지된 경계를 넘는다. 아버지가 의붓딸과 한 침대에 있다는 것은 상징계의 질서를 거부하는 '상상계적' 아버지가 지닌 공간 침탈의 욕망, 금지와 금기를 파괴하고자 하는 욕망을 보여준다. 아버지가 '모호함' 속에 자기 기능을 행하지 않을 때 출발부터 불안하던 재혼 가정은 지지대를 잃고 붕괴하게 된다.

이제 주인공에게 부성은유는 '아버지다운 면모를 지닌' 다른 인물[52]에 의해 수행되어야 한다. 그런 의미에서 주인공의 가출은 배 선생의 폭력으로부터 목숨을 부지하기 위한 피신이기도 하지만, '새로운 아

---

51) 후지사와 고노스케, 유진상(역), 『철학의 즐거움』, 휘닉스, 2004,

52) 브루스 핑크, 앞의 책, 2002, 140면.

버지'를 찾아 나선 주체화를 위한 수행의 여정이라 할 수 있다.

나. '선택과 책임'을 가르치는 마법사의 베이커리

토도로프(Todorov)는 판타지 장르의 가장 기본적인 조건으로 초자연적인 요소 앞에서 "독자와 작중인물이 느끼는 망설임"의 심리를,[53] 니콜라예바(Nikolajeva)는 현실과 대비되면서 동시에 연계되어 있는 '2차적인 시공간' 개념을[54] 제시한다. 이들의 주장은 초자연적 이야기라 해서 모두 판타지가 되는 것은 아니며, 판타지의 환상세계는 현실세계에 대한 의문을 제기하는 등 현실과 내적으로 연결되어야 한다는 점에서 같다.

『위저드 베이커리』는 이들이 제시한 판타지의 전형을 벗어나지 않는다. 먼저 2차적인 시공간이 등장한다. 베이커리의 출입문을 사이에 두고, 문 밖은 한밤중에 계모에게 매 맞고 쫓기는 가혹한 현실이, 문 안은 "중불에 달구어진 설탕냄새"에 "발효되는 이스트의 움직임"까지 감지되는 낯설지만 달콤하고 아늑한 환상의 세계가 병치된다. '문'은 판타지에서 두 시공간 사이의 통로로 쓰이는 가장 보편적인 장치이다.[55] 주인공이 베이커리의 문 앞에서, 다시 오븐이라는 또 하나의 경계를 지나면서 갖게 되는 의구심과 의심, 즉 '망설임'의 심리 역시 환상소설의 공식을 따른다.[56]

---

53) 토도로프, 이기우(역), 『덧없는 행복-루소론, 환상문학서설』, 한국문화사, 1996, 133면.

54) 니콜라예바, 김서정(역), 『용의 아이들』, 문학과 지성사, 2004, 185-188면.

55) 니콜라예바, 위의 책, 256면.

56) 문 안의 2차 세계에는 고깔모자를 쓰고 솥을 젓던 동화 속의 마녀처럼 하얀 종이

장르는 서사의 예견 가능성에 일정한 역할을 한다. 가령 탐정은 살인자를 찾아내고, 로맨스는 남녀가 사랑에 빠질 것이며, 판타지라면 마법사가 마법을 행할 것이다. 그러나 장르에서 도출되는 이런 기대감이 깨지는 경우도 종종 있다.[57) 『위저드 베이커리』는 위에서 지적한 판타지의 전형적 요소들을 공유하지만 결정적인 면에서 장르적인 기대를 저버린다. 환상(fantasy)의 세계가 매혹적인 것은 그것이 현실적인 제약조건 밖에서 움직이기 때문이다. 마법 혹은 기적이라는 말 자체가 '인과의 법칙'을 초월한 예외적인 현상을 이르는 말이기도 하다. 그래서 판타지의 마법사는 마법을 행하며 주인공을 궁지에서 구하거나 필요한 것을 적절하게 제공한다. 그러나 『위저드 베이커리』의 마법사는 주인공에게 마법을 행하지 않으며 비법이나 깨달음을 설파하지도 않는다. 오히려 그가 주인공에게 가르쳐 준 것은 '인과의 법칙'이다.

베이커리의 오븐 안은 천체를 천정으로 삼는 마법의 공간이고, 마법사 점장은 새를 사람으로 변신시키고 시간과 생사의 문제를 조정하는 초능력자로 설정되어 있다. 그러나 그는 특이하게 이 모든 마법적인 능력을 도구로 삼아 인과를 벗어날 수 없는 세계와 현실의 원칙을 설득한다. 현실의 준엄함과 법과 질서를 설파한다는 점에서 그는 주인공이 집 밖에서 찾은 '상징적 아버지'가 된다.

환상의 세계에 속하는 마법사가 상징계의 인물이라는 것이 모순적일 수 있다. 그러나 그의 흰 가운은 제빵사의 것이지만 과학자의 것[58)]

모자를 쓰고 빵을 반죽을 하는 마법사 점장이 있다. 『위저드 베이커리』는 여러 모로 『헨델과 그레텔』을 연상시키는데, 과자집과 베이커리, 화로와 오븐이라는 유사 모티프와 자식을 해치는 부모라는 동일한 구조가 그러하다.

57) 미케 발, 앞의 책, 155면.

58) 정혜경, 앞의 논문, 2009, 48면.

이기도 하다. 그의 방은 복잡한 실험도구, 플라스크, 비커로 채워졌으며 한가운데는 과학실험실 같은 대형 실험대가 자리 잡고 있고, 특히 그는 세계를 초월적인 힘이 아니라 논리로 설명해낸다. 마법사라는 그의 위치는 그를 일반인이 알 수 없는 우주의 운행원리를 이해하는, 우주적 지식을 가진 존재로 설정하기 위한 장치이다.

마법사인 점장은 이 세계를 사람들의 소망이 만들어내는 에너지의 축적, 그로 인한 비물질계의 압력, 그것의 영향으로 발생하는 물질계의 변동, 그리고 다시 균형의 회복이라는 도식으로 설명하고 있다. 비물질계의 압력으로 물질계의 균형이 허물어질 때 그것을 바로 세우는 일이 마법사의 임무라는 것이다. 마법의 세계 역시 기적이나 우연, 요행이 허용되는 비합리적인 체계가 아니라 나름의 법칙과 원리로, 점장의 표현을 빌면 "본질과 기초"(120)에 의해 지탱된다.

이런 설정은 판타지의 기본적인 특성인데, 판타지에는 다른 장르에 비해 '내적인 리얼리티'가 더욱 강력하게 요구된다. 환상이 허풍스럽고 황당무계한 이야기가 되지 않으려면 독자를 설득할 내적인 필연성이 더 필요하기 때문이다. 우리가 사는 세상에도 아무도 예외일 수 없는 기본적인 자연 법칙이 존재하듯이 판타지 세상에도 그 세상을 지배하는 기본 법칙이 있어야 한다. 어떤 법칙을 적용할지 어떤 세계를 창조할지는 전적으로 작가의 몫이지만, 일단 법칙이 확정되면 이야기는 일관되게 그 논리에 따라 전개되어야 한다. 작가라고 해서 임의로 그 세계의 논리를 조정할 수는 없다. 이 일관된 내적 질서를 판타지의 '세계관'이라 부른다.

그런데 내적 논리의 측면에서 보면 『위저드 베이커리』의 세계관에 모순이 없지 않다. 물질계 균형 유지의 소임을 맡은 마법사가 불균형을 초래하는 마법 쿠키를 판매한다는 설정부터가 그러하다. 사람들의 절실한 소망의 실현을 돕는 선한 취지라 하기에는 그는 "자기 물건을 산 사람들에 대한 경멸이나 혐오"(84)를 노골적으로 드러내고, 기적을 소망하는 인간의 욕망을 뻔뻔한 탐욕으로 여기며 "진저리"(89)를 친다. 주인공의 설명처럼, 고객에게 "등을 기대고 안주해도 좋은 행복이 아니라 무거운 책임감"(93)을 가르치고자 하는 뜻이라 하더라도, "그런 수상쩍은 물건을 만들(……)지 않았다면 손대지도 않았을 금기"(138)에 사람들을 광고로 현혹하고 다시 그 선택의 책임을 물어 도덕적으로 저주에 가까운 비난을 일삼는 그의 인물됨의 모순은 판타지의 논리적 일관성을 깨뜨리는 취약한 약점으로 볼 수 있다. 표면적으로는 그를 한 달에 하루만 허용된 잠조차도 몽마의 침입으로 고통을 받는 사람, "남들의 바람을 이루어지게 도와주면서 정작 자기 자신은 소원이 없는 사람, 남들의 감사만 받아도 모자랄 마당에 단지 뒤틀린 결과 때문에 비난을 받는 사람"(137)으로 평가하고 일종의 '사제나 더 나아가서는 구원자'[59]로 그리고 있지만, 꼼꼼한 독자라면 몰입을 방해하는 불편한 불일치가 금방 눈에 띌 것이다. 이런 점이 "전체 서사의 구조상 굳이 판타지를 도입할 필요가 있었는가"[60] 하는 의문이나, "많은 마법적인 장치들이 오히려 스토리의 결속력을 떨어뜨린다"[61]는 평가가 나오는 배경이기도 하다.

그러나 이러한 모든 마법적 장치의 설치가 사실 작가가 의도한 하나의 주제를 부각시키기 위한 예비 작업이라는 점을 주목해야 한다.

---

59) 정혜경, 앞의 논문, 2009, 48면.
60) 김명순, 앞의 논문, 『아동문학평론』 제133호, 2009, 35면.
61) 김경애, 앞의 논문, 2013, 522면.

본문에서 거듭 강조되는 '선택과 책임'이라는 주제가 그것이다. 작가의 메시지에 관한 한 이 소설에는 '미학적인 애매성'이란 찾기 어려운데, 작가는 본문에 여러 차례 노골적으로 '선택과 책임'이라는 주제를 언급하고 있으며 작가 후기에서도 직접 "그저 선택에 관한 이야기다."(251)라고 못 박아 다른 해석의 여지를 차단하고 있기 때문이다.

마법의 쿠키를 구매하고 그 결과를 감당하지 못해 호소, 혹은 항의차 베이커리를 찾아 온 두 사람이 있었다. 단순한 시샘으로 친구에게 건넨 '악마의 시나몬 쿠키'가 친구를 자살에 이르게 하자 괴로움을 이기지 못해 찾아온 여고생, '체인 월넛 프레첼' 쿠키로 짝사랑하던 남자의 사랑을 얻었으나 상대의 집착 때문에 해결책을 구하러 찾아온 젊은 여성이 그들인데, 점장은 싸늘한 비난과 함께 지독한 저주까지 내리며 쫓아 보낸다. 이 경우 모두 '선택과 책임'이라는 주제를 설파하기 위한 에피소드이다. 이전에 마법사가 죽은 이를 살려냈다가 예상 밖의 결과에 크게 충격과 상처를 받았다는 설정, 베이커리 홈페이지에 뜬다는 아래와 같은 경고도 역시 동일한 메시지를 위한 장치라 할 수 있다.

(1) 긍정이나 부정, 자기가 바라던 어느 쪽의 변화든 간에 이것은 물질계와 눈에 보이지 않는 비물질계의 질서에 변화를 일으키는 일입니다. 따라서 모든 마법의 이용 시 그 힘이 자신에게 부메랑이 되어 돌아올 수 있다는 사실을 반드시 명심하십시오. (63)

(2) 모든 마법은 자기에게 그 대가가 돌아오는 것을 전제로 합니다. 자신의 행위로 인한 결과를 책임질 수 있는 분만 가입하시기 바랍니다. (63)

'선택과 책임'이라는 다소 진부한 메시지는 주인공의 아래와 같은 질문과 짝을 이루면서 그 의미가 심화된다.

(1) 그렇지만 그게 내 탓은 아니잖아. **나는 단지 거기 존재했을 뿐인데.** (36)

(2) **나는 단지 이 자리에 있었을 뿐인데**, 내가 원해서 내 아버지의 아들로 태어난 것도 아닌데, (40)

(3) 무형의 의지라는 것이 자신의 삶의 자리를 결정할 수만 있다면, 그럼 나는 처음부터 이곳에 들어올 일이 없었을 터다. 늘 강조했듯이 **나는 단지 거기 있었을 뿐인데**. 단지 거기 있었을 따름인 내게, 배 선생은 왜.[62] (121)

주인공은 세 번이나 자신의 처지에 대해 동일한 회의를 표한다. 작가는 이 원망을 굵은 글씨체로 강조하여 독자의 관심을 환기한다. 주인공의 호소를 풀이하자면, '이러한 삶의 부조리가 나의 선택이나 행동의 결과가 아니라면 그로 인해 내가 겪는 어려움은 부당하지 않은가? 단지 거기에 있었을 뿐인데'라는 것이다. 이와 같은 부당하다는 의식은 "주사위 놀음"(251)처럼 우연에 지배받는 인간의 숙명적인 삶의 조건을 고려하면 누구나 쉽게 동의할 감정이다. 말하자면, 주인공의 개인적인 불행이 세계 보편의 부조리함과 연결되면서 소설의 문제의식의 층위는 두터워진다. 특히 삶의 초기 조건에서 상대적으로 덜 자유로

62) 인용문의 굵은 활자는 작가가 강조한 것이다.

운 청소년기 독자들은 동일한 문제의식을 공유할 가능성이 크다.

이때 소설이 제시하는 답이 앞서 지적한 '선택'이다. 인간은 수동적인 운명의 피해자가 아니라, 자기 삶을 능동적으로 선택해나가는 자율적인 존재라는 것이다. 두 갈래의 결말 중 하나를 택하게 하는 소설의 구성방식도 '선택'의 의미를 부연하는 효과가 있다. '타임 리와인더'를 사용하지 않는 결말 N(no)과 그것을 사용하는 결말 Y(yes) 사이에서 독자도 주인공도 선택하는 존재가 된다.

점장은 주인공에게 선택 행위에는 그에 상응하는 책임이 따른다는 세상사의 기본법칙을 주지시키려 노력하였다. 인과법칙이라 불러도 좋은 이 법칙은 환상이나 마법의 세계에서도 적용되는 원리가 된다. 마법 과자로 소원을 이루려는 순진한 상상적 동기는 엄정한 상징계의 인과법칙에 따라 예상치 못한 결과에 이르고, 쿠키를 구입한 앞서의 두 고객은 아무리 "이러려던 게 아니었"다고 강변하더라도 그 책임을 모면할 수 없다는 것이다. 상징계의 존재라면 누구나 결과를 고려하면서 자신의 행동과 선택을 제한해야 한다. 그래서 점장은 마법의 과자를 앞에 두고도 다음과 같이 말한다.

> "이런 일을 하고 있는 내가 할 말은 아니지만 …… 너는 행여나 쓸데없는(마법의 힘을 빌리는) 짓 하지 마라." (138)

> 너도 웬만하면 이걸로 헛짓거리 하는 꿈은 깨는 게 좋을 거다. (174)

생물학적 아버지가 금지의 역할을 하지 못했지만, 주인공이 가정 밖에서 만난 이 '절대적인 아버지'는 그에게 금지를 행하고 가르치고 있다. '마법과 환상에 의존하지 마라. 인과의 법칙이 적용되는 세상의 질서와 법에 따르라. 네게 주어진 삶의 조건을 받아들이라.' 그러므로 주인공은 역설적이게도 마법의 공간에서 상징계의 질서를 체득하게 된다. 바꿔 말하면 '위저드 베이커리'라는 공간은 세상과 주체 사이의 상상적 이자관계가 붕괴되는 지점이며 차가운 현실인식을 깨우치는 공간이 된다.

하지만 점장의 대답과 주인공의 질문 사이의 괴리는 여전하다. 선택하지 않은 결과에 고통당하는 주체에게 '선택과 책임'을 말하는 것은 논리적이지 않다. 나아가 작가의 변을 고려하지 않고 본문을 냉정하게 읽으면 사실 주인공에게 N과 Y 사이 선택의 순간은 주어지지 않았다. 정확하게 말해 점장이 주인공에게 준 '타임 리와인더'는 "부서졌다." "언제인지 모를 시간으로 나를 되돌려줄 그것을 줍다가, 배 선생과 부딪"치면서 "깨어져버렸다". 그것은 의도하지 않은 "불의의 사고"(242)였다. 그러니 처음부터 Y는 선택할 수 없는 선택지였고 선택은 불가능하게 구성되었다.[63]

주인공이 단지 거기 존재했을 뿐인 존재에서 선택하는 존재로 변화[64]하였다는, 즉 운명적인 존재에서 선택의 존재로 변화했다는 평가는

---

63) 최종 결말은 N과 Y 사이에 큰 차이가 없다. 소아 성추행범으로 옥에 갇힌 아버지를 면회하러 가야 하는 결말은 동일하다. 그러나 Y의 경우 주인공은 베이커리의 파랑새 소녀를 만났을 때 그를 알아보지 못하면서도 "잊어버리거나 놓고 온"(233) 다른 세계에 대한 '그리움에 가까운'(233) 한없는 슬픔을 느끼고 눈물을 흘린다. 아버지가 배 선생과 결혼하지 못하게 함으로써 배 선생의 횡포로부터 고통을 당하지는 않지만, 동시에 베이커리에 대한 추억조차 없다는 점에서 더 빈약한 삶이라고도 말할 수 있다. 그러므로 이 소설은 선택의 모양새에도 불구하고 이미 N을 선택하는 구조로 되어 있다.

64) 정혜경, 앞의 논문, 2009, 46-47면.

일정 부분 타당하다. 그러나 여기에는 좀 더 신중하고도 심층적인 독해가 추가되어야 한다. 그것은 단지 N과 Y의 설정만으로, 혹은 저자의 직접적인 진술만으로 도달할 수 있는 결론이 아니다. 주인공은 마법사 '아버지'의 도움으로 주체로 태어났지만, 아직 자신을 '원인화'하는 단계[65]에는 이르지 못했다. 즉 자신을 여전히 "단지 거기에 있었을 뿐"인 수동적이고 숙명적인 존재로 인식하고 있다. 그는 자신이 행하지 않은 일로 고통 받는 '피해자'일 뿐이다. 여기서 더 나아가 자신을 수동적인 운명의 결과가 아닌, 자기 운명의 원인자로 인식할 때 주인공은 선택의 존재, 완성된 주체가 될 수 있다. 그러나 이것은 점장이 건네는 금지나 조언만으로 도달할 수 있는 층위가 아니다.

다. 실재와의 대면 - '몽마'라는 꿈의 공간

진정한 선택의 존재가 되기 위해서는 주인공에게는 또 하나의 관문이 남아 있다. 몽마(夢魔)와의 대면이 그것이다. 『위저드 베이커리』에 대한 기존의 모든 논의들이 이 대목을 피해 가지만 몽마의 의미를 해명하지 않고 주인공을 선택의 존재라고 칭하는 것은 무리이다. 판타지라는 양식이 서사 진행에 필연적으로 요구되는가 하는 문제 역시 이 몽마의 등장을 진지하게 다룰 때 해명될 수 있다.

> 소녀는 침대에, 점장의 배 위에 올라앉아 있었다. 점장은 어느새 몸이 천장을 바라본 자세로 똑바로 눕혀져 있었고, 머리를 제외한 목부터

65) 즉 결과로서의 자신을 넘어 그 결과를 끌어안는 단계로, 이는 '환상 가로지르기'로 실현되는 주체화의 완성적인 단계이다.

> 발끝까지 전근대적인 교도소에서 쓰였을 법한 쇠사슬에 감겨 있었다. 그것이 살을 조이고 파고들어 목과 팔 곳곳에 피가 진득하게 배어져 나오는 것이 어스름한 어둠 속에서도 보였다. 게다가 그것은 충분히 불에 달구어진 듯, 뜨거운 쇳내와 함께 휘감긴 살이 익는 냄새가 났다. 피어올라 허공으로 스며드는 연기까지 볼 수 있었다.
>
> 붉고 푸른 다족의 절지동물들이 사슬의 고리마다 매달려서는 잔털들을 곤두세우며 꿈틀거렸다. 그가 고개를 돌리지도 못한 채로 허공에 침을 뱉자 피비린내가 코를 적셨다. (143-144)

위의 인용은 마법사 점장이 쿠키 구매자의 항의 방문으로 잠을 설쳐 방어의 자세를 유지하지 못하자, 그 틈을 노린 몽마에게 공격을 당하는 장면이다. '몽마'[66]는 '악몽을 꾸게 하는 악귀들을 총칭'하는 이름으로, 이 소설에서는 자신이 에너지원으로 삼던 사람들의 악몽이 점장의 방해로 줄어들게 되자 점장에게 악의를 품게 된 존재로 설정되어 있다. 몽마의 공격은 점장 정도의 내공이 아니면 죽음에 이를 만큼 치명적이며, 점장조차 죽음에 가까운 고통을 겪는 것으로 되어 있다. 몽마가 이용하는 악몽은 몽마가 부여하는 것이라기보다 꿈꾸는 이 자신의 무의식적인 심층이라는 점에서 정신분석학적 접근의 실마리가

---

66) 몽마(夢魔, mare)란 유럽 여러 나라에서 밤중에 자고 있는 사람을 습격하여 악몽을 꾸게 한다는 악마들을 총칭해 부르는 말이다. 보통 어린아이 정도 크기의 흉한 모습으로, 자고 있는 사람들의 가슴 위에 올라 앉아 심장을 조이거나 호흡을 방해해서 고통스러운 꿈을 꾸게 한다고 한다. 음란한 꿈을 꾸게 만드는 인큐버스나 서큐버스, 자고 있는 사이에 피를 빨아먹는 모러 등도 몽마의 일종이다. '악몽'을 의미하는 영어 nightmares의 어원이 되었다. 네이버 환상동물사전, "몽마", http://terms.naver.com/entry.nhn?docId=1629946&cid=41882&categoryId=41882에서 인출. (검색일: 2017. 02. 02.)

보인다. 주인공은 점장이 우주의 질서 있는 운행을 위해 "현실에서도 얼마나 갈등과 고민을 겪는지" 아는지라 한 달에 한 번 뿐인 그 휴면조차 몽마에 방해받는 것이 안타까워 차라리 자신을 공격하라고 몽마를 도발한다.

이 몽마의 공격을 의미 있게 다룬 연구는 찾아보기 어렵다. 그러나 사건을 전후하여 플롯이 급격한 변화를 겪는다는 점에서 이것을 단순히 판타지적 효과를 위한 삽화로 취급할 수는 없다. 가령 주인공은 몽마 체험 후에 드디어 "집으로 돌아갈 때가 되었다"(165)는 것을 안다. 이는 베이커리라는 환상 공간의 역할은 끝났으며, 그가 진실을 마주볼 준비를 마쳤다는 중요한 신호이다. 죽음에 상응하는 고통을 맛보고 후유증을 겪어야할 치명적인 몽마 체험 후에 '후련함'을 느끼는 주인공의 역설적인 반응도 해석이 요구되는 부분이다.[67] 이는 지금껏 자신을 억압하고 있던 어떤 증상으로부터 그가 해방되었음을 강력히 암시한다.

토보로프는 판타지가, '사회제도나 개인의 심리에 의한 검열로 금지되고 억압되었던 실재를 환상이라는 언어로 표현하는 것'이라고 말한다. 이를 증명하기 위해 판타지의 테마가 주로 근친상간, 동성애, 다수간의 성애, 시간(屍姦) 행위, 과격한 성애와 같은 사회적으로 금지된 것들이었음을 지적한다. 사회제도나 작가의 심리적 검열 때문에 본래 접근 자체가 불가능한 테마를 환상이라는 장치의 도움을 빌어 그 제

67) '이렇게 기분이 좋으니까 이 침대에 들어오고 싶지도 않았던 거야. 나는 머리를 베개에 깊이 파묻은 채 영원히 꿈속으로 들어가도 좋을 것 같았다.'(159) '몽마를 붙잡았을 때, 그것은 그를 위해서라기보다는 사실 나 자신의 후련함이나 만족을 위해서였을까.'(163)와 같은 구절은 악몽 후의 반응으로 일반적이지 않다.

약을 돌파한다는 것이다. 따라서 환상문학에 나타나는 초자연적인 것은 실제 부재하는 것이라기보다는 사회제도나 작가의 인식체계에 의해 거부되어 수용될 수 없었던 것들이라고 볼 수 있다.[68] 현대의 판타지에서 억압된 타자는 더 이상 초자연적인 것이 아니며, 따라서 판타지 서사는 의식의 이면에 존재하는 인간적 한계와 사회적 금기들에 대한 위반을 재현한다는 뜻이다.

그런 의미에서 '몽마'라는 설정은 '판타지 속의 꿈'이라는 '이중적 판타지'의 형식을 빌어서 주인공이 현실에서 도저히 수용할 수 없는 어떤 욕망을 표출하려는 것이다. 한편 이 욕망은 작가나 독자의 심리적 저항을 이중으로 방어해야 할 만한 강렬한 금기이기도 하다.

몽마는 '나'에게 두 개의 장면을 보여주는데, "속박하는 자신의 이미지"(145)로서의 두 장면은 '나'의 존재를 붙들고 있는 두 가지 트라우마와 연결되어 있다. 하나는 친모가 목을 매는 장면이다. 주인공은 "엄마의 빈자리를 안타까워해 본 적이 없었"(24)다고 진술해왔고, 주인공이 엄마에 대한 그리움을 직접적으로 언급한 대목 역시 없다. 그러나 친모가 청량리 역에서 자신을 유기할 때 손에 쥐어 준 '보름달' 빵의 맛을 찾아 수많은 빵을 섭렵한다는 설정은 그가 모성을 '보름달'로 상징되는 훼손되지 않은 원형적 대상으로 기억하고 있으며, 여전히 유아기의 충만한 이자관계에 대한 향수를 유지하고 있다는 것을 보여준다.

그러므로 여섯 살 어린 나이로 돌아가 친모의 자살 현장을 무력하게 지켜보아야 하는 악몽은 그동안 주인공의 심리 저변에 엄마를 구

---

68) 토도로프, 앞의 책, 284-285면.

하지 못했다는 죄의식이 트라우마로 남아 있었다는 것을 보여준다. 혀가 늘어지고 악취가 진동하는 죽음의 과정은 몽마가 그를 고통에 빠트리기 위해 보여준 엄마의, 그리고 엄마 죽음의 '실재'의 모습이라 말할 수 있다.

두 번째는 아버지와 배 선생, 무희가 한 식탁에 앉아 있는 장면이다. 실제로는 8살 난 어린 무희가 꿈에서는 어깨를 덮는 생머리에 감색 교복을 입고 "나와 눈높이가 같"게 훌쩍 자란 '여자'가 되어 등장한다. 그런데 무희의 발언이 예사롭지 않다.

-아, 오빠다!

무희가 이쪽을 보고 손짓을 했다. 내가 너의 의붓오빠인 걸 알아보겠어? 다가 온 무희는 나와 거의 눈높이가 같았다.

-뭐하고 있어? 이리 와. 오빠도 저녁 먹어야지.

나는 어깨를 움츠리고 무희에게 잡힌 손을 뿌리치려했다. 그게 무슨 소리야…… 무엇으로 네가 내민 손을 믿을 수 있을까? (……)

-엄마! 오빠가 왜 이럴까? 어디 아픈 거 아니야? 오빠는 언제나 말수가 적고 무뚝뚝했지만 나한테 나쁘게 대하지 않았어…… 난 오빠에게 늘 고마워하고 있어……

무희는 내 얼굴에 대고 차가운 입김을 뿜으며 덧붙였다.

-심지어 오빠가 날 건드렸을 때조차도 용서가 될 정도로 말이야……!

무희의 얼굴이 점점 험악하고 날카롭게 변했다. 너 지금 무슨 소리를 하는 거야. 내가 언제 너한테 그런 짓을 했어. 너는 어린 마음에 너도 모르게 주입한 한순간의 거짓 기억을 그대로 네 것으로 만들어버린 거야? (……)

-어머 기억 못하는 거야? 섭섭하잖아. 오빠가 내 치마 속에 손을 넣었잖아.

아니야 나는 뒤로 한 걸음 물러났다. 무희 어깨 너머로 배 선생이 차가운 비웃음을 날리고 있었다. 아버지의 얼굴은 무희의 머리에 가려 잘 보이지 않았지만 무표정에 가까워보였다.

-속옷을 끌어내렸잖아.

아니야!

-만졌잖아, 조물딱조물딱 떡 주무르듯이 치댔잖아, 그리고……

웃기지 마!

-넣기까지 했잖아!

닥쳐—

-(……) 무희는 어릴 적의 꼬마 숙녀가 아니라 왕년에 껌 좀 씹은 애 같은 태도로 내 목을 조르고 침을 뱉었다. (……) (156)

몽마가 '남성 정기를 빼앗는 악귀'로도 전승된다는 것을 감안하면 점장의 배 위에 올라앉아 공격하는 몽마의 이미지나, 괴력을 지닌 몽마가 어린 '소녀'의 이미지를 유지하는 것들은 강한 성적 암시라고 볼 수 있다. 주인공의 눈에 비친 몽마는 "소녀(몽마)의 얼굴은 아름다웠"으며, 강(江)만큼 긴 검은 머리와 흰 눈처럼 창백한 얼굴에 은실 드레스를 입고, 결정적으로 몽마는 "뜻밖에 무희만큼이나 작고 귀여운 소녀"로 등장한다. 꿈이라는 무의식의 공간에서 몽마와 무희는 서로 전치[69]된다.

69) 압축과 전치는 '꿈의 작업'의 대표적인 메커니즘이다. 왜 무의식적 사고가 반드시 압축, 전치 같은 왜곡과정을 거쳐서만 꿈이라는 형태로 등장해 우리에게 의식되는가. 이 질문의 대답은 검열을 피해서 무의식적 소원을 성취해야 하기 때문이다.(홍

정신분석학에서는 '억압(repression)'과 '억압된 것의 되돌아옴(return of the repressed)'이라는 메커니즘을 정신분석학의 제1법칙으로 설정한다.[70] 즉 정신 현상을 '억압'과 '억압된 것의 회귀'라는 대치하는 두 힘 간의 갈등 구조로 파악한다. 따라서 꿈과 같은 정신 현상(증상, 언어의 실수 등을 포함하여)을 일종의 타협물로 본다. 다시 말해 그 '타협물'들은 억압되어 있는 무의식적 욕망이, 억압된 것은 돌아오고야 만다는 정신계의 법칙에 따라 의식의 지평으로 떠오르려고 하지만, 의식과 무의식계 사이에 위치해 있는 '검열자'의 '검열 작용'에 걸려 그 원래의 모습이 적당히 변형되고 일그러진 형태로 의식계에 나타난다는 것이다.[71] 즉 인간의 꿈이란 무의식의 올라오려는 힘과 그것을 누르려는 힘이 빚어낸 합작품이다.

몽마가 보여주는 꿈이 일반적인 꿈이었다면 억압된 것이 의식으로 회귀하려할 때 또 다른 힘이 작용하면서 꿈꾸는 이가 '실재'의 얼굴을 알아볼 수 없게 만드는, 즉 안전하게 만드는 '왜곡'의 과정을 거쳤을 것이다. 그러나 이 꿈은 몽마(夢魔)라는 이름이 지시하듯 최소한의 안전장치마저 제거한 악몽이 되어 꿈꾸는 이의 자아가 의식으로는 결코 수용할 수 없는 어두운 '실재'를 '변형하거나 일그러뜨리지 않고' 가차없이 폭로하고 있다.

꿈이 보여주는 표상들은 의식적 자아에게는 치욕감과 혐오감을 일으키는 역겨운 사실들이다.[72] 주인공은 이 '실재'를 필사적으로 부정

준기, 「자끄 라깡, 프로이트의 복귀」, 김상환 · 홍준기 엮음, 앞의 책, 87면 참조)

70) 박찬부, 「프로이트의 〈꿈의 해석〉과 〈쾌락원칙을 넘어서〉」강의록4, 문화의 안과 밖 강연 시리즈, 네이버문화화재단 고전강연, 2015.

71) 박찬부, 앞의 책, 1996, 77면.

72) 그러므로 실재계는 상징화에 저항하는 부분이다.(숀 호머, 앞의 책, 150면)

하는데, 프로이트에 따르면 주인공의 '부정'이야말로 진실의 표출이다. 가령 분석자가 환자에게서 억압된 무의식의 존재를 알아차리는 것은 환자가 '아니오!'라고 강하게 부정할 때이다. 무의식은 의식과 갈등을 일으키기 때문에 언제나 의식을 거스른다. 무의식의 입장에서 보면 의식은 언제나 거짓말을 하는 셈이다.[73]

앞서의 지적처럼, 처음 만나는 날 배 선생이 주인공에게 게임기를 선물한 것은 무희와 주인공 사이의 역학관계를 시사하였다. 무희는 그의 배려나 선심에 의존하는 약자의 위치에 있었다. 거기에 "내가 당신(배 선생)의 영역을 침범해서 여동생을 해코지라도 할까 봐? 정말로 그게 걱정된다면 나를 이렇게 대해서는 안 되잖아."(38)라는 주인공의 심리는 어린 나이였음에도 이미 무희를 가해할 수 있는 자기 위치를 인지하고 있었다는 것을 보여준다.

프로이트가 꿈을 '소망의 충족'의 메커니즘으로 이해했다는 것은 잘 알려진 사실이다. 그러나 라캉은 그에 동조하지 않으며 프로이트의 '불타는 아이' 일화[74]를 다르게 해석한다. 지젝의 해설에 따르면, 아버지가 꿈에서 깬 것은 그의 '욕망의 실재를 피하기 위해서'이다. 아버지

---

73) 권택영, 『자크 라캉의 자연과 인간』, 한국문화사, 2010, 72면.

74) 프로이트가 『꿈의 해석』에서 소개한 사례이다. 아이가 죽은 후 아버지는 아들의 시신을 놓아두고 옆방에서 깜빡 잠이 든다. 그 사이 촛불이 넘어져 죽은 아이의 수의와 한 팔이 불에 타고 있었는데, 그때 잠든 아버지의 꿈에 아들이 나타나 "아버지, 제가 불타고 있는 것이 보이지 않으세요?" 라고 속삭인다. 프로이트는 꿈을 아버지가 아이의 죽음을 회피하는 부인(否認)의 기제로 본다. 아버지는 고통스러운 현실을 외면하기 위해 꿈을 연장하려 한 것이라는 것이다. 그러나 라캉은 이를 다르게 해석한다. 아버지를 깨운 것은 오히려 꿈속에서 그가 대면한 참을 수 없는 '현실' 때문이다. 꿈이야말로 우리가 피하고자 하는 실재의 모습이며, 우리는 그 실재로부터 탈출하기 위해 잠을 깬다는 것이다.(자크 라캉, 맹정현 이수련 역, 『자크 라캉 세미나 11; 정신분석의 네 가지 근본개념』, 새물결, 2008, 95-96면 참조)

가 아들이 죽어가는 '현실을 외면하기 위해 꿈으로 도피'했을 것이라는 우리의 상식과 달리 아버지는 '현실 속으로 도피하기 위해 꿈에서 탈출'하는데, 현실이야말로 오히려 자신이 무지와 환상을 유지할 수 있는 공간이기 때문이다. 즉 꿈과 현실 간의 대립 속에서 환상은 '현실' 속에 위치하며 현실은 오히려 우리가 욕망의 실재를 은폐할 수 있도록 해주는 '환상-구성물'[75]이라는 것이 라캉의 혜안이다. 이는 꿈이야말로 우리가 대면하고 싶지 않은 외상적 '실재'가 노출되는 장면이라는 것이다.

몽마가 제공한 꿈 역시 소망이 충족되는 백일몽과 같은 환상이 아니라 눈 감고 싶은 자기 욕망의 '실재'가 된다. 그리고 이때의 실재의 사실이란 주인공이 가진 '근친상간의 욕망'이다. 그것은 자연과 문명을, 동물과 인간을 가르는 인간의 가장 기본적인 금지라는 점에서 꿈이 아니라면 절대 알아차리지 못할 억압상태로 무의식에 잠재해 있었던 것이다.

그렇다면 주인공의 말더듬 증상도 같은 문법으로 설명할 수 있게 된다. 상징적 거세를 거친 아이가 받아들여야 하는 사회적 체계 중에서 가장 중요한 것이 '언어체계'이다. 그것은 말로 할 수 있는 것이라면 행할 수 있으나, 차마 말로 표현할 수 없는 것은 행해서 안 된다는 것을 배우는 일이다. 주인공은 자신의 상상적 욕망을 실행해서는 안 되기 때문에 의식화할 수 없고, 따라서 말을 해서도 안 되었다. 무의식은 달리 표현하자면 '언어로부터 제외된 것'이고,[76] 따라서 주인공은

---

75) 슬라보예 지젝, 앞의 책, 2002, 87-88면.
76) 숀 호머, 앞의 책, 28면.

억압된, 발설할 수 없는 내밀한 욕망에 사로잡혀 언어를 잃었다고 말할 수 있다.[77]

근친상간 의식은 죄의식과 거세 공포를 낳을 뿐 아니라, 주체가 가족 밖의 사회적인 존재가 될 수 없게 만든다. 주인공 역시 점장을 만나기 전까지는 가족 밖에서 제대로 된 사회적 관계를 만들지 못했다. 그렇다면 이런 불편함과 불행을 감수하면서 인간은 왜 근친상간의 욕망을 유지하는가?

라캉은 '욕망은 법을 향한 욕망이다'라는 말로써 욕망의 다른 측면을 설명하였다. 인간은 외양상 금지에 저항하는 것 같은 포즈를 취한다. 그러나 사실 그는 금지를 욕망한다. 금지만이 금지 너머에 '완전한 충족을 약속하는 대상'이 존재한다는 믿음을 유지시켜 주기 때문이다.[78] 부연하자면 법이란 인간의 주이상스를 금지하면서 동시에 주이상스를 만들어내는 이중적인 장치이다. 금지의 법은 애초 아무것도 아닌 것을 금지될 만한 주요한 무엇으로 바꾸어 오히려 없는 욕망을 만드는 장치라는 것이다. 금지 없이는 욕망도 없다. 욕망이란 아무것

77) 본문에는 "증상이 시작된 때는 초등학교를 졸업할 무렵, 처음에는 이유를 명확하게 알지 못했다."(15)고 나온다. 왜 하필 아예 문장을 만들지 못할 정도로 심한 그의 말더듬 장애는 그 시기에 시작되었을까. 본문 어디에도 그 이유가 명확하게 언급되지 않는다. 아버지는 교사와 상담하면서 '시간적 격차'를 무시하고 여섯 살 때 친엄마에 의해 청량리에서 버려진 기억의 트라우마로 설명한다. 주인공은 "둘 사이의 상관관계는 영"(zero)(17)이라고 생각하며, 이런 아버지의 설명을 비웃었다. 여기서 이 증세가 초등학교 졸업과 중학교 입학을 전후하여 발생했으며 이 시기가 대략 11세 이후라는 프로이트의 '성기기'에 해당하는 한다는 사실에 주목할 필요가 있다. 이때는 리비도의 에너지가 무의식에서 의식의 세계로 나오기 시작하는 때이다. 그는 의식의 영역으로 튀어 나오려는 자기 리비도, 즉 자신의 성적 무의식과 동생에 관한 충동에 저항하기 위해 말더듬이라는 증상을 선택했다고 유추할 수 있다.

78) 페터 비트머, 앞의 책, 159-160면 참조.

도 아닌 것을 우리 손이 닿을 수 없는 높이에 올려둘 때 생겨나는 감정인 것이다.[79)]

그러므로 금지는 '결핍으로서의 실재'를 은폐하기 위한 연극이라고 할 수 있다. 이 연극은 주체의 욕망을 완전히 충족시킬 대상이란 우리 생에, 그리고 이 세계에 존재하지 않는다는 절망적 진실을 회피하는 데 봉사한다. 그래서 라캉은 인간은 "상징적 거세를 받아들이느니 차라리 금지의 명령에 저항하며 고생하는 것을 더 편하다"고 말한다.[80)]

주체는 완벽한 주이상스를 자기 대신 누군가가 누리고 있다는 믿음을 유지하려 한다. 금지만 아니라면 자신이 누렸을 과도한 주이상스를 누군가 경험할 것이라는 믿음이 세계에 대한 환상을 지속하게 하는 것이다.[81)] 바꿔 말하여, 완전한 대상을 소유하고 있는 누군가가 존재한다고 착각하는 것이 그조차 없는 세계의 공허를 견디는 것보다 편하다는 것이다.

주인공에게 완전한 주이상스를 누리는 '누군가'는 바로 그의 아버지이다. 그의 아버지는 프로이트가 설정한 '원초적인 아버지'처럼 상징적 법 밖에서 주이상스를 누리는 외설적인 아버지이다. 여러 정황과 발언에 비춰 주인공이 가출 전부터 아버지의 비행을 감지하고 있었던 것은 확실하다.[82)] 그러나 그의 무의식은 '아버지의 욕망을 욕망'하기

79) 권택영, 앞의 책, 2010, 78면.

80) 페터 비트머, 앞의 책, 159-160면 참조.

81) 숀 호머, 앞의 책, 15면.

82) 주인공은 희미하게나마 어머니의 자살 전후의 상황을 기억하고 있다. 아이를 앞세워 집까지 찾아와 항의를 하던 이웃들과 그때 어머니가 보이는 반응들을 기억하기도 한다. 즉 아버지의 뒤틀린 욕망을 막연하게나마 인지하고 있던 것으로 보인다.

에 아버지를 징벌하지 못하는데, 이는 자신의 무의식적 욕망이 투사된 아버지를 비난할 수 없기 때문이었다.

첫 번째 꿈과 두 번째 꿈은 무관한 것이 아니다. 친모는, 앞서 소개한 프로이트의 '불타는 아이'가 꿈에 나타나 '아버지, 제가 불타는 것이 보이지 않나요'라고 물었던 것처럼 '아들아, 내가 이렇게 목을 매는 것이 보이지 않느냐'고 묻는 것이다. '복수하라'는 햄릿의 아버지처럼 친모는 아버지를 비난하면서 아들의 죄책감을 일으킨다. 그런 의미에서 엄마와 무희는 아버지의 비리를 폭로하고 주인공의 죄의식을 일깨우는 동일한 대상이다.

> 그때 등에서부터 무언가 관통하는 느낌이 들었다. (……) 가느다란 창이 내 몸을 꿰고 섬광을 내뿜었다. (……) 쏟아지는 내장 사이사이로 검은 어둠이 찬란하게 제 몸피를 키우며 드러났다. 바람이 그 어둠 사이로 들락거리며 뼈마디를 뒤흔들고 지나갔다. 빛나는 창을 잡자 손에 불이 붙어 그대로 타들어갔다. (……) 고개를 들자 불길에 손목이 떨어져 나간 내 모습을 나란히 서서 바라보는 세 가족이 보였다. (……)
>
> 지금까지 생각하지도 못했던, 내 것이라고는 믿어지지 않는 힘을 쥐어짜서 나는 나머지 한 손으로 눈부신 창을 뽑았다. 나는 그 집에 있어서 해당 사항 밖의 사람이었고, 언제 다시 돌아가더라도 떠날 예정부터 잡아야 함을 알았다. 이제는 돌아가는 일 자체도, 또는 돌아갈 곳이 없어진다는 사실도 두렵지 않았다. 나는 나도 모르게 미소를 지었다. 바닥에 창을 떨어뜨리자 나머지 한 손목이 불길과 함께 떨어져 나갔다. 반만 남은 팔로 상처를 누르며 입을 열었다.
>
> -이제 만족하지요. (……) 여긴 당신들만의 공간으로 삼아도 돼요. 알아서들 행복한 미래 구상도를 그리라고요. ……내가 이 그림에서 빠

진다고 해서 당신들을 적으로 돌리지는 않을 거예요……. 그럴 만한 가치도 없는 것 같으니까. (157-159)

강한 상징으로 처리되었으나, 무희를 욕보인(욕보일 수 있었던) 손목이 떨어져 나가거나 자신 몸에서 창을 뽑아내는 행위는 '거세'의 기호임이 확실하다.[83] 주인공은 몽마가 보여준 자기 무의식의 '실재'를 인정하고 고통스럽게 스스로를 거세한다. 아버지와 동일한 욕망에 사로잡혀 있었지만 바로 이 자발적인 거세 행위야말로 아버지와 다른 그의 진정한 '선택'이 된다.

거세를 행하자 꿈에서조차 "몸속에서만 웅웅거리며 밖으로 나오지 않"던 목소리를 되찾는다. "내가 나의 의지로 나의 선택에 대해 말할 때가"(206) 되었다는 것이다. 위의 인용에서 보듯 팔을 자르고 창을 뽑은 후 자신의 목소리로 처음 행하는 발언이 '가족에서의 분리' 선언이다. 핵심적인 것은 이 선언의 효과로 근친상간적인 욕망이 즉각 해소된다는 사실이다. 가족이 아닌 대상을 근친상간적으로 욕망할 수는 없기 때문이다. 가족이 아니라면 무희는 금지되지 않을 것이므로 더 이상 욕망의 대상이 아니다. 금지되지 않은 것을 욕망할 수는 없다. 무희는 본문대로라면 "그럴 만한 가치"가, 즉 '그런 자격'이 사라졌다. 스스로 가족 밖으로 걸어 나오면서 그는 오래도록 자신을 옭아맨 욕망의 굴레에서 해방된다. 이것이 몽마의 고통 속에서도 그가 "미소를 짓는" 이유이고 "이런 게 악몽이라면 조금은 꿀 만한 가치가 있다"(140)

---

83) 검은 어둠은 그의 무의식을, 떨어져 나간 손목은 그의 거세된 팔루스를, 몸을 뚫은 창을 뽑아버린다는 것은 스스로를 상상계에 고착시켰던 자기의 억압된 무의식을 제거하는 것으로 볼 수 있다.

라고 말하는 이유이기도 하다.

이후 주인공은 배 선생이 베이커리에 의뢰한 자기 닮은 부두인형과 점장이 "가장 쓰기 어려운 힘과 공력"(248)을 들여 만든, 시간을 뒤로 돌릴 수 있는 머랭 쿠키(타임 리와인더)를 들고 집으로 돌아간다. 아버지가 무희를 추행하는 현장을 목격하기 위해서, 오랫동안 은폐되어 온 아버지의 죄를 폭로하기 위해서, 그리고 아버지를 처벌하여 엄마(무희)의 복수를 완성하기 위해서이다.

역설적으로 '타임 리와인더'는 부서지면서 원래의 목적을 구현하였다. 그것을 사용한다는 것은 현실세계의 역겨움에서 도망쳐 상상계의 환상으로 되돌아가겠다는 뜻이고, 결여와 구멍으로써의 실재(아버지의 실재)를 외면하고 모순에 찬 문제적인 가정을 유지하겠다는 것이다. '타임 리와인더(time rewinder)'라는 이름이 지시하듯 이를 사용하는 것은 과거로의 '퇴행'이다. 타임 리와인더는 점장이 그에게 준 기회이지만 동시에 시험이기도 하다. 그는 그것을 선택하지 않으면서 '선택의 존재'가 되었다. '마법을 쓰지 마라'는 것이 점장의 가르침이라면 그는 마법을 쓸 수 있는 기회를 버리면서 그 금지를 성실하게 실천한 것이다.

결론적으로 '판타지'적 구성은 이 소설의 플롯에 필수적인 요소라고 답할 수가 있게 되었다. 베이커리라는 공간은 인물에게 상징계의 법도를 가르쳤다. 그 공간에 배치된 모든 마법적인 장치는 일차적으로 서사적 재미를 완성하고, 나아가 마법이 문제의 해결이 될 수 없음을 지시하는 현실적 기표들이다. 그러나 그것으로 충분하지 않았다. 몽마는 한 번 더 그의 전존재를 흔드는 결정적인 타격을 가했다. 주인공은 몽마 체험으로 '외투로 가리지 않은 실재의 아버지'[84], 무엇보다도 '실재의 자신'을 본다. 그러나 그는 자기 안의 충격적인 타자적 실체를 부인하지 않고 그것을 수용하였다. 자신의 결핍과 불행을 '단지 거기 있었을 뿐'인 우연의 결과로 돌리지 않고 자기에게서 '원인'을 본 것이다. 자신이 선택하지 않은 결과로 고통당하는 상처 난 십대로 출발하지만, 이제 자신에게서 원인을 찾는 진정한 '선택의 존재'가 되었다고 말할 수 있다. 이것이 라캉이 요구하는 주체의 의무이다. 이러한 의미에서 라캉의 주체이론은 '기억조차 할 수 없는 나의 무의식의 결단에 책임을 질 것을 요구하는 윤리적 이론'이기도 하다.[85]

오이디푸스는 눈을 찌르고 나서, 햄릿은 레어티스의 칼에 맞고 나서야 상징계로 들어섰다.[86] 그리고 이 소설의 주인공은 자신의 팔을 자르고 상징계의 주체가 되었다. 아버지가 감옥에 수감되고 주인공이 집을 떠나는 날 그는 부서진 타임 리와인더와 부두인형을 버린다. 부

---

84) 라캉은 술에 취해 벌거벗고 잠든 아버지 모습을 본 노아의 아들들은 오이디푸스가 될 수 없고, 아버지를 외투로 가리고 그 실체를 보지 않은 아들만이 아버지와의 동일시를 이룰 수 있다고 말한다. 이런 맥락에서 라캉은 정신분석학의 대상이 아버지 자체가 아니라 노아의 외투, 즉 아버지를 가리는 베일이 되어야 한다고 지적한다.(필리프 쥘리앵, 홍준기(역), 『노아의 외투: 아버지에 관한 라캉의 세 가지 견해』, 한길사, 2000, 89면 참조)

85) 홍준기, 앞의 논문, 김상환, 홍준기 엮음, 『라깡의 재탄생』, 79면.
주체가 이러한 원인의 자리를 떠맡는 것, 자신의 외상적 원인을 주체화하는 것은 환상의 횡단을 통해 가능하다. 환상의 횡단은 언어로서의 타자와 욕망으로서의 타자와 관련하여 주체가 새로운 위치를 떠맡는다는 것을 내포한다. 이는 라캉이 말한 '추가적인 분리'로, 자기 자신의 원인이 되려는, 원인의 자리에서 주체로 존재하게 되려는 주체의 시간적으로 역설적인 움직임에 있다. 결과로서의 주체가 자기 존재의 원인이 된다는 점에서 핑크는 이를 '시간적 수수께끼'라고 칭한다.(브루스 핑크, 앞의 책, 2010, 126-127면 참조)

86) 권택영, 『감각의 제국: 라캉으로 영화읽기』, 민음사, 2001, 107면.

두인형은 주인공을 꼭 닮은 이마고(imago)로서, 그것을 버리는 행위는 이제 그가 이미지로서의 자아상을 버리고 거울단계를 넘어 상징계로 진입했음을 시사한다.

이상 『위저드 베이커리』 인물의 주체화 과정을 상상계, 상징계, 실재계의 공간 이동을 축으로 살펴보았다. 『위저드 베이커리』의 아버지는 실재하지만 금지를 행하지 않는다는 점에서 '부재하는 아버지'이고, '아버지의 금지'가 실행되지 않는 '집'은 상상계의 장소이다. 주체는 성장을 위해서 환상 공간 '베이커리'로 이동하고 거기에서 상징적 아버지로부터 '선택과 책임'이라는 상징계의 '인과의 법칙'을 배웠다. 특히 몽마라는 '무의식의 공간'으로 한 걸음 더 전진하면서 자기 심연의 욕망을 발견하는 계기를 마련한다. 이는 곧 '숙명적 존재에서 선택의 존재로서' 자신을 원인화하는 성장으로 이어진다. 이 과정에서 소설이 취하는 판타지로서의 장치는 작가와 독자의 검열을 완화하여 근친상간 욕망이라는, 청소년소설의 장르가 쉽게 용납하기 어려운 주인공의 은폐된 무의식을 드러내며 청소년기 인물들이 겪는 성적 충동과 억압기제를 보여주었다.

『위저드 베이커리』에 대한 지금까지의 모든 논의 중에 '몽마'를 의미 있게 다룬 연구는 없었다. '몽마'는 반전의 계기나 통과제의로 적절하게 조명 받지 못했다. 이 작품에서 무희의 증언을 포함한 꿈의 재현 방식은 상당히 직설적이어서 어떤 왜곡이나 복잡한 상징, 비유도 없고, '은유적 대치'나 '환유적 치환'이 해석을 방해하지도 않는다. 따라서 이 노골적인 암시를 '놓치는' 것은 특정 개념의 반복만큼이나 주체(연구자, 독자)가 가진 억압의 심리를 반영한다고 생각할 수 있다. 몽마의 체험을 무시하게 되면 이 소설은 적서 갈등이나 선악의 구도를 반복하는 진부한 이야기로 전락하고 이야기의 입체성은 사라지게 된다. 인물 차원에서도 주인공이 처한 열악한 환경과 불행에만 초점이 맞춰져 그가 자신을 이해하고 정체성을 찾아가는 성장의 구도가 제대로 부각되지 않는다.

이런 부당한 외면은 우리 사회가 청소년소설의 정체성을 일정한 교육적 목표에 가두면서 독자와 평자의 무의식에도 불편한 테마를 억압하는 사회적 금기와 개인적 금기가 작동하고 있다는 증거가 아닐까 유추해본다. 잭슨(Jacson)은 문학에 있어 환상이 문화적으로 비가시적인 것들을 가시적인 것으로 만듦으로써 부재를 끌어들인다고 말한다. 그것은 '감추어진 채 머물러 있어야 하는 것을 밝게 비춤으로써 표면화시킨다'.[87] 억압된 것을 폭로하고 억압에서 탈주하게 하는 문학의, 그리고 환상문학의 기능을 고려한다면 청소년소설이 순수하고 건전한 청소년 상의 제시와 기존 도덕의 준수라는 가시적 가치 뒤의 비가시적인 실재를 드러내는 데 자유로워질 필요가 있다고 본다.

3. 가정, 학교, 국가라는 폭력적인 아버지 –『열일곱 살의 털』

김해원의 『열일곱 살의 털』[88]은 2008년 제6회 〈사계절문학상〉 수상작이다. 같은 해 『완득이』는 〈창비 청소년문학상〉을 수상했다. 『완

87) 잭슨 로즈메리, 서강여성문학연구회(역), 『환상성 - 전복의 문학』, 문학동네, 2001, 97면.
88) 김혜원, 『열일곱 살의 털』, 사계절출판사, 2008. 이하 소설의 인용은 면수만 밝힌다.

득이』가 청소년을 넘어 성인 독자에까지 폭발적인 인기를 누릴 때, 이 작품은 상대적으로 세간의 평판과 떨어져 있었다. 명성과 영향력에서 『완득이』를 넘볼 수 있는 청소년소설은 아직까지 없다고 할 수 있다. 그러나 작품성 면에서는 『열일곱 살의 털』이 『완득이』에 결코 뒤지지 않으며 더 좋은 평가를 받기도 한다.[89] 『완득이』에 대한 비판이 주로 그 '낭만성'을 겨냥한다면 이 소설의 평가는 '현실감'과 '일상성'에 맞추어져 있다. 사계절문학상 심사위원들의 심사평도 그러하다. "『열일곱 살의 털』은 (……) '이상하게도' 재미있다. 주인공은 문제아도, 장애인도 아니다. 평범한 아이이다. 눈물 날 만큼 감동적인 이야기도 없으며, 대단한 모험을 겪는 것도 아니다. 그런데 재미있다."[90]

소설은 평범한 고등학생이 겪는 일상적인 학교 규율의 문제를 다룬다. 그렇다고 이 소설이 평범하고 평균적인 서사란 것은 아니다. 먼저 이야기의 구성이 탄탄하다. 다섯 세대에 걸친 한 집안의 내력을 '털' 하나로 꿰는 솜씨가 탁월하다. 어느 세대는 세상에 영합하고, 어느 세대는 세상에 저항하기도 하는데 그것이 우리나라 근현대사의 정치, 사회 상황과 맞물리면서 재미와 공감을 더 한다.

그러나 무엇보다도 이 소설의 미덕은 주인공의 참여의 태도, 그 윤리적인 올바름에 있다고 할 수 있다. 90년대 이후 거대담론이 힘을 잃으며, 사회 변혁을 기대하고 저항을 기리는 리얼리즘적 전통이 쇠퇴한 것은 문학 전반의 추세이다. 특히 청소년소설은 '질풍노도'라 불리

---

89) 김지형, 앞의 논문에서 『열일곱 살』이 『완득이』를 문학성에서 넘어선다고 평가한다.
90) 사계절출판사와 즐거운 책읽기, "곧 나옵니다! 〈열일곱 살의 털〉", 2008.08.16. http://blog.naver.com/sakyejulbook/80054989213에서 인출,(검색일: 2017.06.08)

며, 정서적 불안정과 정체성의 혼란을 겪는 청소년기를 다루는 장르적 특성 때문에, 십대의 '분열하는 내면'에 지나치게 편향되어 있다. 하지만 청소년이 겪는 개인적이고 내면적인 고충 역시 사회 정치적인 외부 억압과 깊이 연결되어 있다는 점에서 문학에서의 '참여'는 시대를 불문한 요구이기도 하다. 이런 점에서 『열일곱 살의 털』은 건강한 시민성을 드러내고 '안팎'의 균형을 유지한 드문 청소년소설로 평가될 수 있다.

소설의 서사는 두 가지 방향으로 진행된다. 학교 규율과 관련한 주인공 일호의 투쟁과 국가 정책과 관련된 할아버지의 혼란과 자각이 그것인데, 각각일 것 같던 두 서사는 '털'을 접점으로 통합되고 '털'에 연루된 권력의 억압과 횡포라는 공통의 문제를 향해 나아간다. 여기에 '가계(家系)의 기대'라는 압박으로부터 탈출을 꾀했던 아버지의 서사가 더해지면서 삼대(三代)에 걸친 '권력과 저항의 문제'로 이야기는 수렴한다.

일호네 삼대(三代)가 맞닥뜨린 가족, 학교, 국가라는 세 '아버지'는 근대의 사회를 지탱하는 대표적인 규율 기구이며, 체제에 순종할 근대적 주체를 만들어내는 권력의 장치들이라고 할 수 있다. '군사부(君師父) 일체'라는 유교적 언명은 근대 이전에도 국가, 학교, 가족이 개인을 체제에 안착시키는 사회화 과정에서 동일한 '아버지의 이름'으로 작동했음을 시사한다. 그러나 특별히 근대 자본주의 이념과 결합하면서 이 세 아버지는 은밀하고 비가시적인 억압기제와 폭력구조를 만들어내는 더 '나쁜 아버지'가 되었다.

청소년소설에서도 폭력은 예외적인 소재가 아니다. 오히려 일반문학보다 더 자주 상처와 폭력을 이야기한다. 그것은 청소년이 성인의 보호에 의존한다는 점에서 더 쉽게 폭력의 희생자가 될 수 있고, 성인에 비해 충동을 제어하거나 해결의 대안을 찾기 어렵다는 점에서 쉽게 가해자로 바뀔 수 있기 때문이다.

그런데 폭력을 소재로 한 그간의 청소년소설에 비해 『열일곱 살의 털』은 다소 이채롭다. 이전의 청소년소설이 개별학생이나 개별교사의 물리적 폭력을 문제 삼았다면 이 소설은 학교라는 권력기제가 가지는 태생적인 폭력성, 즉 구조적인 문제에 주목한다. 이 구조 속에서는 폭력 교사든 비폭력 교사든 그것이 '승인된 것인가 승인되지 않은 것인가'의 차이일 뿐, 동일하게 '폭력적'이다. 소설은 더 나아가 '국가' 권력이 행사하는 이념적이고 문화적인 지배 방식, 그리고 자본과 결탁한 정당성 없는 정책이라는 폭력에까지 탐구를 확대한다. 또한 가정조차 권력이 작동하는 폭력의 공간일 수 있음을 보여주기도 한다.

이 소설에서 권력이 겨냥하는 중요한 대상으로 '머리털'이 소환된다. 여기에서 머리털은 단순한 털이 아니다. 인간의 상징능력은 인간의 신체를 사회문화적인 기호로 변화시키는데, 특히 머리는 신체의 가장 주요한 기관이 집결되어 있고 가장 높은 자리, 가장 눈에 띄는 위치에 있다는 점에서 문화 기호의 기능을 담당하는[91] 주요 부위이다. 고래로 머리는 신체의 팔루스적 기호이다.[92] 주인공 일호가 머리털

91) 한민족역사정책연구소, "한국 고대문화 원형의 상징과 해석-상투와 비녀[簪]", 2014. 11. 16, http://cafe.daum.net/kphpi21/G16B/146에서 검출, 검색일: 2017.06.08.

92) 상투를 남근의 기호로 보기도 한다. 상투는 관례를 치른 어른이 되었다는 의미를 남근으로 상징해 독립된 주인(주체)임을 머리 위에 표지한 사회적 기호라는 것이다. 상투와 마찬가지로 비녀도 시집가서 머리 올린 여자만 꽂을 수 있는 장식인데,

의 자기 결정권을 존재의 권리로 인식하는 것은 머리나 머리칼이 다른 신체기관과 차별되는 팔루스적 상징성을 가졌기 때문이다. 여기에서 '머리털'은 개인의 자유와 독립성을 상징하는 자기 존중의 아이템이자, 권력이 폭력과 규범을 동원하여 지배하고 길들이려는 대상이라 할 수 있다.

본고는 '권력과 폭력으로서의 아버지'라는 관점에서 가족, 학교, 국가라는 세 체제를 조감하여, 이들이 '순종'하는 '아들'을 만들기 위해 머리털로 상징되는 개인의 자유에 가하는 억압과 폭력의 실상을 규명할 것이다. 그리고 그 '권력으로서의 아버지'에 맞서는 인물들의 의식의 변화를 좇아 소설이 가지는 의의를 진단할 것이다.

가. 거세하는 아버지와 존재의 욕망

(1) '상상적 팔루스'로서의 머리털

소설은 일호가 열일곱 살 생일 아침, 그의 고조부가 세운 우리나라 최초의 근대 이발소 '태성이발소'에서 할아버지에게 머리를 깎이면서 시작된다.

> 할아버지는 열일곱 살의 머리카락에는 아무짝에도 쓸모없는 욕망이 뒤엉켜 자라고 있어 그것들이 세상 밖을 기웃거리기 전에 무질러야 한다고 믿었다. 그렇지만 할아버지의 능갈맞은 가위도 아직 사내가 되지

비녀머리에 장식된 용봉 장식도 남근의 힘을 의미하는 것으로, 비녀를 찌르는 것은 여자가 남자의 몸을 받아들였다는 것을 표현하는 문화 상징 기호이다. (한민족역사정책연구소, 위의 글.)

> 못한 사내아이의 욕망을 뿌리째 뽑아낼 수는 없었다. 도리어 밤마다 자라고 아침마다 솟아나는 사내아이의 머리털은 가위 민날에 단련되어 쇠어졌다. (……)
>
> "할아버지, 귀 쪽은 좀 덜 깎으셔도……."
>
> "열일곱 살이면 어른이다. 네 증조할아버지는 열일곱에 이 태성이발소를 맡으셨다. 경성 최고의 이발사셨지, 그 때 이미. 경성에서 내로라하는 사람들이 네 증조할아버지를 찾았다. 증조할아버지 솜씨는 일본 사람들도 혀를 내둘렀어. 일본 이발사들도 솜씨를 보러 오곤 했다니까. 나도 열일곱에 단골손님들이 있었다. 고개 숙여 봐라."
>
> 할아버지는 내 말을 뚝 자른 뒤 단발 가위로 옆머리를 바짝 밀고 대갈못에 매달아 놓은 가죽에 썩썩 문지른 면도칼로 목덜미 털을 싹싹 밀었다. 내 열일곱 작은 욕망도 무참히 쓸려나갔다. 입학식 전까지 며칠만 조금 더 기르고 싶다거나 적어도 생일날에는 머리를 박박 깎이고 싶지 않다거나 하는 것도 욕망이랄 수 있을까. 최고의 이발사가 되고 싶었던 증조할아버지와 할아버지의 욕망에 견준다면 내 욕망은 어숭그러하다.
>
> 그래도 그마저 거세한 할아버지는 수십 년 동안 수천 명의 거세된 머리털이 박혀 뻣뻣해진 스펀지로 내 목덜미에 남은 미련까지 툭툭 털어 내 버렸다. (5-7)

'이발'과 '거세'를 은유적으로 결합하여 열일곱 살 소년이 가진 독립에 대한 욕망과 그 좌절을 보여주는 장면이다. 일호에게 '머리털'은 자신의 독립성을 진단하는 중차대한 의미이다. 그러나 '사내가 되지 못한 아이', 아직 할아버지의 경제력에 의존하는 일호로서는[93] 자신의

93) 할아버지는 머리를 깎은 후에 일호에게 용돈을 준다.

욕망을 주체적으로 구현할 수 없고, 그래서 욕망의 기표인 '머리털'은 할아버지의 통제 아래 놓여 있다. 여기서 할아버지는 사회와 가문의 질서를 대변하는 '아버지의 이름'이고, 머리털은 (할)아버지가 금지하는 대상이요, (할)아버지가 거세하려는 주체의 욕망의 대상이라는 점에서 남근 즉 '상상적 팔루스'[94]라 부를 수 있다.

가정은 아이에게 사회화를 행하는 최초의 장소이며 아버지는 아이의 거세를 책임지는 존재이다. 아버지의 거세를 받아들이고 자신의 상상적 팔루스를 포기할 때 아이는 오이디푸스 단계를 극복하게 된다. 이후 아이는 상징계 일원으로 편입되고, 사회와 가족의 체계 속에서 자기 이름과 위치를 부여받는다. 일호가 할아버지의 '거세'를 피해 귀밑머리나마 남겨두려 하자 할아버지가 일호의 나이를 상기시키고 선대 조상을 거론하는 것은, 열일곱 살이라는 나이는 '아버지의 규율' 속에서 상상적 주이상스를 포기해야 할 나이임을 일깨우는 것이며 송씨 가문의 긴 가계도에서 그에게 배당된 위치를 상기시키는 것이다.

머리털은 가족과 사회의 일원으로 '아버지의 인정'을 받기 위해 버려야 할 팔루스이다. 이 팔루스의 '거세'란 '주이상스의 포기'에 다름 아닌데, 문제는 이렇게 포기한 주이상스가 쉽게 단념할 수 있는 성질의 것이 아니라는 것이다. 아이는 힘을 가진 아버지에게 주이상스를 넘겨주지만 자신의 희생에 대해 끊임없이 아쉬움을 느끼면서[95] 아버

---

94) 상상적 단계에서 아이의 욕구를 채워주는 구체적인 대상을 의미한다. 그러나 상징적 단계에 들어서면서 이 팔루스는 거세당한다. 라캉의 주체가 분열된 주체인 것은 실재와의 단절을 의미하기도 하지만 상상적 팔루스와의 단절을 의미한다. (권순정, 「라캉의 환상적 주체와 팔루스」, 『철학논총』 75집, 새한철학회, 2014, 36면 참조)

95) 브루스 핑크, 위의 책, 2010, 126면.

지에 대한 반항심을 키워가게 된다.

그러나 힘이 없는 일호로서는 할아버지의 '권력'에 반항할 수 없다. 그래서 그의 욕망은 아직 '어숭그러하'다. 그러나 할아버지도 주이상스를 누리고자 하는 일호의 욕망을 사라지게 할 수는 없다. '뽑아낼 수 없'으며, '아침마다 솟아나는' 이 중의적 의미의 팔루스[96]는 (할)아버지의 금지의 가위 아래서 더 강한 욕망으로 되살아난다.

일호가 보기에 자기 '머리털을 소유'하기 위해서는 어른이 되어야 한다. 자기 '머리털을 소유'하는 충분한 성인은 자기 팔루스를 가진 자이며, 따라서 일호가 생각하기에 어른이 된다는 것은 '단단해지는 것', 단단한 팔루스를 가지는 것이다.

> (1) 그렇지만 나는 물컹했다. 풍선으로 치자면 바람이 빠져 튀지도 날아오르지도 못하고 땅바닥에 철퍼덕 퍼져있는 물컹거리는 풍선. 내 몸 한구석에 비워 둔 아버지의 자리로 바람이 새어 나간 것인지도 모른다. 그러니까 열일곱 살이 되도록 군소리 한번 못하고 할아버지에게 머리를 깎이고, 오광두에게 이리저리 끌려 다니지. (44-45)

> (2) 하지만 아버지들이 걱정하는 아이들은 모든 염려와 탄식을 비웃으며 미용실에서 제 입맛에 맞는 어른이 되려고 몸부림쳤다. 아이들은 아버지와 싸우며 천천히 어른이 되고 있었다. 나만 빼고. (13)

일호가 인식하기에 자신의 팔루스는 물컹한데, 그가 단단해질 수

96) 라캉에게 팔루스는 페니스와는 다른 대상이지만, 이 소설에서는 '아침마다 솟아나는' '물컹한' 등의 직접적인 표현으로 페니스의 이미지와 중의적으로 겹친다.

없는 것은 '반항할 아버지'가 없기 때문이다. '이발소'는 어른들이 지정한 거세의 장소요 아이들을 세상의 요구에 맞게 순치시키는 사회화의 공간이다. 또래 아이들이 '아버지의 이발소'를 거부하면서 어른이 되어가는 데 반해 일호는 그렇게 거절할 아버지가 없기 때문에 자신이 '단단한' 어른이 될 수 없다는 공포를 느낀다.

그러나 일호의 '고아의식'은 다소 부정확하다. 그의 문제는 대적할 아버지가 없다는 것이 아니라 남들보다 더 "더 질기고 강한" (할)아버지와 대적해야 한다는 사실에 있다. 일호는 "늙은 소나무"(13) 같은 할아버지의 권위에 승복하여 또래가 가지는 반항의 감정을 감히 드러내지 못한다. 그러나 모든 아들들이 아버지에 대해 '동일시와 반항'이라는 양가적인 감정을 가지는 것처럼, 그 역시 '존경과 반항'의 틈새에서 숨을 고르고 있다고 말할 수 있다.

또래 아이들과 다르다는 의식, 또래 아이들의 성장에 미치지 못한다는 사실이 일호를 괴롭힌다. 더구나 학생부장 오광두가 방송 조회 때 모범적인 머리로 일호를 카메라 앞에 세우기 시작하면서 일호의 자존심은 더 크게 상처를 받는다. 교사에게 '칭찬 받는다'는 것은 한마디로 "범생이"로 정의되고, 또래로부터의 멸시와 따돌림을 의미할뿐더러 팔루스를 가지지 못한 미성숙을 공표하는 것이기 때문이다.

체육교사 '매독'이 학생의 머리칼에 라이터를 들이댔을 때 일호 머리에 맨 먼저 떠오른 것은 의외로 할아버지의 말이었다. "머리칼은 네 자신을 나타내는 징표다.[97]"(50) 자신을 나타내는 징표, 그것은 팔루

97) 할아버지나 일호나 머리칼이 단순히 신체의 일부가 아니라, 주체의 존재 의미를 밝히는 중요한 상징이라고 생각한다는 점에서는 동일하다. 그러나 할아버지는 바로 그러한 이유에서 늘 단정하게 정리된 머리모양을 유지해야한다는 것이고, 일

스적 징표이기도 하다. 일호는 머리칼을 훼손하는 매독에게서 팔루스를 금지하는 할아버지를 본다. 그래서 할아버지를 포함하여 교사, 학교, 사회 등 '아버지의 이름' 전체에 대해 항거하기로 결심한다. 드디어 일호는 '대적할만한 아버지'를 만난 것이다. '울프 컷' 문재현이 그를 매독에게 떼어놓고 한 말이 "너 범생이 아니더라"(54)이다. 이는 일호가 어른의 칭찬을 받는 수모의 위치를 벗어나 '아버지'에 대한 저항을 실현하고 '미장원에서 머리를 깎는' 또래 그룹에 입사하였음을 의미하는 발언이다. 문재현이 내민 손을 마주 잡으면서 그의 입사식은 완성된다.

일호가 원하는 것은 명확하다. '나의 머리를 내 마음대로 하겠다. 그 권리를 훼손하지 마라.' 이는 아버지에 의해 주도되는 일방적인 사회화에 저항하는 '존재의 욕구'이고, 일호의 입을 빌자면 "자유롭고 싶은 인간의 본능"(71)적 욕구라고 부를 수 있다.

(2) 가문의 요구와 존재의 욕구

인간이 오이디푸스를 겪어야 하는 까닭은 그가 반드시 사회화되어야 하기 때문[98]이다. 거세는 상상적 팔루스로 존재하고자 하는 주체의 욕망을 좌절시키지만 인간이 사회적 존재로 살아가기 위해서는 수긍해야 하는 불가피한 과정이라는 뜻이다. 그렇다면 할아버지가 일호에게 행한 거세를 폭력이라고 지칭하기는 어렵다. 할아버지는 "아비 없이 자란"(72) 손자에게 아비를 대신하여 해야 할 일을 했을 뿐이다.

호는 그러므로 자기 머리를 남이 마음대로 다루어서는 안 된다고 믿었다는 점에서 차이가 있다.

98) 아니카 르메르, 앞의 책, 147면.

일호 아버지 송충만은 십칠 년 전 아버지의 가위, 혹은 '아버지의 이름'으로부터 탈출했던 인물이다. 그에게 부과된 '아버지의 요구'는 일호가 겪은 그것처럼 그렇게 가벼운 것도, 가정교육이라는 이름으로 미화될 만큼 부드러운 것도 아니었다.

> 고등학교를 졸업한 뒤 이발소에서 아버지에게 이발 기술을 배우던 이제 막 어른이 된 사내는, 햇빛이 거리를 환하게 비추기 시작하던 여름날 아침 면도날을 갈고 가위를 닦으며 손님 맞을 준비를 하다가, 갑작스레 이발소 문을 열고 거리로 나왔다. 그러고는 한참 서 있다가 휘적휘적 비탈길을 내려와 그길로 먼 여행을 떠났다 한다. (99-100)

소설에는 아버지 송충만이 왜 가출을 감행했는지 명확히 기술되지 않는다. 그러나 3대째 세습해 온 '태성이발소'의 역사성과 할아버지가 보여준 '가문'에 대한 자부에 비추어보면, 가업을 이으라는 가계의 요구가 그에게 강압적으로 부과되었을 것이라고 짐작할 수 있다.

산업사회에서 가족은 분명히 몰인정한 사회의 피난처로서의 역할을 한다. 그러나 가족이라는 집단의 기대가 일방적 강요가 되면 개인의 자유를 옥죄는 억압이 되고[99] 더욱이 그것이 '효'라는 이데올로기와 결부되면 거역하기 어려운 속박이 된다. 특히 우리나라의 가부장적 가정은 가정 내 약자인 여성과 자녀에게 일상적으로 억압과 구속을 행하는 구조이다. '가업을 이어야한다'는 아버지의 기대가 집중되

---

99) 푸코는 지금까지 공식적으로 '권력'으로 불리던 권력뿐만 아니라, 부모-자식 관계, 선생-제자 관계, 의사-환자 관계 등 일반적으로 '사랑'을 핵심으로 이해되던 관계들을 권력의 시각에서 바라보게 하였다. (최정운, 「푸코를 위하여 : 지식과 권력의 관계에 대한 재고찰」, 『철학사상』 10권, 철학사상연구소, 2000, 64면)

었던 집안의 독자(獨子) 송충만에게 '가계(家系)라는 아버지'의 요구는 폭력으로 작용할 수밖에 없었을 것이다.[100)]

앞서 밝혔듯, 모든 아들은 아버지에 의해 상실된 주이상스를 아쉬워하며 그에 대한 아버지의 보상이 너무 적다고 여긴다. 할아버지 송명관에게는 태성이발소가 가문의 영광을 나타내는 역사적인 기호이고 그의 정체성을 나타내는 상징이다. 그러나 아들 송충만에게는 그것이 자기 생을 자기 의지로 선택하고자 하는 자유에의 욕망을 상쇄할 만한 가치가 아니었다.

그는 가족의 압박을 피해 사막을 떠돈 자유의 표상으로, 아버지의 폭력과 거세에 저항하고 자기 '머리카락'을 찾아 세계를 탐험했다고 해석되는 인물이다. 특히 17년을 '불모'의 사막을 떠돌았다는 것, 그리고 17년 여행의 결과가 배낭 하나였다는 것은 '경제적인 인간', '생산하는 인간'이라는 일방적인 기성의 가치에 의문을 표했던 인물이라 평가할 수 있다.

나. '순종'을 가르치는 학교 권력

머리칼을 잘라 '거세'하는 할아버지를 두고 폭력을 논할 수는 없다.

---

100) 아버지 송충만이 가출을 한 뒤에도 "술만 마시면 떠나온 이발소 얘기를 했었다"(139)는 엄마의 증언은 그가 태성이발소에 대해 부담뿐 아니라 자부도 동시에 느꼈음을 말해준다. 아버지의 과중한 기대가 아들에게 엄청난 부담이 될 수 있다는 것을 핑크는 다음과 같이 지적한다. "그(아들)는 자신이 무엇을 하건 아버지(아버지의 기대, 요구, 기준, 이상들)를 만족시킬 수 없다고 생각한다고 한다. 아버지가 주는 인정은 항상 성과에 의존한 것처럼 여겨지기 때문에 남성은 자신이 무엇을 이룩했건 간에 결코 편안히 쉴 수 없다"는 것이다. (브루스 핑크, 앞의 책, 2002, 127면 참조)

그것은 근원적인 아버지의 기능이다. 그러나 일호가 만난 학교는 부조리하고 폭력적인 아버지로 군림하는데 그 폭력 역시 머리칼을 매개로 행사된다.

(1) '학생다움'이라는 상징 장치

푸코는 근대사회의 규율을 진단하면서 특히 학교를 규율권력[101]이 작동하는 전형적인 체계로 거론하였다. 그러나 대한민국 교실의 운용 방식은 다중적이고 복합적이어서 푸코의 진단만으로 설명하기 어려운 요소를 포함한다. 우리의 학교는 '규율'이라는 비가시적이고 섬세한 통제나 감시를 행하는 동시에, 학생들의 신체에 직접적인 위해를 가하는 실제적이고도 물리적인 폭력 역시 포기하지 않기 때문이다.

학교가 휘두르는 과도한 규제와 감시, 억압은 분명 폭력이지만 학교는 폭력을 수반한 훈육을 교육과 등치시키는 특정한 관념과 담론을 지속적으로 동원한다. 푸코가 보기에 권력은 담론의 형태로 실행되는데, 우리사회의 교육담론, 학생담론 역시 머리칼에 '학생다움'이라는

---

101) 푸코는 근대의 권력은 판옵티콘의 시선처럼 눈에 띄지 않고 섬세하게 개개인의 행동을 통제하고 규제한다고 본다. 절대주의 시대에 군주가 화형이나 교수형과 같은 잔혹한 신체형을 통해 힘을 과시하고 대중을 복종시켰다면 이 새로운 권력은 강제나 위협보다는 감시와 관찰을 통해 작동된다. 즉 '신체에 대한 면밀한 통제를 통해 지속적인 복종'을 확보한다. 잔혹한 신체형이 사라졌다고 해서 신체가 처벌의 무대에서 사라진 것은 아니다. 신체를 특정한 목적에 맞도록 만들어낼 뿐이다. 즉 권력은 신체를 길들인다. 길들여진 신체, '순종적이며 유능한 신체'를 만들기 위해 권력은 일련의 기법들을 고안하는데 이 기법과 전술을 푸코는 '규율'(discipline)이라고 불렀다. 그는 근대사회를 규율 사회로 진단한다. 근대사회에서는 규율이 '지배의 일반적인 양상'이 되었다는 것이다. 이제 규율은 감옥뿐만 아니라 군대, 학교, 병원, 공장 등 모든 장소에서 작동한다. (미셸 푸코, 오생근 역, 『감시와 처벌 - 감옥의 역사』, 나남, 1994, 203-329면 참조 정리)

기의를 추가해 두발규제라는 학교의 폭력을 정당성 있고 합법적인 것으로 보이게 한다.

(1) 오광두는 오정고 1,430명의 머리털 길이를 우주의 미래와 지구의 평화를 좌지우지하는 중대한 사안으로 여겨 자칫 심각한 문제가 발생하면 '두발계엄령'이라도 내릴 기세였다. 나는 오광두가 '오삼삼'의 당위성을 설파하는 데 쓰이는 선전도구였다. 오정고 학생들은 일본 시네마 현이 독도를 저희 땅인 양 '다케시마의 날'로 정하고, 이라크에서 민간인들이 떼로 죽고, 바티칸 교황청 주인이 베네딕토 16세로 바뀐 그 순간에도 내 머리통만 바라보아야 했다. (34)

(2) 입학식 다음 날 등교 시간에 교문 앞에 늘어선 선생들의 희번덕거리는 눈에서 발광하는 빛은 사명감이라고 밖에 달리 설명할 수 없었다. (24)

(1)은 학교가 학교 밖의 급박한 현실과 담을 쌓은 채 두발규제에만 힘을 쏟는 왜곡된 상황을 풍자한다. 그 결과 (2)처럼 아예 교사의 사명이 두발규제에 있는 듯한, 즉 학교가 마치 '짧은 머리'를 위해 존립하는 듯한 가치의 전도가 발생한다. 학교는 교육의 본령이 그것인 듯 전력을 다해 머리의 문제에 매달린다.

그렇다 보니 머리칼의 길이만으로 학생에 대한 평가가 결정된다.

(1) 확실히 오정고의 표준 두발, 범생이 일호인 나는 문재현과 다른 부류였다. 나는 오광두 덕분에 선생들 사이에 모범생으로 각인되었고, 끝내 야간 자율학습 신청서를 내지 않은 문재현은 담임 때문에 선생들

한테 불량 학생으로 불렸다. (42)

(2) 울프컷의 모습은 늑대처럼 당당했다. 나는 바람에 슬쩍슬쩍 나부끼는 울프컷의 뒷머리를 황홀하게 바라보았다. 나는 울프컷의 뒷머리가 대책 없이 깎이지 않도록 지켜주고 싶었다. (29)

머리가 짧은 것은 학생다운 것이며, 그래서 일호는 '모범생'으로, '울프 컷'을 한 재현은 '문제아'로 분류된다. 문제아 재현의 '바람에 나부끼는' 머리는 자유를 상징하고, '늑대'라는 비유는 그가 거세되지 않은 자기 팔루스를 가진 존재라는 것을 보여준다. 이 순치되지 않은 야성은 학교-아버지에게는 위협적인 요소이다. 그래서 그는 입학식에서부터 다양한 형태로 제지당하고 처벌받고 결국 학교를 떠난다. 이는 학교-아버지가 길들일 수 없는 '늑대'들을 '문제아'로 분류해 추방하는 방식이다.

한편 이것은 머리칼에 대한 과도한 가치 부여가 '학생다움'이라는 규범성을 충족시키지 못하는 학생을 타자화하고 학교 밖으로 밀어내는 이데올로기적 기능을 수행한다는 것을 보여준다. '머리 긴 학생'을 '문제아'라는 특수하고 병리적인 현상으로 명명함으로써 모범생과 문제아의 이분법으로 학생을 위계화하는 방식으로 학교는 운영된다. '학생다움'이라는 정상성의 담론을 유지하고 그것을 벗어나려는 '문제아'들을 억압하면서, 십대의 의식을 길들이는 것이다.

결국 학교가 머리칼을 통제하고 훼손하는 것은 머리칼이 가진 자존과 반항으로서의 팔루스적 기의를 인식하고 있으며, 그것을 순종적으로 길들이는 것이 권력의 강화에 필수적임을 충분히 인지하기 때문이다.

(2) 학교 아버지의 두 얼굴 - 물리적 폭력과 규율장치

학교의 강압적인 지배와 통제의 방식이 오랫동안 통용될 수 있었던 것은 사회가 전통적으로 스승을 아버지나 군주에 버금가는 대타자로 설정해왔기 때문이다. 즉 교사에게는 '학교 내 아버지'라는 권위가 부여되어 왔다. 이 소설에는 학교의 두 아버지, 체육교사 매독과 학생부장 오광두가 등장한다. 그들은 '물리적 폭력'과 '규율'이라는 두 가지 다른 통제 양식을 각각 상징한다.

> 체육선생의 신념은 '맞을 놈은 맞아야 한다!'는 거였다. 체육선생은 입 냄새가 고약했지만 손버릇은 더 고약했다. 때와 장소를 가리지 않고 주먹을 휘둘렀고 그것으로 만족스럽지 않으면 발이 나갔다. 태권도, 유도, 쿵푸 유단자라고 으스대는 그의 발차기는 아이들이 겁을 집어먹을 만큼 현란했다. 아이들은 툭하면 미쳐 날뛰는 체육 선생을 '매드 독'이라 불렀는데, 곧 '매독'으로 축약되었다. (48)

폭언과 각종의 신체형을 행사하는 매독은 주체성보다는 복종, 자율보다는 억압, 권위 대신 공포를 통해 권력을 유지하는 우리 교육 현장의 전근대성을 대변하는 인물이다. 그는 '매드 독'(mad dog)이라는 별명처럼 야만적, 비이성적으로 자신의 권력을 행사한다. 그런 의미에서 매독은 교사-아버지이지만 라캉이 의미하는 '아버지의 이름'으로서의 면모가 없다. 모든 아버지가 아이의 사회화를 돕고 아이에게 체제의 질서를 각인시키는 '교육적' 역할을 수행하는 것은 아닌 것처럼, 그는 금지를 가르치는 규범적 아버지나 법과 질서를 수호하는 대타자가 아니다. 오히려 '미친 사람'으로 사회적 질서를 교란하는 반사회적이며 불결한 존재, 질병으로서의 어른이다. 그런 의미에서 그는 아직 거세되지 못한 '상상적 아버지'에 가깝다.

오광두는 그와 대칭적 위치를 점한다.

> (1) 오광두는 교문 진입로 한가운데 버티고 서 있었다. 작은 체구인데도 반들반들 잘 깎은 긴 막대기에 체중을 싣고 선 모습은 광화문 앞 칼 찬 이순신 동상처럼 위풍당당했다. (25)

> (2) "입 다물어."
>
> 학생부장 선생의 목소리는 너무 작아 갈매기들(신입생들)을 압도하기 어려울 것 같았지만, 그 목소리에는 알 수 없는 힘이 있었다. 오싹한 느낌이랄까.
>
> "입 다물라고 했다."
>
> 학생부장 선생이 더 작은 목소리로 거듭 말했을 때, 갈매기들도, 새우도, 핸드폰도 입을 다물었다.(21)

오광두 역시 교문 앞에서 학생들의 머리에 직접 바리깡을 들이미는 폭력교사이다. 그러나 위에서 보듯 작가는 그에게 매독이 가지지 못한 '위풍당당한' 권위를 부여하여 차별화를 시도한다.[102] 두 사람의 결

---

102) 오광두는 매독과 여러 가지 점에서 대비된다. 화가 나면 발차기를 하고 '미쳐 날뛰는' 매독과 달리 그는 학교 밖까지 알려진 악명에도 불구하고 직접 신체적 폭력(구타)을 행하지는 않는다. 학생들에게 벌을 내리기 전에 '육하원칙'에 맞춰 사유서를 쓰게도 하는데(61, 81) 적어도 자신을 변호할 기회를 주는 셈이다. 이밖에도 그는 스스로를 '비폭력주의자'로 분류하고 예절을 중시하며 자기 신념을 저버리지 않고자(48)한다. 외적으로도 입 냄새 나던 매독과 달리 화장품 냄새를 풍기고 잘 닦은 구두를 신고 잘 다려진 바지를 입는 정돈된 사람으로 그려진다. 매

정적인 차이라면 오광두의 "두발단속은 나름대로 규칙을 가지고 이뤄"(47)진다는 점이다. 적어도 그의 행동은 자신이 설정한 규칙의 틀 속에서 행해진다. 한편 그는 혼자 있을 때에는 소설에 심취하고, 일호에게 소설책을 선물하기도 하는 의외의 면모를 보이기도 한다. 작가는 오광두에게 어떤 이면을, 일종의 모순된 뒷모습을 장착하여 그가 일방적으로 폭력교사로 재단되지 않도록 배려하고 있다.

할아버지가 학생들 머리에 별 모양을 새기고, 교장의 학창시절 전력을 귀띔하여 사태 해결을 앞당긴 다음, 오광두는 일호네 이발소를 찾아와 할아버지에게 머리를 깎는다. 1400명 오정고 "학생들 머리털에 관한 전권을 장악"(34)하던 그가 더 큰 교사요, 더 큰 아버지인 할아버지의 가위 아래 자신의 머리를 맡기는 것이다. 그는 거세를 거부하고 방만하고 충동적으로 자신의 팔루스를 행사하는 매독과 달리, 기존의 권위와 가치에 굴복하면서 자신의 거세를 수용하는 사회적 존재이다. 더 큰 타자에 복종함으로써 자신의 위치를 확고히 하고, 다시 학생들에게 권위를 행사하는 상징계 인물이 되는 것이다.

그러나 오광두를 매독에 비해 더 선량한 교사라거나 정의로운 교사라고 부를 수는 없다. 두 사람은 학생의 신체를 순종적으로 길들인다는 동일한 목적을 가지고 동일한 권력의 구현을 위해 기능할 뿐이다. 그런 점에서 그들은 서로 보완적이며, 전술상의 차이를 가질 뿐이다. 매독은 물리적 폭력의 편에, 오광두는 이데올로기적이고 제도적인 폭력의 편에 서 있다. 문제는 인간은 물리적 폭력에는 예민하지만 이데

독이 '눈까지 시뻘겋게' 흥분하고 악을 쓰고 욕설을 입에 담을 때 그의 목소리는 서늘하고 차갑다.

올로기적인 폭력, 규율로서의 은밀한 권력에는 비판의식을 가지기 어렵다는 점이다. 물리적 폭력에 대한 반항이 역설적으로 규율권력을 더욱 강화하고 비가시적으로 만들어, 그 위험성을 은폐하고 그것에 대한 저항감을 약화시키기도 한다.

한편 학교의 품위 있는 '질서유지'가 매독과 같은 불량교사에 의존하여 지탱된다는 사실이 역설적이다. 즉 학교는 규율이나 질서라는 이름으로 교사의 폭력을 용인하는데, 여기에서 규범과 절제를 가르치는 학교가 가장 비규범적이고 충동적인 교사를 필요로 한다는 모순이 발생한다. 이는 학교가 늘 '울프 컷'을 한 불량학생을 요구한다는 사실과도 연관된다. 규범 밖으로 나오려는 불량한 타자들을 배제하거니 이용하면서, 학교는 스스로 '모범생들의 학교', '규범적인 학교'라는 것을 자신과 외부에 납득시키고 자신의 체제를 유지한다. 그렇다면 불량한 학생과 불량 교사는 규범적인 학교라는 허구성, 그리고 학교라는 대타자가 가진 실패한 균열을 보여주는 중요한 상징이 된다.

(3) 근대 규율권력으로서의 학교의 요구 – 순종과 효용

주인공 일호가 처음부터 학교라는 대타자의 균열을 감지했다고는 할 수 없다. 학생의 머리에 라이터를 가져다 대는 매독(mad dog)에게 달려든 데에는 자신의 존재 주장을 묵살하는 할아버지가 겹쳐 보였기 때문일 것이다.[103] 그의 항거는 지극히 개인적이고 무의식적인 것이

103) 이를 두고 일호의 항거가 개인적이고 무의식적인 것이었다고 할 수는 없다. 매독에 대한 항거의 이유를 찾아보면서 그는 초등학교 저학년때 어린 학생을 무자비하게 구타하는 선생의 뒤통수를 향해 콩주머니를 날린 사건을 떠올린다. 결국 일호를 움직인 것은 강자가 약자에게 폭력을 행하는 강자를 응징하고자 하는 소박한 도덕심이었다고 할 수 있다.

었다.

일호는 사흘 동안 상담실에서 열다섯 장의 반성문을 쓰고 풀려나는데, 반성문을 쓴 것은 학생주임 오광두의 "선생도 사람이야. 간혹 실수할 수도 있지"(69) 라는 설득에 마음이 움직였기 때문이었다. 이는 일호가 문제의 본질을 미처 깨닫지 못하고 자신의 분노를 매독이라는 한 개인의 결함 문제로 치부했음을 보여준다.

그러나 학교가 벌점제를 도입하며 두발규제를 더 강화하자 인터넷을 찾아 두발규제를 위해 싸우는 다른 학교 학생들의 사례를 접하게 되면서 일호는 자기 의식의 한계에 부끄러움을 느낀다. 그 사이 학교의 '두발규제 광풍'은 학생회의 의견을 묵살하여 매독의 주먹질을 더욱 부추기고, 학생 둘을 정학 처분하는 식으로 막힘없이 진행된다.

일호가 다시 두발규제를 문제 삼아 학내 시위를 주도할 때 '선생도 사람'이라는 오광두의 말을 부인하는 것은 아니다. 일호는 '사람'으로서의 교사 너머의 '구조'의 문제로 눈을 돌린 것이다. 이제 그의 싸움은 매독을 넘고, 순간적이고 충동적인 분노를 넘는다. 시위를 계획하고 아이들을 규합하고 설득하는 장면을 보면 일호가 자기 의식을 한 차원 확장했음을 확인할 수 있다. 일호의 부끄러움의 실체는 자신이 두발규제의 문제를 한 교사의 문제로, 그리고 자신의 개인적인 원한으로 규정했다는 것이다. 일호의 저항은 폭력을 직접 행사한 교사 너머, 폭력을 만들어내는 학교 권력 자체를 향하게 된다.

그렇다면 구조로서의 학교가 순종을 강요하면서 도달하고자 하는 목표는 무엇일까. 미셸 푸코는 근대적 규율권력의 차별성은 계산된 통제를 통해 개인에게 '순종과 효용의 관계를 강제'하는 것으로 보았다. 즉 경제적으로 '유용'하나 정치적으로는 '순종'적인 인간을 육성하

는 것, 이것이 자본주의적 근대 권력의 목표라는 것이다.[104)]

학교 권력도 그 점에서 동일하다. 교장의 아래와 같은 제헌절 담화는 규율권력이 요구하는 인간상을 그대로 재현한다.

> 교장은 대한민국 역사에서 한 획을 그은 자랑스러운 오정고인이 1919년 3월 1일 만세운동 때와 1960년 4.19혁명 때 위기에 처한 나라를 구하려고 시위에 참여했던 과거를 새삼 들먹인 뒤, (……) 제헌절을 앞두고 선배들의 기상을 이어 받아야 한다고 하였다. 그러면서 나라를 위해서가 아니라 고작 두발 규제 때문에 시위를 계획했던 1학년 몇 명의 행동은 명분도, 정당성도 없다는 점을 은근히 비난하였다. 그리고 세계화시대에 경쟁력 있는 인재를 양성하기 위해 오정고의 두발 규제가 앞으로도 지속적으로 좀 더 강화될 것이라고 경고하였다. (121)

먼저 효용의 측면에서, '경쟁력 있는 인재를 양성한다'는 자본주의적 인재관이 등장한다. 학교라는 제도가 자본주의 태동기라 할 18세기 말에서 19세기 초에 기획된 것은 자연스런 일이다. 학교는 신체를 훈육하여 노동에 유용한 인간을 만들어내는 기구로 기획된 것이다.

교장은 또한 과거 오정고 선배들이 참여했던 3.1운동과 4.19 의거의 의미를 왜곡하여 시위라는 정치적 의사표시를 비난한다. 이는 학생들의 정치적인 역량을 폄하하고 최소화하려는 의지를 내비치는 것이다. 즉 정치적으로 무비판적인 '순종'을 장려하는 것이다. 오광두 역시 일호의 아버지와 면담하면서 학생들의 시위에 '어른의 사주' 의혹을 제기하기도 한다. 이는 어른의 지시나 조언 없이는 학생들이 자신의 의

---

104) 미셸 푸코, 앞의 책, 206-208면.

사를 조직적으로 관철할 능력이 없다는 전제에서 나오는 발언이다.

일호 일행이 시위를 계획하면서 "우리가 뭐 이딴 걸 해 봤어야지. 학교에서 가르쳐 주는 것도 아니고"라 하는 것도 학교교육이 애초 정치적 역량의 성장에는 관심이 없다는 것을 시사한다. 일호의 시위에 대해 매독이 '집시법 위반'을 들며 경찰을 부르겠다고 으름장을 놓는 것을 포함한 학교의 모든 처사는 학교가 '순종하는 일꾼'을 만들기 위해 학생의 비판능력이나 정치적 역량을 축소하고자 노력하고 있으며, 실제 우리 사회에서 그 목표가 성공하고 있다는 것을 보여주는 것이다.

일호는 이런 학교의 권력에 반기를 들었다. "자유는 그냥 얻을 수 없으니까" 싸우기로 하고, "학생들도 스스로 생각하고 판단할 수 있으며 행동한다는 것을 보여주"어 학교 권력에 균열을 만들고자 한다. 일호가 현대인의 삶을 규정하는 근대 권력의 기획이나, 사회 구조가 내포한 태생적인 불합리나 억압적 요소까지 깨달았다고는 말할 수 없을 것이다. 그러나 적어도 눈앞에 보이는 학교 권력이 학생의 인권을 억압하고 자유를 제한하며 비겁을 강요하는 문제적인 체제라는 것은 깨달았다고 할 수 있다.

학교가 무한정한 자유를 허용하고 어떤 규율도 배제한 채 학생 존재의 권리를 허용해야한다는 것은 아니다. 욕망의 순치는 사회체계를 유지하는 데 일정부분 필요한 일이기도 하다. 그러나 그 규율이 어떤 합의나 정당한 절차 없이 일방적이고 파시즘적인 방법으로 작동될 때 저항을 불러일으키는 것은 당연한 일이다. 문제는 정당성을 확보하지 못한 권력은 더욱 폭력에 의존할 수밖에 없다는 것이다.

아렌트에 따르면 권력이 정당화를 위해 폭력을 수단으로 요구하는 순간 이미 권력은 몰락의 길로 들어섰다고 보아야 한다.[105] 제대로 된 권력이라면 다수의 동의가 그 정당성을 보증하기 때문에 폭력이라는 도구가 필요하지 않다. 학생들의 동의없는 두발규제는 오직 '폭력'의 성격만 남는다. '짧은 머리'는 곧 '학생다움'이라는 동의 받지 못한 폭력적 이데올로기를 유지하기 위해 다시 '직접적인 폭력'에 기대야 하는 최악의 상황에 오정고는 놓여 있는 것이다.

사람들은 구조적 폭력과 문화적 폭력에 좀 더 무감하기 쉽다. 다수의 학생들과 교사들은 개인의 노력만으로 거대한 구조를 바꿀 수 없다는 논리로 그 폭력의 구조와 체제에 눈을 감기도 한다. 그러나 일호는 자신이 목도한 신체적인 폭력은 물론 구조의 횡포 역시 외면하지 않았다. 아직은 넓게 구조 전체를 알지 못하지만, 자신이 발견한 그 한계 내에서 순종의 굴레를 벗고 '정치적 저항'을 실천했다는 데 의의가 있다.

다. 애국 이데올로기와 국가의 폭력

『열일곱 살의 털』에는 국가라는 또 하나의 폭력적 권력체제가 등장한다. 시대적으로는 일호의 고조할아버지까지 거슬러 올라 권력의 폭력성이 보편적이고 영속적이라는 것을 깨우치는데, 이 역시 머리털과 관련되어 있다.

105) 이문영, 「폭력 개념에 대한 고찰」, 『역사와 비평』 106호, 2014, 341면 재인용.

(1) 개화기 단발령- 삼강오륜과 개화사상

조선 말 개화기를 산 일호의 고조할아버지는 '체두관'이다. 체두관은 단발령을 따르지 않고 상투를 고수하겠다는 백성들을 찾아 직접 상투를 잘라 나라의 명이 지엄하다는 것을 보여주던 사람이다.

> 상투를 올린 사람이면 상놈이든 양반이든 체두관의 가위를 피할 수는 없었지만, 눈만 뜨면 공자 맹자를 읊으며 신체발부는 수지부모라고 배웠던 양반들은 완강하게 저항했다. 양반들 대부분은 "손발을 자를지언정 두발을 자를 수는 없다!"며 목숨을 걸고 버티는 바람에 체두관들도 감히 가위를 내놓지 못했다. (……)
>
> 나의 의연한 고조할아버지는 체두관으로서 맡은 소임을 다했다. 상투를 찾아 서울 장안을 이 잡듯 돌아다니던 고조할아버지는 어느 양반 집에 들어가 그 집 머슴들의 상투를 죄다 자른 뒤, 그 집 장손의 상투에 가위를 들이댔다. 뼈대 있는 집안의 마나님으로 평생을 살아온 노모가 안방 문지방을 붙잡고 "오륜삼강이 끊어졌구나, 내 어찌 살 수 있겠느냐!"며 울부짖었지만, 내 고조할아버지는 눈썹 하나 까딱하지 않고 노모의 아들 상투를 댕강 자르고 말았다. 그리고 대문을 빠져 나올 때 곡소리가 뒤통수를 때려도 뒤 한번 돌아보지 않은 채 이런 말을 남겼다고 했다.
>
> "나라의 명인데 어쩌겠소. 자를 것은 잘라야지." (18-19)

조선 사람들에게 '상투'는 단순한 관습의 차원을 넘어서 손발이나 목숨과도 바꿀 수 없는 지고의 가치이며, 당대를 지탱하던 이념, '삼강오륜'의 구체적 구현이다. 따라서 일제의 강제적인 단발령은 조선인의 민족적, 이념적 정체성을 일시에 붕괴시킨 중대한 사건으로, 신체에 대한 직접적인 훼손일 뿐더러 사람들의 종교와도 같은 신념을 짓밟는 '문화적 폭력'이기도 하였다. 특히 개화를 선으로, 전통을 야만으로 몰아붙이는 행위는 '문화적 폭력'의 전형적인 예가 된다.

따라서 일제가 단발령을 추진하면서 기대한 효과는 조선인의 유가적인 관념과 자존심을 제거하여 굴욕감과 패배감, 나아가 무력감을 조장하는 것이었다. 앞서 학교가 두발규제를 통해 도달하려던 '순종'이라는 목표와 유사하다. 머리칼은 당시 조선인들의 팔루스였으며, 단발령 거부는 팔루스를 지키려던 '상징투쟁'이라 할 수 있다. 조선인들은 전통과 자긍심의 고수, 국가(외세)가 주도하는 폭력과 침략을 거부하는 의지를 '머리카락'에 투영하여 그들의 삶을 걸고 투쟁했던 것이다.[106]

여기에 일제의 권력에 동조하고, 그 폭력을 일선에서 직접 행사하던 일호의 고조할아버지 송수복이 등장한다. "체두관 송가의 무례한 가위질은 상소에 오르기도 하였다"니, 그가 이 폭력행위에 얼마나 적극적이었는지 짐작할 수 있다. 송수복이 만들어 낸 시대적이고 도덕적인 명분이 없었던 것은 아니다. 그는 개화파 안종호에게서 우리나라 최초의 근대이발관 '태성이발소'를 양도받고 "개화한 이발사로서 무지몽매한 백성들을 계몽해야 한다"는 책임감을 가진다. 그에게 단발이란 '개화'와 '문명개조'의 의미이고 '애국행위'이기도 하였다. 그래서 그는 이발소 한쪽 벽에 "머리 깎아 보건 일류로 서양을 이기자!"(162)라는 글을 써 붙이는데, 이에 이르면 단발은 서양에 대항하는 국가적 프로젝트의 의미를 가지게 된다.

---

106) 강준만, 『한국근대사 산책』, 인물과 사상사, 2007, 338-339면.

증조할아버지 송영식의 행적도 그의 부친과 비슷하다. 그는 일본인을 "홀딱 반하게 하는 솜씨"로 이발소 규모를 늘리고, 일제강점기에는 '하이카라 머리'로, 미군정 때에는 미군머리인 '모판머리'로, 이승만 시절에는 '아메리칸 스타일'로, 박정희 정권에서는 '군인형의 짧은 머리'로 시세를 좇는다. 특히 '전국이용사연합회'를 창립하여 박정희 지지활동을 하고 그를 흠모하여 대통령 전속이발사를 꿈꾸다가 세상을 뜬다. 두 사람 모두 자신이 시대를 이끈다는 사명감과 애국자라는 왜곡된 확신을 내세우고 권력에 빌붙어 호가호위하며 살았다는 것을 보여준다. 그런데 그들이 생각한 '국가'의 정체가 문제이다. 고조, 증조할아버지 두 사람에게는 개화기에는 개화파가, 일제강점기 때는 일제가, 해방 정국에서는 미군이 '국가'였다. 그들에게 국가는 곧 권력이기에 일제든, 쿠데타로 집권한 정권이든, 권력을 가진 편에 발 빠르게 서서 그것이 국가라고 인정해버렸다. 그들이 국가라 믿었던 권력을 '사회적 아버지'라 한다면 그들은 이 '힘세고 나쁜' 아버지의 충실한 아들로서 강제와 폭압을 앞장서서 행사하였다.

그들은 늘 '나쁜 아버지'인 권력자의 편이면서도 국가의 편에 서 있다고 믿고, 권력의 폭력에의 동참하는 것을 애국이라고 믿는 왜곡된 국가관과 애국관을 견지했다. 그러나 이는 자신의 신념과는 달리 권력을 등에 업은 명백한 폭력이요, 국가를 명분삼아 사사로운 영달을 꾀한 이기적인 행위였을 뿐이다. 늘 권력의 앞에 섰고 폭력의 주체였던 두 할아버지의 왜곡된 국가관을 작가는 해학과 풍자로 그려낸다.

(2) 묵인에서 저항의 윤리로

'늙은 소나무'로 표상되듯 할아버지 송명관은 선대 조상들과 달리,

약자에게 폭력을 행하거나 권력을 좇아 영달을 꾀하지 않았다. 오히려 국가의 시책에 맞춰 가게를 종로에서 마포로 옮기는 등 국가를 위해 손해를 감수하면서 오직 태성이발소를 지키며 평생을 반듯하고 성실하게 살았던 인물이다. 할아버지의 의식을 지탱하고 있는 두 축은 '가문에 대한 자부'와 '국가에 대한 충성'이라고 할 수 있다. 그런데 국가에 감사를 표하는 것은 그렇다 해도, 조상의 과오를 외면하고 그들 행적을 미화하고 칭송한다는 점에서는 역사, 사회의식의 한계를 보여주는 인물이기도 하다.

지젝에 따르면 『자본론』은 이데올로기에 대해 "그들은 그것을 알지 못한 채 행하고 있다"고 정의한다. 지젝은 이를 고쳐 "그들은 자신들이 무슨 일을 하고 있는지 잘 알고 있지만, 그럼에도 여전히 그것을 하고 있다"고 말한다.[107] 할아버지가 정말 조상의 과오를 알지 못했는지, 알지만 이미 신념화한 허구를 멈출 수 없었는지는 확실하지 않다. 그러나 때로는 "아무 것도 하지 않는 것이 가장 폭력적으로 무엇인가를 하는 것"[108]이 된다. 이 소설은 할아버지의 순응성, 국가에 대한 무조건적인 신념, 조상에 대한 무비판적인 자부심 등이 그의 선의와 상관없이 강자 편에서 그들 이데올로기의 유지를 돕고 약자에 대한 폭력적 구조가 지속되게 하는 또 다른 폭력행위가 될 수 있음을 이야기한다.

동네에 재개발 계획이 발표되면서 '나라가 하는 일'을 반대하는 세입자들과 언쟁을 벌이다가, 그들의 주장을 확인하기 위해 구청을 찾아가 할아버지가 맞닥뜨린 진실은 재개발 행위라는 것이 국가가 몇

107) 슬라보예 지젝, 앞의 책, 2002, 60-62면.
108) 슬라보예 지젝, 정일권 · 김희진 · 이현우(역), 『폭력이란 무엇인가』, 난장이, 2011, 297면.

몇 건설업체에게 개발이익을 넘겨주려고 영세한 세입자의 집을 빼앗는다는 것이다. 호모 사케르를 양산하는 세계화의 과정은 국가권력의 비호 속에서 진행된다. 이때 체제의 폭력에 대한 '묵인'은 단순한 수동성이 아니라, 폭력의 양산을 용인하는 적극적인 '공모'의 의미를 가진다. 그렇다고 할아버지를 폭력적 인물이라 규정할 수는 없다. 차라리 국가주의적 이념의 희생자라고 부를 수 있을 것이다. 가해와 피해의 관계가 명확하지는 않으나, 애국이라는 이름으로 국가체제 구조의 이면을 바로 보는 능력을 잃었다[109]는 점에서 그 자신도 피해자라 할 수 있다.

할아버지는 구청에서 자신이 원하던 답을 듣지 못하고 국가정책에 대한 신념에 혼란을 느끼던 차에 손자의 학교 앞을 지나다가 손자의 피켓 시위 현장을 목격한다. 그리고 다음 날 학교 교문에서 '참혹한 이발 폭력' 장면을 보게 된다. 그 후 할아버지가 보여주는 변신을 보면, 할아버지는 교문 앞의 학교 폭력과 세입자에 대한 국가 폭력이 동일한 뿌리에서 나온 것이라는 것을 알아차렸다고 할 수 있다. 이후 할아버지는 세입자들과 같이 피켓을 들고 시위에 앞장선다. 고조, 증조할아버지가 권력자의 편에 선 폭력의 가해자였다면, 할아버지는 '집 가진 자'로서의 권리를 내려놓고 세입자의 권리를 위해 국가 권력의 피해자 편에 선다. 할아버지는 늦게나마 '아버지의 체제'를 의심해보는 성찰적 인물로 변화한다.

일호가 학교라는 구조적인 폭력에, 아버지가 가문의 기대와 압박이

109) 세입자들이 할아버지에게 순진한 소리만 한다고 한 말은 이런 뜻일 것이다.

라는 폭력에 각기 자기 방식으로 대응했다면, 할아버지는 국가라는 또 다른 형태의 폭력에 고유한 방식으로 대처했다. 여기서 가정, 학교, 국가란 그 구조 속을 살아가는 주체들의 신념과 가치를 구성하는 세 '아버지의 이름'들이다. 소설의 등장인물들은 기존질서 자체를 거부하는 태생적인 반항아[110]라기보다는 오히려 건전한 효자(아버지), '범생이'(일호), 애국자(할아버지)에 가깝고, 그런 의미에서 체제순응적인 '착한 아들'의 입장에서 시작한다. 그러나 믿고 따르던 '아버지'가 개인 혹은 약자를 억압하는 폭력적인 얼굴을 드러냈을 때, '아버지의 이름'에 대항하고 의지해 오던 우상을 타파한다. 이는 세 주체가 상징계 대타자가 가진 폭력성이라는 '결여'를 인식하고 그에 대한 신뢰를 철회했다는 점에서 대타자와의 '분리' 단계에 이르렀다고 평가할 수 있다.

재개발 사건 이전의 할아버지의 삶이 국가 권력에 자발적으로 '순응'하는 것이라면, 아버지는 가출의 방식으로 가족이 주는 압박을 '회피'하였다고 할 수 있다. 반면 일호는 학교권력에 적극적으로 '대항'하는 방식을 선택하였다. 선대의 할아버지들이 권력에 영합하여 영달을 누린 것을 참고하여 5대에 걸친 권력에 대응한 방식을 세대별로 구조화하면, 1, 2세대의 적극적 참여(고조, 증조할아버지) - 3세대의 순응(할아버지) - 4세대의 회피(아버지) - 5세대의 저항(일호)으로 요약할 수 있다. 이 소설은 분명 성장 서사이다. 그것도 할아버지, 아버지,

---

110) 이는 이 세 사람이 즉 부랑아나 반항아 혹은 혁명가처럼 애초 상징계 질서를 내파할 수 있는 반동적인 위치에 있지 않다는 말이다. 이것이 '사계절문학상' 심사위원들이 이 소설을 '평범한 사람들의 평범한 이야기'라고 지적한 의미일 것이다.

아들 각각의 성장기이며, 위에서 보듯 5대에 걸쳐 진행되어 온 한 가계의 성장 서사이기도 하다.

그러나 소설의 결말은 아쉽게도 지금까지의 의식의 확장을 중단하고 다소 복고적으로 마무리된다.

> (1) 아버지는 물을 끓이고, 차를 넣어 우리면서 묵묵히 자신의 행동에 집중했다. 그 모습은 할아버지가 이른 아침 조심스럽게 면도칼을 갈고, 가위를 갈며 이발을 준비하는 광경과 닮아 있었다. 둘의 행동은 마치 신성한 의식을 거행하는 것처럼 보여 저절로 숙연해진다. (123-124)

> (2) 다음 날 아침, 할아버지는 아버지의 머리를 깎고 면도를 해 주었다. 그것은 용서와 화해의 의식이었다. 할아버지는 태성이발소 이발사들에게 대대로 전해 내려오는 가위로 아버지의 머리를 깎았다. (……) 백 년이 넘은 가위로 가위질을 하는 할아버지의 손은 간혹 미세하게 떨렸고, 면도를 할 때는 긴장한 모습이 역력했다. (……) 아침 햇살이 환하게 들어오는 태성이발소는 실내를 떠도는 먼지마저 평화로웠다. (188-189)

(1)은 아버지와 일호가, (2)는 할아버지와 아버지가 화해에 이르는 장면을 '신성한 의식'처럼 보여준다. 각자 자기 위치에서 선한 의지로 성실하고 강직한 삶의 방식을 고수해온 송씨 가문의 세 남자는 자신들이 몸담은 구조 자체가 폭력적 장치임을 깨닫고 그 체제를 거부하는 의식의 진전을 이루었다. 그런데 아버지의 질서를 의심하고 그에 대항하던 인물들이 부자간의 저 신성한 의식 속으로 복귀하면서 상징

계의 균열은 급격하게 봉합된다.

학교는 두발규제 심의를 약속하고, 가출했던 아버지는 돌아오고, 할아버지는 이웃과 연대하면서 기성의 질서는 과오를 바로잡고 다시 제자리로 돌아온 것처럼 보인다. '나쁜 아버지'는 개심하거나 제거되었으며, '착한 아버지'의 시대가 도래했다. 거세를 피해 자신의 머리칼(팔루스)를 찾아 사막을 떠돌던 아버지가 100년도 더 된 가문의 가위 아래 머리를 숙이는 장면은 가정-학교-국가로 이어지는 가부장적 질서가 다시 복원되는 상징적 풍경이다.[111] 그간의 오해와 갈등은 위 의식을 통해 말소되고 상징계는 다시 복구되었다. 삼대가 이루었던 '아버지'에게서의 '분리'는 라캉이 말하는 '환상의 횡단'으로까지 나아가지 못하고 다시 전통과 가문이라는 가부장적 신화의 세계로 되돌아간다.

그런데 이러한 회귀는 이 소설이 여성을 다루는 방식에서 이미 예견된 것이라 할 수 있다. 저 남성으로 이어지는 복고의 그림에는 여성이라는 타자가 없다. 할머니와 어머니의 '여성 야사(野史)'가 소설에 등장하지 않는 것은 아니다. "역사에도 정사가 있고 야사가 있듯, 이발사의 정사와 딴판인 이발사 부인들의 야사"(165)도 전해지기 때문이다. 고조, 증조할아버지에 대한 미화된 '정사'가 할아버지(남성)의 기

111) 아버지 송충만의 17년간의 외유가 내적인 어떤 성장을 가져왔는지는 소설에 잘 나타나지 않는다. 아버지는 집에 돌아 온 후 후 '돌아온 탕아'로서 통한의 눈물을 쏟으며 할아버지에게 사죄한다. 사실 아버지의 가출을 유도한 폭력의 가해자는 할아버지인데 할아버지는 그에 대해 어떤 반성이나 속죄의 태도를 보이지 않는다. 부자간의 갈등의 해결은 17년의 세월에 아버지의 일방적인 참회가 덧붙여진 때문이다. 소설에서 학교와 국가의 권력은 의심받았지만 가부장으로서의 할아버지의 권위는 마지막까지 그 정당성을 잃지 않는다. 이 또한 가부장을 중심으로 한 복고적인 가족 형태에 대한 작가의 신념을 드러내는 것이 아닌지 의심된다.

억이라면, 할머니의 '야사' 속에서 그 신화는 통렬하게 깨진다. 국가의 이념으로부터 자유로운 민중사처럼 할머니의 야사는 두 할아버지의 권력 지향적이고 탐욕스러운 맨 얼굴을 적나라하게 드러내며 가문의 환상을 무너뜨린다. 이는 'history'에 반하는 'herstory'로서의 의의를 갖는다. 그러나 그 야사는 정사를 뒤집어 보여줄 뿐 그것을 부수는 민중적인 힘이 없다. 할머니라는 타자의 목소리는 상징계 결핍, 즉 가부장제 질서의 결핍을 증언하지만 남성으로 구성된 저 가문의 '신성한 의식'을 대체하지 못한다.

더욱이 할머니는 재개발의 이익에만 관심이 있어 세입자들과 연대하는 할아버지를 비웃는 인물로 묘사된다. 엄마는 일호의 정학 소식을 듣자 대학입시를 걱정하며 교장실에 가 빌자고 아들을 종용한다. 할아버지와 아버지가 든든한 후원자요 지지자였던 것과는 달리, 두 사람은 일호가 하는 일을 이해하려 하지 않으며 가족의 세속적인 이익에만 관심을 둔다. 가계를 책임지고 현실에 발을 딛고 살아온 할머니와 어머니의 노고는 그악스러운 이기심으로 변질되고, 그래서 모두가 성장하는 이 소설에서 여성인물들은 끝까지 성장하지 않는 존재로 남아 있다. 이 소설의 복고성, 보수성은 이들 할머니, 어머니 역할의 비활성화와 무관하지 않는 것으로 보인다.

주인공 일호가 처음 폭력교사에게 저항한 것은 개인적 동기 때문이었다. 그러나 그는 곧 직접적 폭력 뒤의 구조적 폭력을 깨닫게 된다. 학교가 개인의 신체(머리)를 규제하는 이유는 '정치적으로 순종적'이고, '경제적으로 유용한 인간'을 만들려는 자본주의적인 의도 때문이다. 일호가 성취한 두발 자율이 학교권력의 억압을 해결한 것은 아니지만, 자신이 참여하여 세상이 변화하는 것을 보는 것은 주인공에게도 독자에게도 성장의 동기를 제공한다는 의의가 있다. 할아버지는 국가이념에 순종하고 조상을 자랑스러워하는 전형적인 일반 백성이었다. 그러나 의심하지 않는 이런 수동적인 삶의 태도가 자칫 체제의 폭력을 방조하고 돕기도 한다는 것을 소설은 보여준다. 송씨 가문 삼대는 폭력적인 체제에 각각 순응-도피-저항이라는 대응양상을 보여주면서 그들 모두 처음 위치에서 세계와 삶에 대한 조금 더 깊고 넓은 통찰에 이른다.

그러나 이들은 '아버지 이름'의 허구성과 억압성을 인식하고도 이를 '나쁜 아버지'의 예외적인 사태로 받아들여 '착한 아버지'의 세계를 의심하는 데까지 나아가지는 않는다. 그래서 상징계의 구멍을 '환상'으로 메우고 가부장적 가치의 옹호로 돌아선다. 반(反)오이디푸스적인 시도가 '좋은 아버지'를 만나 더 이상 전진하지 못하고 해소된 것이다. 그들은 '좋은 아버지'라 부를 세상의 법, 질서, 효라는 가치에 다시 회귀하면서 가부장적 질서 속에 자신의 위치를 재확정한다.

4. '내 아버지'라는 환상 -『나는 아버지의 친척』

청소년소설 속 인물의 성장이 성인에 의해 주도되고 갈등의 최종 해결이 성인의 몫이 되는 경우가 많다는 이유로 청소년소설 인물의 주체성에 의심을 표하는 연구가 많다. 그러나 어른의 과도한 간섭, 학교라는 억압적인 환경, 경쟁적인 진학 시스템 속에서 주체적인 문제 해결의 경험을 가지기 어려운 우리나라 십대의 현실을 고려하면, 소설이 보여주는 이런 한계는 문학의 무능이라기보다 문학 밖 세계의 결함 때문이라고도 말할 수 있다. 그런 의미에서 청소년 독자에게 현실과 다른 삶을 상상하고 체험할 기회를 제공하는 것은 청소년소설의 또 하나의 의의가 될 수 있으며, 주인공이 자기성장의 주도권을 행사하며 독립적으로 세계를 인식해나가는 서사 역시 현실과는 다른 가능성을 보여주는 것으로 그 자체 의미가 크다고 할 수 있다.

『나는 아버지의 친척』[112]은 '아버지'를 '환상'으로 삼아 자기 존재의 열등의식을 은폐하려던 주인공이 그 환상의 허구성을 깨닫고 세계와 자기 존재의 실재를 마주하는 서사이다. 주인공의 성장에서 아버지를 비롯한 성인들은 극히 보조적인 역할에 머물고, 그 환상을 돌파하는 것은 온전히 주인공의 자각과 의지의 힘이다. 라캉이 '환상의 횡단'이라 부른 이 주체화의 '성숙된' 단계를 그대로 소설의 질적 가치로 환원할 수는 없지만, 그런 성숙한 청소년상의 성취 역시 의의가 크다고 할 수 있다. 이런 성숙한 청소년 주체를 실감 나고 공감되게 그려낸 것은 분명 하나의 성취로 볼 수 있을 것이다.

이 소설은 2006년 출간되고 이듬해 한국문화예술위원회의 〈우수문학도서〉로 선정되었다. 1993년 『흰뱀을 찾아서』로 〈오늘의 작가상〉을 수상했던 작가의 역량이 느껴지는 작품이다. 구성도 탄탄하고 필치도 안정적이며, 무엇보다도 청소년소설로서는 흔하지 않게 주인공의 심리묘사가 탁월하다. 또한 그런 심리를 유발하는 상황이 설득적이어서 독자의 공감이나 동일시를 이끌어내기 훌륭한 작품이다.

---

112) 남상순, 『나는 아버지의 친척』, 사계절출판사, 2006. 이하 소설의 인용은 면수만 밝힌다.

이 서사를 끌어가는 중추적 모티프는 '짐'과 '자격'이다. 주인공 미용은 자신을 환영받지 못하는 '짐'으로 여기는 한편, 자신은 아버지가 제공하는 특권을 누릴 '자격이 있는 존재'라고 인식한다. 이 상반되고 이중적인 자의식이 교차하고 충돌하면서 그는 상상적이고 나르시시즘적인 자기인식의 틀을 깨고 확대된 자아, 확대된 관계로 인식의 지평을 넓혀나간다.

가. 결여된 주체, 환상으로서의 아버지

『나는 아버지의 친척』은 주인공 미용이 엄마를 여의고 아버지마저 부재한 상황에서 열등감과 존재의 위기감에 시달리며 아버지를 향한 '환상'을 키워나가는 이야기이다. '환상'이란 '소망의 충족'과 관련한 개념으로, 거기에는 현실에서의 불만족스러운 결핍이 이미 전제되어 있다. 그러므로 자신을 구원할 아버지, 아버지가 구현할 완전한 가정을 향한 환상은 아버지라는 보호막이 없이 세상의 위협에 노출된 미용의 열악한 현실을 날카롭게 반영한다. 아래 글은 미용이 아버지가 없는 유년을 어떤 방식으로 경험했고 기억하고 있는지 보여준다.

> (1) 초등학교 때부터, 아니 어쩌면 유치원 때부터 남 앞에서 아버지 이름을 말해야 할 때가 얼마나 많았던가. 그것은 일종의 존재증명과 같았다. 아버지 이름이 뭐고 어머니 이름이 뭐라는 것만큼 자기 자신을 확연히 드러내는 것은 없었다. (……) 엉뚱한 아이가 진짜 역할을 하는 동안 나는 아버지의 이름을 감히 입 밖에 꺼내 보지도 못했던 것이다. (51-52)

(2) 나는 여태 학원을 변변히 다닌 적도 없고 좋은 옷을 입어 본 적도 없다. 가장 슬픈 것은 그토록 배우고 싶었던 피아노를 일 년 남짓 만에 그만둔 거였다. 나는 정말 너무 많은 것을 참고 억누르고 살았다. (79)

(3) 엄마와 나는 벽돌을 나르고 있었다. (……) '조금만 더 힘을 내. 그러면 곧 우리 집을 완성할 수 있을 거야.' 하지만 아무리 열심히 일을 해도 집은 완성되지 않았다. 벽돌은 처음 그 높이에서 조금도 변화가 없었다. (24)

부계질서 사회에서의 아버지는 아이가 자기존재를 증명할 수 있는 원천적인 기반이다. (1)에서처럼 아버지가 없었고, 그래서 아버지의 이름을 발설할 수 없던 어린 미용은 자신의 존재를 주장할 수도 설명할 수도 없다고 느낀다. 더욱이 아버지의 경제적 보호가 없는 '결손 가정'에서 배우고 싶은 것을 포기하고 결핍을 감내하는 '부족한' 유년기를 보내야 했다. 즉 아버지 없음은 미용에게 자기 존재를 자각해가는 정체성 찾기도, 자기 소질을 개발하고 욕망을 찾아가는 길 찾기도 어렵게 하였다. 또한 아버지가 없는 가정은 '벽이 없는 집', 불안한 거처로서 엄마와 둘만으로는 영원히 '우리의 집'을 지을 수 없다는 무의식으로 남아 (3)에서와 같은 악몽으로 되풀이되기도 한다. 아버지가 부재했던 미용은 존재의 결핍, 자원의 결핍, 안정감의 결핍 상태에 놓여 있었다.

이러한 결핍의식은 초대받지 않은 생일잔치에 가겠다고 떼를 쓰던 초등학교 때의 기억과 결합한다. 죽음을 앞둔 미용의 엄마는 혼자 살아갈 딸을 위해 초대받지 않은 곳에 가서는 안 되는 이유를 가르친다.

미용은 중학생이 되어서야 불현듯 그 의미를 깨닫게 된다.

> 그 일이 새삼스레 가슴을 아프게 한 것은 중3 때였다. 그 때 엄마는 이미 죽고 없었다. 수업 도중 불현듯 그 사건이 떠오르자 구슬이 꿰어지듯 나는 모든 것을 깨달았다. 엄마는 내게 상처받지 않는 법을 가르치려 한 것이었다. (……) 그 뒤로 나는 내가 이전과 달라졌다고 느끼게 되었다. (……) 나는 내게 부족한 것이 어떤 종류의 것인지 어렴풋이 깨달았다. 그 서늘한 자각은 그리 유쾌한 것은 아니었다. 앞으로 내 삶이 순탄치 않을 수 있다는 냉혹한 암시였다. (27-28)

엄마의 조언을 참조한다면 이 '서늘한 자각'이란 아버지가 없는 주체에게 세계가 쉽게 자리를 내주지 않으리라는 깨달음이라고 할 수 있다. 즉 그는 하나의 '짐'이며, 누구도 그 짐을 기꺼이 맡지 않으리라는 냉철한 현실인식을 지칭한다. 엄마가 사망한 후 미용은 오로지 미용의 아버지에 대한 미움 때문에 조카를 맡게 된 외삼촌 집들을 전전하며 중학교를 세 번 씩 옮겨 다닌다. 초대 받지 않은 곳에 가지 말라는 엄마의 조언은 도움이 되지 않았는데 달리 방법이 없는 미용은 초대받지 못한 집에라도 들어가야 했기 때문이다. 결국 자신에게 '부족한 것이 어떤 것인지' 깨달았다면 그것은 바로 '아버지'였다고 말할 수 있다.

여기서 '여행용 가방과 배낭, 쇼핑 백 두 개와 한약방 이름이 적힌 커다란 녹색 주머니'(20)로 이루어진 미용의 '짐(가방)'은 중요한 오브제이다. 이는 미용의 신산한 떠돌이 삶과 빈곤한 현재를 압축하는 상징이며 또한 미용이 인식하는 자신이기도 하다.

그 즈음 미용을 맡겠다고 아버지가 등장하게 되었으니 결핍감과 열등의식 속에서 안간힘을 쓰던 미용이 아버지에 대한 환상과 아버지가 꾸리는 가정에 대한 기대를 가지는 것은 당연하다고 할 수 있다. 아버지는 미용을 초대했으며 미용은 그 집에 들어가도 된다고 자신하게 되는데, 이는 자신에게는 혈연이라는 확실한 '자격'이 있기 때문이다. 그래서 미용은 아버지의 차 속에서 "처음 올라 탄 차인데도 마음이 편안하고 안도감이 들었"으며, 그런 자신을 보며 "자식과 아버지란 관계가 이렇게 대단한 것일까"(13) 하고 생각한다.

프로이트의 '가족 로맨스'란 개념은 부모에게 무시당하거나 혹은 부모로 인해 좌절이나 실망을 겪게 된 아이가 현실의 부모를 부정하고 자신의 이상적인 친부모가 어딘가에 따로 존재한다고 믿는 환상을 지칭한다.[113] 즉 아이가 자신과 부모의 관계를 자신의 구미에 맞게 상상적으로 변형시키는 심리이다. 대개는 자신이 '잃어버린' 왕자나 공주이거나, 자신만 진짜 자식이고 다른 형제자매는 사생아라고 생각하기도 한다. 그러므로 이 가족 로맨스에는 부모에 대한 환상만이 아니라 아이 자신에 대한 환상이 내재되어 있다.

외삼촌 부부의 괄시와 핍박을 참아내며 6개월마다 거처를 옮겨 다녀야 했던 미용이 외삼촌이라는 '현실 속 아버지'가 아닌 자신을 구원할 어떤 '이상적인 아버지'를 꿈꾸는 것은 '가족 로맨스' 개념에 비춰볼 때 지극히 자연스러운 심리라고 할 수 있다. 이 새로운 아버지는 미용이 가진 정체성의 흔들림, 결핍감, '짐'과 같은 떠돌이 삶을 해결해 줄 수 있는 완벽하고도 이상적인 존재로 떠오른다. 아버지만 있다면

113) 프로이트, 김정일 역, 『성욕에 관한 세 편의 에세이』, 열린책들, 2004, 201면.

자신의 존재는 필연성을 회복하고 타인과의 관계 속으로 초대받을 수 있고, 삶은 완벽해질 것이다. 그런 의미에서 이것은 '환상'이다. 여기서 아버지는 결여되고 분열된 주체를 통합시킬 무엇이라는 점에서 라캉의 환상공식의 '대상a', 즉 욕망의 대상으로 기능한다.[114)]

주체는 대상a가 자신을 완전하고 충만한 존재로 이끌 것이라고 상상한다. 미용 역시 아버지가 자신을 맡기로 하면서 자신이 '이상적인 아버지'인 대상a를 되찾았고, 딸이라는 신분(자격)으로 복구되었다고 믿는다. 드디어 아버지의 초대를 받아 보호받는 완전한 공간, '집'으로 간다. 미용은 "잠시라도 남에게 맡겨서는 안 된다"(23)고 생각하던 자신의 '짐'을 마침내 아버지의 집에 부릴 수 있다고 생각하였을 것이다.

그러나 현실의 서사는 미용의 기대처럼 그렇게 환상적으로 전개되지 않는다. 미용은 미리 아버지가 새엄마의 조카 준석을 맡아 키우고 있다는 말을 들어 알고 있는데, 아버지 집에 도착한 날 저녁 준석이는 아버지를 제 아버지로, 그리고 미용을 친척이라 부르며 자신과 미용과의 촌수를 묻는다. 그런데 상황을 설명하고 정리해주어야 하는 아버지는 얼굴이 벌겋게 된 채 "사촌쯤으로 생각해 두렴" 하고 얼버무린다. "거미줄에 걸"린 것 같은 이 어처구니없는 상황을 벗어나려면 하나의 질문이 필요하다. '도대체 나는 누구냐.' 그러나 "입술을 달싹였지만 아무것도 말이 되어 나오지 않았"(37)다. 미용에게 자신의 존재는 아버지와 연계되어 있기 때문이다. 아버지가 자신을 친척으로, 준

---

114) 라캉의 환상공식 $ ◇ a에서 $는 결여된 주체를 의미하고, 대상a는 주체의 결여를 치유할 것으로 믿어지는 모든 것이다. 분열된 주체($)는 부분 대상a로 자신의 결여를 메워 완전한 전체가 되려고 하지만 불가능하다. ◇는 '합집합' '교집합' '~보다 크다' '~보다 작다'를 합친 것으로 주체와 대상의 관계가 완전한 합치가 이루어질 수 없음을 보여주는 기호이다.

석이를 아들로 인정하는 한 "그들과 나 사이가 너무 먼 것 같았"고 자신에게는 "왠지 질문할 자격조차 없는 듯"(35) 느꼈기 때문이다.

미용은 "초대받지 못한 불청객", 가족이라는 "행복한 그림에 못된 낙서", 무엇보다도 "엉뚱하게 도착한 우편물", 즉 잘못 부친 '짐' 같은 처지가 되었다. "정말 갈 곳이 없"기 때문에 미용은 아무것도 묻지 않고 "남의 집에 얹혀사는 느낌"으로 살아가자고 결심한다. 이 집은 그의 집이 아니고 아버지는 아버지가 아니니, 이제 자신은 이 집에 짐을 부릴 자격이 없기 때문이다.

나. '자격'이 있다는 자아의 환상

'가족 로맨스'의 업둥이 의식 혹은 사생아 의식에는 부모에 대한 환상뿐 아니라 자신에 대한 환상도 내재되어 있다. 이는 자신이 현재보다 더 나은 것을 누릴 혈통적인 '자격'이 있다는 의식이기 때문이다. 미용이 아버지의 집에 들어가면서 자기 결핍이 복원될 것이라 자신했던 것은 부녀라는 혈연의 자격을 믿었기 때문이다. 그러나 아버지가 미용을 친척이라 선언하면서 그 자격은 상실된다. 그런데 큰아버지 집에서 가족사진을 보면서 미용에게 다른 욕망이 피어나게 된다.

> 가족사진. 스무 명이 넘는 사람들이 정장 차림으로 그 안에 들어가 있었다. 웅장하고 거창해 보였다. 사진 전체가 집이고 사랑이며 안온한 평화였다. (……) 대번에 눈에 띈 것은 초등학교 고학년쯤 되어 보이는 준석이었다. 나는 없었다. (……) 내가 그 안에 없다는 것이 당연한데도 화가 나는 것이었다. (98)

그 모임에서 미용을 처음 보는 사촌들이 이구동성으로 '삼촌 닮았네'라고 말한 것이 발단이 되었다. 아버지와 닮았다는 것은 미용과 아버지의 혈연을 담보하는 강력한 증거이다. 그리고 가족사진이란 바로 혈연의 선언이다. 그러므로 미용은 사진에 들어야 할 충분한 자격이 있지만 미용 대신 준석이 그 자리를 차지하고 있다. 미용의 감정은 더 이상 질투가 아니라 '부당하다'는 당위적인 감정으로 전이된다. 자격이 없는 준석이 가족사진에서 미용을 대신하고 있는 것은 정의롭지 않으며 부당한 것이 된다. 이제 미용은 준석에 대해 "불이 붙은 듯한 격렬한 감정"을 느낀다.

특히 그날 할머니는 '조신하게 지내봐라'며 미용의 기대감을 자극한다. 한편 준석에게는 '너는 대학까지 기대하면 못 쓴다'고 못을 박는데, 혈연적으로 무관한 남의 자식을 거두어 키우는 아들에 대한 할머니의 불만을 표현한 것이다. 이 말에 아버지는 불같이 화를 내고, 주변의 만류로 겨우 자리를 지키다가 집으로 돌아온다. 차안의 장면과 이후 귀가 후의 장면은 아래와 같다.

> 아버지가 차를 세운 곳은 청계천이었다. (……) 나는 보았다. 아버지가 앞서 걸어가고 있는 준석이 옆으로 다가가 슬그머니 손을 잡자 녀석이 아버지에게 몸을 기대는 것을. 마치 싸우고 난 연인들이 화해하는 장면하고도 비슷했다. 은밀하고도 형언할 수 없는 믿음 같은 것이 두 사람을 단단히 묶고 있는 것 같았다. (……) 거기에는 나 같은 존재가 감히 범접할 수 없는 차가운 위엄, 경건함 같은 게 서려 있었다. 그것을 되새기고 또 되새기다가 나는 하마터면 눈물을 터뜨릴 뻔하였다. (101-102)

아버지와 준석 사이에는 '경건하고 위엄 있는 믿음'이나 사랑('연인들')이라 할 무엇이 존재한다. 미용은 자신이 내세우던 혈연의 자격만으로 그들 사이에 '감히' 끼어들 수 없음을 통감한다.

그런데 중요한 것은 아버지의 집은 애초 '자격 없는' 존재들이 모여 만든 공동체라는 점이다. 아버지는 고졸의 학벌을 서울대 졸업이라 속여 미용 엄마와 결혼했고 그 '자격 없음'에 대한 심판으로 이혼을 당했다. 아줌마는 나이가 아버지보다 네 살이 많고 결핵을 앓아 아이를 낳을 수 없는데다가 그 병을 아버지에게 전염시키기도 하였다. 바깥일을 하기 때문이기도 하지만 화장실은 더러우며 수건에서는 냄새가 나는 등(151) 살림을 알뜰하게 꾸리지도 못한다. 세속의 기준으로 보면 아내로도 엄마로도 자격이 부족하다고 말할 수 있다. 또 준석은 교통사고로 부모를 잃었는데 친척 누구도 맡으려 하지 않아 이집 저집을 전전하던 버려진 아이로, 아버지가 그를 거두어 아들로 키웠다. 그러니 애초에 이 집의 구성원이 되는 데에 '자격'이란 요건은 없다고 말할 수 있다. 아버지의 집은 모자란 사람들이 믿음과 연민으로 만든 집, 비혈연적인 새로운 가족형태이다.

아줌마의 말을 참조하자면 아버지는 '사람을 아주 깊이 사랑하는 유형'이다. 그래서 아버지는 부자관계를 의심하지 않는 준석이가 받을 충격을 고려하여 미용에게 잠시 친척의 역할을 주문했던 것이다.

그때부터 난 죽을 것만 같은 심정이었다. 침대 위에서 불덩어리 같은 몸을 굴려 대면서 혼자 아파했다. 엠피스리의 볼륨을 한껏 높였다.
두 여자 가수가 나를 대신해 소리치고 있었다.

> I don't know how I'll feel tomorrow, tomorrow I don't know what to say tomorrow, 별 하나 없는 새까만 밤에 태어난 우린 사랑받지 못하는 이 운명을 당연히 생각했으니까 ……. 태어난 채로 버려진 우린 욕망의 배설물. 잃을 것 없는 텅 빈 가슴이 부는 바람에 아려 오네. 우리는 어디로 가는 걸까. 대답은 알 수 없어도. 폭풍우 치는 추운 밤을 우린 걸었지. 가난한 가슴의 서로에게 몸을 기댄 채 ……. (103)

자신이 끼어들 수 없는 부자간의 확고한 밀착관계를 목격하고 죽을 것 같은 심정으로 미용이 듣는 음악은 미용 심연의 다른 상처를 비추는 역할을 한다. 자우림의 노래 〈우리에게 내일은 없다〉는 미용의 처지와 직설적으로 결합되어 출생과 연관하여 미용이 감춰온 내면의 열등의식을 독자에게 보여준다.

아버지가 엄마와 결혼할 때 학벌을 속였고, 이것이 문제가 되어 이혼을 하게 되었다는 사실이 오랫동안 미용을 괴롭혀 왔다. 자신이 "속고 속이는 과정에서 생겨난 엉터리 결과물"(83)로서, "원치 않은 아이, 쓸모없는 존재"라는 생각을 떨치기 어려웠기 때문이다. 노래의 "별도 없는 밤에 태어나 사랑받지 못하는 운명"이나 "태어난 채로 버려진 우린 욕망의 배설물"이란 구절은 자신이 사랑 없이 계산 속에서 태어난 하나의 '실수'가 아닐까 의심하는 미용의 고통과 자격지심을 그대로 드러낸다.

미용이 감춰둔 또 하나의 상처는 만화와 관련되어 있다. 소설에는 만화 『몬스터』가 등장한다. 『몬스터』는 독일을 배경으로 자신이 살려낸 소년 요한이 알고 보니 살인을 일삼는 괴물, 즉 몬스터였다는 사실을 알고서 그를 죽이기 위해 여행을 떠나는 의사 텐마의 여정을 그린

일본 만화이다. 요한이 살인자가 된 이유는 어린 시절 어머니와 관련된다. 어머니는 위험한 실험에 동원할 아이 하나를 선택해야 했을 때 쌍둥이인 요한과 안나 중 안나를 넘겨주었다. 어머니로부터의 선택, 즉 가치판단을 당하게 되었다는 의식이 요한을 괴물로 만들었다.[115] 이 만화는 미용에게 무엇인가를 강력하게 상기시킨다.

> 남자아이가 저지르는 살인행각의 배경이 부모 역할을 하던 어른들과 연결될 때마다 나는 숨이 턱턱 막혀서 책을 덮어야만 할 정도였다. 악을 상징하는 소년과 대면하는 순간은 내게 유혹이면서 또한 상처를 헤집는 일이기도 했다. (44)

소설은 '숨이 턱턱 막히는' 미용의 심리를 정확히 설명하거나 그러한 증상의 원인을 캐려 들지 않는다. 그러나 미용이가 욕망하는 아버지는 이혼 후 15년간 한 번도 딸을 찾지 않은 아버지요, 엄마가 죽고 나서 2, 3년간 친척 집을 떠돌도록 딸을 방치했던 아버지이다.[116] 그래서 미용에게 아버지라는 "단어는 상처만 환기시킬 뿐"이기도 하다. 요한이 자식을 선택하고 버리기도 하는 부모에 대한 증오를 보일 때 미

115) 요한과 안나 중에서 버림을 받은 것은 안나이지만 당시 요한과 안나는 똑같은 옷과 똑같은 가발을 쓰고 있기 때문에 어머니는 요한과 안나를 구별할 수 없었다. 결국 요한은 실제로 버리려 했던 건 자신이었을지도 모른다는 의심을 떨치지 못하고 괴물이 되어버린다.

116) '환상'은 우리가 있는 그대로의 '실재(Real)'에 직접 대면하여 압도당하지 않도록 보호하는 방어수단이다. 미용은 아버지에 대한 환상으로 아버지의 실재를 가리고 외면하고 있다. 그가 외면하고자 하는 아버지의 실재란, 아버지가 다른 사람의 자식을 키우면서 정작 자신의 혈육인 딸을 오랫동안 버려둔 무책임한 아버지라는 사실이다.

용은 "유혹과 상처"를 동시에 느낀다. 이는 미용이 살인자가 되어버린 요한에 강력하게 감정이입하면서, 세상 혹은 부모를 향한 요한의 원망과 복수심에 공명하고 있다는 뜻이다. "우울할 때마다 읽곤 했다"거나 "마음이 무거울 때는 그보다 더 좋은 것이 없을 정도였다"는 언급은 자신의 출생과 아버지의 방치에서 분노와 우울을 겪었던 미용에게 노래와 만화는 동일시의 효과를 발휘하며 위로와 상처를 동시에 주었던 것으로 해석할 수 있다.

따라서 미용이 가지고 있는 적자의식과 업둥이 의식은 열등의식을 위장하는 기제라고 할 수 있다. 미용은 아버지의 혈통을 잇는 자격을 갖춘 업둥이로 자신을 환상적으로 인식하지만 다른 한편으로는 사랑 없이 태어나고 버림받았던 고아, 즉 버려진 '짐'이라는 열등의식도 동시에 가지고 있다. 미용은 두 의식 사이에서 분열적인 갈등을 겪고 있는 것이다.

다. '응시'의 주체, 환상의 붕괴

라캉은 인간의 시각과 관련하여 '시선'과 '응시'라는 두 개념을 분리한다. '시선'은 주체가 대상을 바라보는 눈으로, 이때 주체는 자신이 '보인다'는 사실을 깨닫지 못한다. 자신을 상대화하지 못하기 때문이다. '응시'는 역으로 대상의 입장에서 주체를 바라보는 눈이다. 보는 자는 보기에 앞서 누군가의 눈에 '보인다'는 사실로부터 나온 개념이다. '응시'는 인간이 타자 속에 거주하는 한 받아들여야 할 운명 같은 눈이다.

'시선' 즉 보는 행위에는 전통적으로 '사유'라는 개념이 부가된다.

보는 나는 내 앞에 있는 대상을 나와 분리시키고, 우월적인 입장에서 그것을 관찰하거나 그것에 대해 사유한다. '시선'의 관점에서 보자면 주체는 대상에 대해 우위에 있는 것이다. 그러나 라캉에게 주체는 타인과의 관계 속에서만 탄생하므로 타인의 응시는 주체의 시선보다 앞서 '있다'. 내가 시야를 갖기 이전에 타자가 나를 바라보고 있는 것이다.[117] 즉 주체는 한 곳을 바라보지만, 주체 자신은 사방에서 바라다 보인다.[118]

> '그 부자상은 누가 뭐래도 가짜인 것이다. 그 사실을 알고 있으니 녀석과 나 사이에서 유리한 패는 내가 쥐고 있다고 해도 과언이 아니다.' (22)

> 멍청하고 불쌍한 푼수, 아무 것도 모르는 순진한 고아…… (142)

> 뭐가 좋아 저리 희희낙락인지, 나는 준석이의 단순함에 치가 떨렸다. (……) 일상에서는 바보취급 당하기 딱 좋은 것이다. (65)

미용은 늘 자신이 준석을 관찰하고 있다고 생각하였다. 그것은 선망과 질투 그리고 분노를 담은 '시선'이었다. 그러므로 미용은 준석에 비해 자신이 우위에 있다고 생각한다. 시선은 사유와 일치하고 그래서 '바라보이는' 준석은 생각이 없는 무지한 존재이기 때문이다. 즉 준석은 '아무것도 모르'고 '단순'하며 그래서 그 사실을 아는 미용이 '유

117) 맹정현, 「라깡과 푸꼬, 보드리야르」, 김상환 홍준기 엮음, 앞의 책, 484면.
118) 권택영 엮음, 『욕망이론』, 문예출판사, 1994, 194면.

리한 패'를 가진 것이다.

그런데 복수를 위해 준석에게 아버지의 진짜 성씨를 가르쳐주려고 일을 꾸미다가 그것이 발각되면서, 미용은 오히려 준석의 공격을 받게 된다. 문제는 준석이 전부터 아버지와의 관계를 알고 있었으며 새로이 미용의 계획까지 밝혀냈다는 것이다. 준석을 상황인식이 없는 한심한 존재로 간주하던 미용은 크게 당황한다.

> 더 큰 문제는 준석이가 모든 것을 알아버렸다는 것이다. 내 치명적인 약점 하나를 손에 쥐고 말았다는 것이다.(……) 나는 한마디로 돌아버릴 것 같은 심정이었다. 외롭고 처량했다. 할 수만 있다면 모든 것을 잊고 우주 밖으로 사라지고 싶었다. 아버지고 뭐고 다 필요 없었다.(……) 호되게 망신을 당한 것은 분명했다. 의심의 여지가 없었다. 나는 적에게 치부를 내보이고 만 것이다. (163)

윗글에는 대상(준석)의 응시에 의해 반격당한 미용의 당혹감이 그대로 드러난다. 미용은 발각되어 적에게 '약점'과 '치부'를 드러낸 패배자가 되었다.

준석이 미용을 특별한 존재로 여기게 된, 즉 형제와 같은 친밀감을 가지게 된 계기를 설명하면서 미용이 대야에 물을 받던 모습을 거론한다. 이는 준석이가 주체의 입장에서 미용을 관찰해 왔음을 고백하는 것이기도 하다. 미용은 철저히 주관적인 관점으로 준석을 관찰하고 대상화해왔다. 그러나 이러한 주체로서의 '시선'은 준석의 '응시'에 의해 공격당한다. 이 공격이 당혹스러운 것은 미용이 처음으로 준석의 시선을 통해 자신을 보게 되었기 때문이다. 즉 타자의 시선에 의해 자신이 가지고 있던 자아상과 객관적인 자아의 불일치가 눈에 들어 온 것이다. 미용이 발견한 자신의 진면목은 자신과 준석이 사실 지독하게 닮았다는 사실이다. 준석의 위치에서 자신을 객관화하고 자기 실상을 직시하면서 미용이 유지해왔던 자기 환상은 붕괴될 수밖에 없다.

두 사람은 정말 쌍둥이처럼 닮았다. 둘 다 아버지와 어머니가 없던 시기를 보냈고 환영받지 못한 채 친척 집을 전전했으며 여기 아버지 집에 와서야 겨우 자리를 잡았다. 둘 다 여기를 떠나서는 갈 곳이 없고 아버지의 사랑을 갈구한다. 준석에게 이모가 엄마 노릇을 하는 것처럼 미용 역시 친엄마보다 자신을 아껴주는 이모가 있다. 작가는 데칼코마니처럼 두 사람의 처지를 대칭적으로 배치하였다. 그래서 미용은 준석이 자격이 없는 것만큼 자신도 자격이 없다는 사실을, 혈연이란 자격이 공허한 환상일 뿐이라는 것을 깨닫게 되는 것이다. 그리고 자신이 그토록 매달린 자기 존재의 유일한 근거가 허망하게 사라지는 것을 목도한다.

> 너도 나와 같은 종류의 인간이라는 것을 발견한 순간이었어, 그래, 조상이 같은, 분명히 같은 종족이라는 생각이 들었어. 괜히 믿음이 가고…… 난 다 알아. (173)

준석은 미용과 자신을 '같은 종족'이라고 칭하고, 미용을 '잃어버린 여동생이나 누나' 즉 가족으로 인식한다. 따라서 위의 고백은 혈연을 자격 삼아 준석을 타자화하려던 미용의 기준을 비웃으며, 다수의 인간들이 결국 다 가족이요 혈연이 아니냐는 준석의 메시지로도 해석이 가능하다. 의도하지 않았지만 준석은 미용의 편협한 자격의식을 공격하는 셈이다. 이제 미용은 자신의 분신이기도 한 준석을 "엄마와 소영이에 이어 세 번째로 다가온 영장류"(176)로서 받아들이게 된다.

그런데 라캉의 인간관계에서는 이러한 제삼(三)자의 등장이 의미하는 바가 크다. 아버지를 빼앗아 간 준석을 원망하며 아버지를 독점하고자 했던 미용의 심리는 그간 아버지를 '이자적(二者的)'으로 동경한 것이라 할 수 있다. '이자적 관계'란 오이디푸스 이전 상상계에서 구축되는 어머니와 아이의 관계처럼, 자아와 타자 사이에 어떤 방해물도 상정하지 않은 밀착관계를 의미한다. 라캉은 '완벽한 합일의 관계'에 대한 욕망 역시 '근친상간적 욕망'이라고 본다. 어머니의 자궁은 주체에게 상실 이전의 장소요, 존재의 불안 이전의 장소를 대표한다. 따라서 완전한 충족의 욕망은 어머니의 자궁 속으로 다시 들어가고자 하는 퇴행적인 형태의 욕망이고, 그런 의미에서 오이디푸스 이전의 근친상간적인 것이라는 의미이다. 인간에게 이러한 일체감은 상상적인 것일 뿐 불가능한 것이라는 것을 깨달을 때 우리는 타인에 대한 과도한 환상에서 벗어나 제삼(三)자의 세계, 즉 타인과의 갈등이 예고된 상징계의 세계로 나아갈 수 있다.

미용이 준석이가 자신을 '응시'하는 것을 알아차리지 못했다는 것은 미용의 세계인식이 자아 중심의 상상계에 머물러 있었다는 것을 보여준다. 거울단계의 아이는 오직 '바라보는 존재'로서, 삼자의 시선을 알아차리지 못한다. 그간 부모를 여의고 존재와 관계의 결핍에 시달리던 미용은 퇴행적으로 아버지와의 완벽하게 결합된 '이자적 인간관계'를 열망해왔다는 것을 확인할 수 있다.

미용이 보유한 이러한 이자관계의 열망은 아버지뿐 아니라 친구 소영과의 관계에서도 발견된다. 미용은 친구와의 우정의 근거 역시 '자격'이라고 보고 있다. 그래서 상대가 요구하는 기준(자격)에 자신을 철저하게 맞추며 둘 사이에 아무도 끼어들 수 없는 폐쇄적인 이자관계를 구축해왔다.

> 사실 나는 김윤아 노래가 좋은지 처음에는 별 느낌이 없었다. 한 번 듣고는 그걸로 끝이었다. 하지만 가끔 소영이가 물어왔다.
>
> "자우림 어때?"
>
> 그 후 나는 숙제를 하듯 자우림을 들었다. 나에게 '우리'라고 부를 수 있는 존재는 소영 밖에 없었다. 그것을 거역할 수는 없었다. 시디를 듣고 민첩하게 '나의 느낌'을 들려주어야 하는 것이다. 그것이 '우리'의 불문율이었다. 다행히 소영이가 복사해 준 시디를 엠피스리에 넣어 반복해 듣다 보니 느낌이 왔다. 마치 그것을 들을 수 있는 칩이 뒤늦게 장착된 듯 어느 순간부터 음악이 들리기 시작한 것이다. 자우림 노래는 들으면 들을수록 새로웠다.
>
> (……) 감동한 소영은 나를 황홀한 눈빛으로 바라봤었다.
>
> "역시 미용이야! 정말 멋져. 어쩜 그렇게 나랑 생각이 똑같을 수가 있니?"
>
> 당연한 일이었다. 모범답안을 말한 거니까. 나는 소영이가 만화나 문학, 음악 같은 것을 통해 추구하는 것이 무엇인지 아주 잘 알고 있었다. (……)
>
> 그러나 나는 조금 달랐다. 나는 내 슬픔을 유지시키기 위해 음악을 들었다. (……) 나는 그 느낌이 좋았다. 하지만 나는 소영이에게 솔직히 말하지 않았다. 그 애가 생각하고 단정짓는 '우리'를 나는 배신하고 싶지 않았다. (104-106)

윗글에서 보듯 소영과의 우정을 지속시키기 위해 미용이 보여주는 노력은 집요하고도 눈물겹다. 미용은 '숙제를 하듯' 소영의 욕망을 탐구하고 소영의 질문(요구)에 자신을 맞춤으로써 늘 틀리지 않는 '모범답안'을 말할 수 있었다. 미용이 생각한 우정이란 '우리'라는 동일성을 기반한 완벽한 '합일'이기에 결코 '차이'를 발설해서는 안 된다. 이때 자신의 '솔직한' 욕망은 중요하지 않다. 핵심은 상대의 욕망에 부합할 수 있는가 여부이고, 미용은 소영의 욕망에 맞춰 '자격'을 갖추는 데에 온힘을 쏟았다.

이는 자신을 초대하지 않는 세상에서 살아남아야 했던 결핍된 존재로서의 미용의 생존전략일 수도 있었다. 따라서 아버지, 혹은 아버지의 새 아내와의 관계에서도 늘 시험을 치르듯 자신의 자격을 증명하려고 애를 쓰고 이는 아래와 같은 상시적인 불안감으로 표출된다.

> (1) 나는 아버지의 말을 위태롭게 듣고 있었다. 겉으로 드러난 것과 그 안에 숨어 있는 뜻을 감지하려고 애를 썼다. (48)

> (2) 아버지와 음식점에서 앉아 있다는 게 거북하지는 않았지만 스파게티의 맛을 잘 느낄 수는 없었다. 뭔가를 더 보여주어야 한다는 부담은 나를 더 점점 궁지로 몰아넣는 것 같다. 마치 시험을 치르고 있는 느낌이랄까. (43)

> (3) 나는 망설이는 척 아줌마의 눈치를 보았다. 나를 생각해 주는 것 같은 말의 진의를 알고 싶었던 걸까. 나는 아줌마를 시험해보고 싶었다. (67)

위의 인용처럼 미용은 아버지에게도 동일한 자세를 취한다. 어려서부터 알고 지낸 소영과 달리, 십대가 되어 처음 만난 아버지의 욕망('숨어 있는 뜻')을 감지하기는 쉽지 않다. 상대가 원하는 모범답안에 자신을 맞춰야하지만 아버지의 욕망을 알 수 없기에 그것을 포착하기 위해 '시험'을 치르듯 긴장 상태를 유지한다. 또한 역으로 (3)에서처럼 자신이 상대방에게 어떤 존재인지 확신할 수 없기 때문에 상대에 대한 시험도 소홀할 수가 없다. 미용의 자격론은 '나는 자격이 있다'는 '나르시시즘'적인 것이지만, 동시에 자신의 '솔직한 욕망'으로는 상대를 만족시킬 수 없다는 '자격지심'이기도 한 것이다. 미용은 자신의 존재를 확신하기 위해 시험을 치르고 시험해야하는 매우 불안한 궁지에 처해 있는 것이다.

미용과 소영의 이자관계가 균열을 맞게 된 것은 소영과 미용 사이에 한지섭이라는 제삼자, 소영의 남자친구가 끼어들면서이다. "이런 일은 즐기고 축하"해야 한다고 다짐하면서도 손이 "덜덜 떨"릴 만큼 미용은 소영과의 사이에 누군가를 받아들이는 것에 고통을 느낀다. 더구나 한지섭은 어린 시절 미용의 불행하고 불쾌한 기억과 관련된 아이이다. 미용과 소영의 우정도 소영이가 그 아이를 당차게 비난하면서 시작되었다. 그런 의미에서 소영이 한지섭을 용인하는 것 자체가 미용에게는 두 사람의 우정의 근간을 부정하는 행위로 보인다. 그리고 무엇보다도 그 아이는 '자격'이 없다. "지섭이 따위"(129)는 미용과 소영의 수준에 어울릴 만한 존재가 아니다.

> 물론 소영이는 지금도 나의 영웅이다. 그런데 그런 소영이가 지섭이 따위와 사귀고 있다니. (……) 나는 고개를 저었다. 이건 논리의 문제가

> 아니었다. 감정적인 것이었다. 소영이가 뭐라고 해도 내 마음은 불편했다. 용납이 되지 않았다. (129)

미용에게 소영은 자신의 "마음을 공유할 수 있는 (……)단 한 사람"(187)이다. 그래서 전학한 학교의 미선이가 소영이가 누구냐고 물었을 때 "또 다른 나"라고 "거침없이 말"'(188)할 수 있었다. 소영은 미용의 동일시 대상으로 소영과의 끈끈한 이자관계는 미용이 '고아의식'을 극복하게 하는 역할을 하였다. 따라서 누군가 둘 사이를 비집고 들어오는 것이 미용에게는 논리의 문제가 아니다. 그러나 이미 제3자에게까지 인간관계를 확대한 소영에게는 그것은 논리의 문제다. 그래서 소영은 한지섭의 어떤 점이 마음에 들지 않는지 '설명'을 요구한다. 또한 "그건 지나간 일"이고 지섭은 "어릴 적 그 철없던 남자애가 아니"라고 주장한다. 소영은 인간은 변하고 관계도 영원하지 않다는 것을 알고 있기 때문이다. 여기에서 두 사람이 생각하는 우정은 더 이상 같지 않다. 소영에게 우정은 많은 관계 중의 하나이지만, 미용에게는 인간관계의 전부이기 때문이다. 완벽한 일치를 꿈꾸던 미용은 동일자로서의 소영과 분리될 위기에 처한다.

미용이 끝내 지섭을 인정하지 않고 소영을 이해하지 않으려하자 화가 난 소영이 미용의 음악을 대하는 태도를 문제 삼는다. 자신은 음악을 듣는 것은 발산하는 것이라고 보는데 미용은 자꾸 무엇인가를 채우려 한다는 것이다. 제삼자의 시각으로 미용을 객관적으로 바라볼 수 있게 된 소영이의 눈에 비로소 둘 사이의 '차이'가 보이기 시작한 것이다. 이는 자신의 취향을 오직 소영의 욕망에 맞춰온 미용의 그간의 노력이 무너지는 순간이다. 오랫동안 쌓아 온 두 사람의 이자관계는 균열을 맞는다.

> 그 순간 마음 한 구석이 날카로운 것에 찔린 듯 아팠다. 아니, 불쾌했다. 심한 모욕과 무시를 당한 것 같았다.
>
> 나는 더듬거리면서 겨우 말했다.
>
> "그, 그래서 난 음악을 들을 자격이 없다는 거야?"(……)
>
> 마치 깊은 강 하나를 어렵게 건너온 느낌이었다. (131)

소영은 미용에게 "다른 고딩과는 질이 다른 아이"이고 "나의 수호신"이기도 하다. 그래서 완벽했던 합일상태가 무너지는 순간 "찔린 듯 아팠다." 그것은 일종의 거세의 체험으로 동일시의 대상과 분리되는 순간이다. 그런데 여기서도 미용은 자격을 논한다. "음악을 들을 자격"이 없는 사람, 그것이 둘이 결별할 이유가 된다. 일치를 위해 미용이 치렀던 모든 노력은 이제 무의미해지고 깊은 강 하나를 건넌 듯 소영과 미용 사이 친밀한 결합관계는 깨지게 된다. 고통스런 결별이지만, 미용은 이제 자신의 욕망에 눈을 돌릴 수 있게 되었다. 타자와의 차이를 인정하며 그 차이 속에서 자기 존재를 주장할 수 있게 된 것이다.

미용이 아버지와 자신 사이에 준석이라는 제삼자의 존재를 받아들였듯 소영과 자신 사이에 미선이라는 또 하나의 친구를 인정하는 순간도 흥미롭게 그려진다. 전학 온 학교에서 처음 말을 걸어 온 미선은 미용의 눈에 칠칠맞고 헤프고 주책맞다. 따라서 미선은 친구로서 '자격'이 없다. 역시 결정적인 것은 미선의 음악 취향이다. 소영과 미용 사이 우정의 조건은 음악을 매개로 한 '취향으로서의 자격'으로, 그것은 "다른 고딩과는 질이 다른" 취향이었다. 그런데 미선이가 노래방에서 부르는 노래는 '립스틱 짙게 바르고' '서울탱고' 같은 "구닥다리에 퇴폐적인 노래"였다.

이전의 기준에서라면 미선은 친구가 될 자격이 없다. 그러나 소영과 화해하지 못하고, 미용의 독촉에 준석이가 유리창을 주먹으로 치고 입원한 날, 생애 가장 막막하고 비참한 저녁에 미용은 자신도 알 수 없는 기분으로 우연히 만난 미선을 붙들고 울음을 터뜨린다. 그리고 크게 위로를 받는다. 노래방에서의 '막춤과 막노래'는 자신을 끊임없이 타자의 기준에 맞추며 자격에 연연하던 미용이 그 굴레를 벗어던지는 경험이다. 미선의 막춤을 바라보면서 미용은 아래와 같은 자각에 이른다.

> 내 마음속에는 거대한 대지가 있다. 아직은 개발되지 않은 원시적인 평원에 지나지 않는 그 곳이 오늘따라 조금 들썩이고 있다. 맨 먼저 태양이 떠오르고 달이 차오르고 나의 집이 생기고 이웃도 하나 둘 늘어간다. 가로등과 다리가 있는 저쪽 어딘가에 새로운 놀이터가 생겼다. 거기 어디 양지바른 곳에 나는 앉아 있다. 내 옆에는 평생 잊히지 않을 동무들이 있는 것이다. 소영이, 준석이, 그리고 네 번째의 영장류인 미선이…… (203-204)

미용은 그간의 아버지, 그리고 소영과의 폐쇄적인 이자관계를 벗어나 준석과 미선이를 받아들였다. 더 이상 그들에게는 어떤 자격도 필요하지 않으며 그저 '영장류'이면 된다. 미용이 생각해온 자격이란 스스로의 열등의식을 감추려는 나르시시즘적인 허구였을 뿐이다. 이 변화된 의식의 끝에 미용은 어떤 '결심'을 하기에 이른다. 그런데 "그런 결심을 하고도 불안감 없이" 편안하다. 초대받기 위해서 늘 자격을 갖추고 무엇인가를 보여주어야 한다는 불안 속에서 자신을 몰아세우던 미용은 처음으로 편안하게 스스로를 믿으며 하나의 결단에 이르게 된다.

라. 환상 가로지르기, 가족 가로지르기

미용의 결단이란 아버지의 집을 떠나기로 하는 것이다. 짐을 정리하고 떠나기 전 입원한 준석의 문자를 받는다. 미용은 그 상태를 "오랜만에, 정말 오랜만에 누군가와 솔직한 대화를 나눈 것 같았다. 준석에 관해 한 치의 미진함이나 꺼림칙함도 없었다. 그것만으로 나는 뭔가를 되찾은 느낌이었다"(219)고 생각한다. 따라서 집을 떠나기로 한 결심은 아버지에 대한 불만이나 준석을 향한 시기심에서 비롯된 것이 아니다.

미용의 환상은 애초 아버지에 대한 환상이기도 하다. 그런데 아버지는 미용의 기대와 달리 미용의 존재적 결핍, 자원의 결핍, 안정감의 결핍을 해결해 줄 수가 없었다. 준석에 대한 애정 때문에 미용이 느끼는 배신감을 헤아리지 못하고 딸에게 적절한 가정 내의 위치를 지정해 주지도 못했다. 무엇보다 아버지는 미용의 '짐'을 해결하지 못했다. 아버지는 미용이 자신의 존재적 결핍을 견디기 위해 택한 자구책으로서의 환상이다. 이제 아버지라는 '환상의 외투'를 치우면서 미용은 자신의 실재(the real), 결핍된 존재요 짐으로서의 자신을 마주하게 된다. 그 짐은 애초부터 누군가가, 부모조차도 대신 맡아줄 수 있는 것이 아니었다.

그런데 예상치 않은 시간에 아버지가 귀가한다. 아버지는 미용이가 꾸린 짐을 준석이 병원에 가져 갈 가방으로 오해한다. 당황한 순간에 미용의 입에서 나온 말이 뜻밖이다. "왜 그러셨어요?" 이것이야말로 진즉부터 아버지에게 묻고 싶었던 가슴 속의 말이었다.[119] 그런데 그 다음 말이 "준석이가 다쳤는데 왜 저한테 미리 연락을 주지 않으셨어요?"이다. 이것은 미용이 말하려는 바가 아니다. 뒤 이어 가출을 결심한 사람으로서 할 수 없는 말이 다시 튀어 나왔다. "가족이라면 이럴 수는 없다고 생각해요."

정신분석에서는 화자가 의도한 것보다는 그가 실제로 말한 것에 주목해야한다고 한다. 이것을 라캉은 '기표의 절대 우위'라는 말로 설명한다.[120] 프로이트는 실언(失言)은 무의식의 언어인데, '진실'은 우리의 의식이 아니라 무의식에 있다고 말한다. 바꿔 말하여 미용은 가출을 결심한 순간에 이 '의도치 않은 실언'으로 자신이 이 가족의 일원임을 선언한 것이다. 아버지는 돌아온 자식을 맞듯이 행복하게 미용을 바라본다.

미용은 가방을 끌고 나서는 아버지를 따라 준석의 병원을 향한다. 이 소설의 결말을 해피엔딩이라 말할 수는 없다. 아버지의 오해 속에 봉합된 갈등은 여전히 불안을 내포하고 있기 때문이다. 그러나 미용은 '더 이상 아무것도 걱정하지 않을 작정'이라고 말한다. 갑자기 서로를 이해하게 되는 것은 아닐지라도 중요한 것은 조금씩 다가서는 것

---

119) 이것은 아버지가 대답해야 할 미용의 존재가 집약된 질문이다. 미용은 질문을 할 자격을 포기하여 살아 왔지만 아버지로부터 분리를 결심하면서 질문을 할 자격을 얻는다. 이제 미용의 존재나 자격은 아버지의 인정에 의존하지 않기 때문이다. 그는 독립된 존재로서 질문을 할 수 있는 동등한 위치에 아버지와 나란히 서 있다.

120) 변학수, 『문학치료』, 학지사, 2005, 296면.

이라고도 생각한다.

> 우연히 뒷거울을 쳐다보았더니 편안하고 태평한 얼굴을 한 아버지가 나를 보고 씩 웃었다. 내 마음을 다 이해한다는 그런 웃음이었다. 잠시 후에 나도 간신히 웃을 수 있었다. 아버지의 진심을 알고 있다는 인상을 최대한 강하게 풍기려고 애쓰면서. (221)

'거울 속의 아버지'는 거울단계의 아이처럼 오인과 오해 속에 있다. 그는 '상상적 가족'을 꿈꾸며 아이처럼 보고 싶은 것을 볼 뿐이다. 그러나 미용은 이 비관습적이고 위태로운 가족을 환상 없이 받아들이기로 한 것이다. 이것이 미용이 도달한 성숙이다.

미용이 '짐을 꾸렸다'는 행위는 하나의 발화 역할을 한다. 미용의 '짐'은 미용이 처한 곤경이요 미용 자신이며 동시에 모든 개인이 짊어질 삶의 무게 같은 것이다. 미용은 그 짐을 아버지의 집에 부리기를 꿈꿔왔다. 그러나 그것은 자신이 책임져야 할 자기 몫의 짐으로 지상의 어떤 가정도 그 짐을 완벽하게 맡아줄 수는 없다. 짐을 꾸린다는 것은 미용이 그런 깨달음에 도달했다는 의미이다.

이 소설의 서사는 미용이 아버지를 만나 고단한 자기 짐(가방)을 부리려는 긴 투쟁의 이야기이다. 미용은 아버지에 대한 환상에서 시작하지만 마지막에 그 환상을 가로질러 누구도 해결해 줄 수 없는 삶의 결핍을 자신이 감당할 삶의 조건으로 받아들인다. 자기 짐을 꾸려 집을 나서는 것은 아버지의 권위 밖에서 새로운 주체가 시작됨을 의미한다. 미용은 가출하지 않았으나 이제 고아이고, 가족공동체의 한 구성원이지만 아버지와 동등한 개체로 서게 되었다. 그런 점에서 미용의 성장은 아버지의 세계 밖에서 계속될 것이다.

미용의 선택은 '아버지의 환상'에서 탈피한 비(非)오이디푸스적인 것이다. 이를 '가족 횡단성', 즉 '가족 가로지르기'[121]라고 바꿔 말할 수 있을 것이다. 중요한 것은 가족과 더불어 사느냐 아니냐가 아니라, 가족을 극복했는가 여부이다. 미용은 가족을 떠나지 않고도 가족으로부터 벗어나 '가족 횡단성'[122]에 이르렀다고 볼 수 있다.

우리는 아버지나 가족을 부정할 수는 없지만 가족 이데올로기, 혹은 가부장적 질서로부터 거리를 유지할 수는 있다. 미용 역시 가족을 떠나지 않고 기존의 가족개념에서 탈피했다. 따라서 이 소설은 '가족의 해체'나 '가족의 복원'의 서사라기보다 '새로운 가족 서사'라고 말할 수 있다.

5. 아버지의 이름을 넘어서 -『모두 아름다운 아이들』

『모두 아름다운 아이들』[123]이 출간된 1996년은 아직 우리 문단에 청

---

121) '환상 가로지르기'란 대상a가 자신 혹은 대타자의 공백과 결여일 뿐이라는 사실을 인정하는 것을 의미한다. 미용은 '환상 가로지르기'를 통해 마침내 아버지라는 대상a로부터 분리되어 자신과 아버지의 결여를 인정하고 대면한다. 이는 대타자에 대한 '분리'가 완성된 단계로 볼 수 있다. 한편 지젝에게 '환상 가로지르기'는 이데올로기의 비판을 목적으로 하는데, 미용 역시 아버지 환상을 가로지르면서 '가족 이데올로기'로부터 거리를 두게 된다.

122) 김미현, 「가족 이데올로기의 종언」, 『여성문학연구』 13권, 2005, 158면.

123) 최시한, 『모두 아름다운 아이들』, 문학과지성사, 1996년. 이 소설은 「구름이야기」 「허생전을 배우는 시간」 「모두 아름다운 아이들」 「반성문을 쓰는 시간」 「섬에서

소년문학이라는 개념조차 불분명하던 시기였다. 따라서 이 소설은 성장소설로 분류되어 발표되었다. 이후 청소년소설 개념에 대한 합의가 진행되면서 '청소년의 삶을 청소년 당사자의 시각과 언어로 표현'했다는 점에서 청소년소설에 편입되고, 2008년 개정판부터는 '청소년문고'로 출판되었다. 따라서 이 소설은 청소년소설의 가능성을 증명해낸 최초의 청소년소설이라는 의의를 가지며, 청소년문학의 규범을 논의할 때 일정한 준거의 역할을 한다. 한편 5개 연작 중 「허생전을 배우는 시간」은 7차 교육과정에서부터 다수의 중고교 교과서에 수록되어 독서교육, 또는 문학수업현장의 살아있는 바람직한 사례로 적극 활용되어 왔다.[124] 2009년 「구름 이야기」까지 교과서에 합류하면서 작품 전체가 문학교육 자료로서 그 가치를 인정받고 있다.

독자 수용의 측면에서도 성공적이다. 강한 문제의식과 미적인 구조, 세련된 상징 등으로 청소년소설로는 드물게 여러 쇄를 거듭하며[125] 독자와 평자의 꾸준한 지지와 호응을 받고 있다. 특히 청소년뿐 아니라 일반 독자에까지 널리 읽혀 청소년소설의 가능성을 낙관하게 해준 작품이라 평할 수 있다. 이처럼 이 작품은 우리나라 짧은 청소년문학사에서 독특하고 의미 있는 위치를 점하고 있으며, 그런 뜻에서 청소년

지낸 여름」이라는 총 5편의 연작으로 되어 있다. 1996년 문학과 지성사에서 출간되었으나, 2008년에 청소년문고시리즈인 '문지푸른책'에 포함되면서 부분적으로 수정한 개정판이 나왔다. 이 연구는 개정판 이전의 작품을 텍스트로 한다.

124) 연작소설 중 「허생전을 배우는 시간」은 7차 교과서 문학 중앙(상)과 케이스(하), 2007 개정 중학교 교과서 중2-2 국어 미래엔(윤), 중2-1 생활국어 신사고, 중2-2 생활국어 금성, 미래엔(이)에 수록되었고, 「구름 그림자」는 2009 개정 교과서 문학 Ⅱ(해냄)에 수록되었다.

125) 이 소설은 1996년 초판을 펴낸 이후 2008년 개정판을 내기 전까지 12년 동안 25쇄를 찍었고, 그간 5만여 부를 꾸준히 발행한 스테디셀러이다.

문학의 전범 혹은 고전이라 부를 수 있다.

기존의 연구는 청소년소설이나 성장소설로서의 역할, 교육 자료적인 가치, 교육 현장의 문제 등 작품 외적 요소에 집중되어 작품이 가진 풍부한 의미가 제대로 규명되지 못한 감이 없지 않았다. 일기라는 고백적인 글쓰기, 명확히 설명되지 않는 인물들의 행동, 억압에 고뇌하고 대응하는 십대들의 내면, 마지막 장의 혼란스럽고 해체적인 문장 등은 정신분석적 해석을 강하게 요구한다. 특히 주인공이 도달한 '자기 욕망의 발견'이라는 최종의 성취를 라캉의 주체이론으로, 기존 가치에 통합되기를 거부하고 개체로서의 자신의 삶을 찾아가려는 노력은 '아버지의 이름'이라는 틀로 해석한다면 작품이 내포한 다층적 의미가 제대로 드러날 것이다.

오형엽은 『모두 아름다운 아이들』을 포함한 최시한 소설의 중심 테마를 "관계의 해체를 통한 주체의 재정립"'이라고 정리하고 있다.[126] 구모룡 역시 최시한이 '왜곡된 관계의 해체'를 자기 작품의 서사전략으로 삼고 있다고 진단한다.[127] 아닌 게 아니라, 『모두 아름다운 아이들』의 주인공 선재는 타자, 혹은 세계와의 '관계'를 억압으로, 거기에서의 탈출을 진정한 주체적 삶의 회복으로 인식한다. 그런 의미에서 이 서사를 타자/주체, 세계/자아, 혹은 관계성/개별성의 대립구도로 파악하면 심층의 의미구조가 더욱 선명해질 것이다.

표면적으로 주인공이 해체하고자 하는 관계는 누나로 대표되는 '가정'과 구름으로 대표되는 '사회'이다. 그러나 오이디푸스 이론은 부자

---

126) 오형엽, 앞의 논문, 239면.

127) 구모룡, 「관계의 해체 혹은 새로운 서사 전략」, 『문학과사회』 제17호, 문학과지성사, 1992, 269면.

간의 가정사를 인류 문명을 설명하는 보편의 기제로 환원한다. 즉 가정과 사회라는 두 체계가 독립된 것이 아니라 동일한 가부장적 구조로 작동된다는 것이다. 자신을 하나의 인간, 개별자로서 지켜내려는 주인공은 자신을 둘러 싼 '가정과 사회'라는 '세계'와 충돌하며 자신의 고유한 삶을 모색해 나간다. 그러므로 이 소설은 '아버지의 이름'으로 행해지는 모든 왜곡된 관계를 부정하고 진정한 자아, 독립된 주체를 찾아가는 주인공의 여정의 기록이라 할 수 있다.

가. 억압하는 타자들

『모두 아름다운 아이들』은 일기 형식의 소설이다. 첫날 일기의 첫 문장은 "오늘 누나의 결혼 날짜가 잡혔다"이다. 그리고 다음 날 일기의 시작은 "구름이 지구를 둘러싸고 있다"이다. '누나의 결혼'과 '구름의 발견'이라 부를 이 두 사건은 향후 작품 전체를 이끌어가는 중요한 모티브가 된다. 또한 주인공 선재가 이 두 사건을 어떻게 경험하고 수용하면서 주체와 세계에 대한 인식을 구축해 나가는가 하는 것이 이 소설의 중심 서사이다.

(1) 누나 - 상상계의 어머니

소설에서 누나는 부모를 대신하는 양육자로 설정되었다. 독립에 대한 욕구가 싹트는 청소년기 주인공이 누나의 결혼을 계기로 가족이라는 울타리를 벗어나 독립을 꿈꾸는 것은 자연스럽다. 더구나 나이에 비해 사색적이고 자의식이 강한 주인공과 계산적이고 억척스러우며 세속의 가치에 충실한 누나와의 관계에는 애초 갈등의 소지가 준비되어 있었다.

그러나 독립하겠다는 선재의 주장에 누나의 반대는 예상보다 격렬하다. 선재는 지금까지 "누나는 나를 위해, 어쩌면 나 때문에 산다고까지 생각"했던 것이 진실이 아닐 수 있음을 깨닫는다. 그리고 "내가 누나를 위해서, 누나 때문에 내가 살아온 게 아닌가"(23) 의심하게 된다. 이는 지금까지 '가정=사랑과 보호'라는 도식으로 이해해 온 주인공의 유아적인 세계관이 무너지는 순간을 보여준다. 즉 세계에 대한 일체감을 버리고 가족 역시 냉정한 타자로서 바라보게 된 것이다. 일기는 이렇게 주인공의 상상적 세계관이 흔들리는 시점에서 시작되고 그간 이상화해온 누나 역시 타자라는 것을 받아들이며 '타자 그 자체의 문제와 대결'[128]하는 상징의 장으로 진입한다.

이 작품에서 선재의 독립을 끝내 반대하는 누나는 라캉이 설정한 '거절(frustration)'하기를 거부하는 상상계 어머니[129]에 해당한다. 누

128) 브루스 핑크, 앞의 책, 2010, 164면.

129) 여기서 누나의 삶이 선재의 존재에 의존하였다는 것은 선재가 누나의 욕망을 채워주는, 누나의 '욕망의 대상'(팔루스)이었다는 의미가 된다. 이는 라캉이 설정한 오이디푸스 과정의 모자간 이자관계를 연상시킨다. 선재에게 누나는 곧 '어머니'인데, 이 누나-어머니는 아이를 자기 세계에 붙들어 두고 놓아주려 하지 않는다. 라캉에 의하면, 상상계에서 아이와 어머니가 맺는 밀착적인 관계가 늘 만족스럽고 평화로운 것만은 아니다. 아이는 자신에게 절대적인 존재인 어머니에게 역시 자신도 절대적인 존재, 상상적인 팔루스가 되기를 꿈꾼다. 그러나 팔루스란 누구도 소유할 수 없는 것이다. 아이는 자신이 도달할 수 없는 이 불가능한 목표 앞에서 불안에 빠지고 좌절을 겪는다. '아버지의 금지'가 아이를 어머니로부터 해방시키는 구원이 될 수 있는 것은 이런 까닭이다. 이때 아버지가 어머니에게 요구하는 것은 바로 '거절(frustration)'이다. 어머니가 거절하기를 거절할 때, 즉 아이를 자기 품 밖으로 내보내려 하지 않을 때 아이는 어머니에 사로잡혀 어머니의 욕망의 대상에 머물 뿐, 욕망하는 주체로 성장할 수 없다.

나에게 선재는 독립된 주체가 아니라 '자기 삶의 보충물'[130]이며 '동생을 돌보는 누나'라는 '이상적인 자아상'을 유지하기 위한 방편이라고 할 수 있다.[131]

특이한 것은 누나는 거절을 거부하는 '집착하는 어머니'이지만 모성적인 부드러움과는 거리가 멀다는 점이다. "누나는 항상 싸울 준비"가 되어 있을 뿐 아니라 비록 꿈속이지만 누나가 차린 유일한 밥상은 "검은 밥상 위에 딴 건 없고, 오직 수저 네 벌만 놓여 있"(154)는 상징적인 풍경으로 나타난다. 그리고 무엇보다도 누나는 일에 방해가 된다는 이유로 뱃속의 아기를 지우려 한다. 이런 모순은 선재의 독립을 막으면서 한편으로 '제 앞가림'을 하라고 다그치는 이중적 태도에서도 되풀이된다. 즉 누나의 모성에는 '지나친 집착'과 '차가운 거부'라는 모순성이 함축되어 있다. 그런 의미에서 보자면 누나는 자식을 품 밖으로 내놓지 않으려는 상상계 어머니이면서, 세상의 매정함을 가르치는 상징계의 엄격한 아버지로서의 기능을 동시에 행한다.

이런 모순은 사회의 작동 메커니즘이 가정이라는 사적인 관계에도 개입한 결과이다. 현대 자본주의 사회는 오이디푸스 구조의 사회로, '아버지의 규범'이 공적, 사적 영역을 동시에 통제하는 사회이다.[132] 즉 사회화 규범으로서의 아버지와 가정 내 부모는 속성상 같다. 라캉 역시 상상계가 상징계와 무관하게 작동하는 것은 아니고 상상계에도 상

---

130) 브루스 핑크, 앞의 책, 2002, 314면.

131) "누나는 나를 위한다고 하면서 자기를 위하고 있었고, 계속 그러고 싶은 것이다.(33)" "누나의 눈에는 부모 없이 키운 동생에 대한 사랑만 보일 것이다. 허나 내 눈에는 그 그림자, 거기에 비끄러매인 죄의 끈이 보인다."(100)

132) 나병철, 『가족 로망스와 성장소설』, 문예출판사, 2007, 50면.

징계의 가치가 개입한다고 본다.[133] 그러므로 누나가 보이는 집착에는 사회적 규범으로서의 외부의 가치와 논리가 개입되어 있다. 근대의 자본주의 체제 내에서 온전히 사적인 공간은 존재하지 않으며, 누나는 냉혹한 자본주의적 논리를 내면화한 사람으로 보인다.

'싸움을 잘하는 누나'라는 기표는 부모 없이 동생을 부양하며 어렵게 살아온 누나의 전투와 같았을 세상살이를 은유한다. 적당히 남을 속이고 악착같이 싸우며 자신의 선물가게를 가지게 된 누나에게 세상은 무서운 것이면서[134] 동시에 거기에서 살아남았다는 자기 삶의 방식에 대한 확신도 존재한다. 따라서 문학이나 하며 공부에 소홀하고 "세상을 내려다보는" 동생을 미성숙한 존재로 보며 자신의 터득한 세상살이 방식을 동생에게 강요하는 것이다.

그래서 작가는 대담에서 "내 소설 속의 인물에는 진정한 가족이 없다"고 말한다.[135] 그가 보기에 가족이나 가족 밖 타자나 세상의 가치와 규범을 기준으로 개인의 독립적인 정체성을 위협하는 억압 요소란 점에서는 동일하다. 그래서 선재는 가족이란 이름으로 행해지는 소유적인 애정의 위험성을 간파하고 "그곳을 떠나야만 한다. '너의' 집안, '너

133) 라캉이 상상계에 대한 상징계의 우월성을 강조하는 이유는 언어적인 것의 개입에 의해서 상상계적 동일시도 확증되기 때문이다. (안정인, 『라캉의 주체와 타자 담론에 나타난 부재의 미학』, 경북대학교 박사논문, 2009, 59면)

134) 누나는 세계의 질서에 복종하고 그 가치를 내면화한 탓에, 그 질서에 불복종할 때 따르는 처벌을 두려워하는 것으로 보인다. 그것이 세상을 모르는 철없는 동생을 자기 품에 가두는 이유이다. "나나 네가 무슨 힘이 있다고 그렇게 자신만만하게 구는지, 정말 세상을 몰라도 너무 모르는 거 아니니?"(99면)라는 누나의 진술은 바로 그녀의 세계에 대한 두려움과 동생에 대한 집착을 설명하는 근거가 된다.

135) 최시한 · 성민엽, 앞의 대담, 263면.

의' 방, '너의' 과거보다 더 너에게 위험한 것은 없다."(37)고 선언한다.

선재는 어머니의 '거절'이 이루어지지 못한 상상계의 가정에서 '보살핌'이란 이름으로 행해지는 누나의 소유적인 억압에 저항하며 자신의 삶을 찾아 스스로 상징계로 어렵게 옮겨간다.

(2) 구름 그림자- 상징계의 '당신'

『모두 아름다운 아이들』은 총 다섯 개의 장으로 나뉘는데 그 첫 장의 제목이 「구름 이야기」이다. 지적할 것은 작가의 첫 소설집 『낙타의 겨울』에도 이 「구름 이야기」가 동일한 제목, 동일한 내용의 단편으로 실렸다는 점이다. 「구름 이야기」가 갖는 두 책 사이의 매개적인 연관성과 의미에 대해서는 오형엽이 이미 지적하였고,[136] 그런 의미에서라면 『낙타의 겨울』의 단편 「구름 이야기」가 쓰일 때 『모두 아름다운 아이들』의 전체 이야기가 이미 '쓰이기' 시작했다고 볼 수 있다. 달리 말해 첫 장 「구름 이야기」는 소설 단계상 발단에 해당할 뿐 아니라 소설 전체의 진정한 동기가 된다. 작가는 구름이라는 소재를 통해 소설 첫머리에서부터 소설 전체를 관통하는 주제의식을 강하게 드러낸다.

먼저 '구름 이야기'가 등장하는 날의 일기 전문은 아래와 같다.

> 구름이 지구를 둘러싸고 있다. 구름은 잠시도 쉬지 않고 떠돈다. 지구의 표면에는 노상 구름의 그림자가 움직이고 있다.
>
> 쉬는 시간에 철봉 근처에 앉아 있다가 구름그림자가 운동장을 훑고 지나가는 걸 보았다. 어째 여태까지 한 번도 주의해 보지 않았을까. 그 광경은 정말 놀랍고도 짜릿하였다. 넓은 운동장이 커다란 화면 같았다.

---

136) 오형엽, 앞의 논문, 249-252면.

> 처음에는 향나무가 서 있는 쪽 귀퉁이만 구름 그림자 속으로 들어갔다. 하지만 화면은 잠깐 사이에 전부 어두워 졌다. 튀어나온 물체들이 속수무책으로 자기 그림자를 잃어버렸다. 잠시 그렇게 정지했다가 다시 향나무 쪽으로부터 밝아지고, 어마어마한 배처럼 그늘이 서서히 움직여 화면이 흑백에서 다시 천연색으로 바뀌었을 때, 어쩌면 나만 보았고 나 혼자만 그렇게 여겼는지 몰라도, 물체들이 모두 달라진 것처럼 느껴졌다. 이전의 그 운동장이 아닌 것 같았다.
> 화산이 터지거나 지진으로 땅이 갈라지는 것만 대단한 게 아니다. 그런 일은 우리나라에서는 잘 볼 수 없다. (10-11)

내용은 고등학생 화자의 눈높이에 맞게 지극히 단순하다. 선재는 쉬는 시간에 운동장을 "훑고 지나가는" 구름그림자를 보았다. 그 광경은 "정말 놀랍고도 짜릿"했다. 왜냐하면 구름이 지나가면서 모든 물체가 "자기 그림자를 잃어버"리고 전혀 "달라"져 보였기 때문이다.

소설이 구름 이야기로 시작된다는 것은 세상이 구름 그림자에 덮여 있다는 사실을 깨달은 즈음 주인공 선재의 일기가 시작되었다는 이야기다. 물론 급우들에게 철학자요, 시인으로 불리는 선재가 이때 일기 쓰기를 처음 시작했다고 말하기는 어렵다. 하지만 바로 이 구름 그림자와 우리 모두가 구름 속에 속한다는 사실을 낯설게 인식하는 날 일기는 새로운 방향성을 얻게 되고, 그래서 그날로부터 일기는 하나의 소설로 독립되어 존재하게 되었다고 말할 수 있다.

이날 선재는 비로소 우리 삶이 외부의 어떤 거대한 힘(구름)에 의해 지배받는다는 사실을 새롭게 깨닫는다. '튀어나온 물체'들의 고유한 예각을 유지하지 못하게 만드는 외부적인 힘, 바로 그 낯선 깨달음의 순간에서 그는 실존적 변화를 겪고, 일상의 사물을 다른 의미로 바라보게 된다. 그래서 운동장은 더 이상 그 운동장이 아니요, 그것을 바라보는 선재도 이전의 그가 아니다. 이 날의 깨달음을 '화산, 지진'에 견줄 충격으로 표현하는데, 지진처럼 그의 존재의 기반이 함께 흔들렸기 때문이다.

구름그림자는 무엇을 은유하는가. "모두가 그 속에 들어있으면서도 그런 줄을 모르는 구름의 그림자"(12)라는 것은 우리를 둘러싼 세계, 혹은 어떤 체계나 구조로서 '상징계'라 부를 수 있다.

선재가 보기에 "누구도 구름 그림자의 움직임에 관심이 없다." 그것이 "밥처럼, 시간처럼, 그렇게 자기들을 지배하고 변화시키는데도"(13) 말이다. 중요한 것은 모두 그 사실에 눈을 감고 무지할 때 선재는 그 사실을 '안다'는 점이다. 그리고 그 '앎'에서 타인과 자신을 격리시키는 새로운 자의식이 출발한다. 그래서 그는 "그걸(구름그림자를) 생각하고 있노라면 내가 아주 높은 곳에서 구름을 내려다보고 있는 것 같다"(11)라고 쓴다. 자신도 상징계(구름)에 속하지만 그것을 생각할 수 있기에 그것을 지배적으로 바라볼 수 있게 된다는 것이다. 이것이 선재가 획득한 '인식의 힘'이다. "누구도 구름 그림자에서 벗어나" 그것을 통제할 수 없지만 그것을 인식할 수는 있다. 상징계의 존재를 미숙하게나마 인지하고 있다는 점에서 이때 선재는 '분리'의 초보단계에 이르렀다고 말할 수 있다.

「구름그림자」에 실린 총 19편의 일기에서 세 편을 제외하고 주인공은 매일 구름그림자를 언급한다. 처음에는 그것을 그저 낯설고 신기한 것으로만 인식하지만 거듭되는 사색의 결과 그것이 가진 강제성과 억압성을 아래처럼 자각하기에 이른다.

(1) 장마철의 먹구름처럼 그 문제가 나를 짜누르고 있어서 말이다. (31)

(2) 구름을 피우지 마라. 구름 속에 싹 숨어버리지 마라. 구름 속에서 큰소리만 쳐대지 마라! 그래도 그 그림자까지 감출 수는 없다. 바람이 불면, 내가 바람을 일으키면, 그때는 몽땅 다 폭로되고 말 거다. (30)

(3) 땡볕에서 한쪽은 돌을 던지고 다른 쪽은 최루탄을 쏘았다. (……) 나도 언젠가는 누구에게 돌을 던지지 않을 수 없게 되고 말까? 고모 같은 이들 위에 떠 있는 구름을 걷어내기 위해서? (36)

그것은 우리 삶을 억누르고 있으며 바람을 일으키거나 돌을 던져서라도 쫓아버려야 할 대상이다. 선재는 (1)에서처럼 그 체제의 강제성을 인식하고, (2) (3)과 같이 그 강제에 대한 반발심과 저항의식을 가지게 되었다.

이 「구름 그림자」는 「반성문을 쓰는 시간」과 주제적으로 연결되어 있다. 막연하게 '구름그림자'로 은유되어 개인을 규정하는 체계로서의 세계는 「반성문을 쓰는 시간」에 이르면 점차 학교라는 강고한 억압구조와 교사나 부모의 몰이해, 폭력적 입시제도, 숨 막히는 80년대 공안정국과 연결되면서 구체적인 '이름'으로 부상한다. 사려 깊고 예민한 주인공은 우리 삶을 규정하는 상징 질서의 강제성과 선험성, 무소불위의 힘을 실감하며 이를 '당신'이라고 이름 짓게 된다.

「반성문을 쓰는 시간」은 일기의 형식에 반성문의 내용을 담고 있다. 반성문 쓰기는 선재가 어떤 사건에 연루되어 무기정학에 처해지면서 벌로 부과된 과제이다. 사건은 간단하다. 선재를 포함한 여섯 명의 학생이 정체를 알 수 없는 노인(반체제 인사로 짐작된다)의 집에서 밤새워 놀겠다는 계획을 세웠다. 명상과 음악, 그리고 춤이 준비되지만 실행되지 못했다. 그런데 그 계획만으로 경찰서에 불려가고 형사의 취조를 거쳐 정학처분을 받는다. 죄목은 '입시를 앞 둔 학생'이고 '어린 나이'라는 그들의 '이름' 때문이다. 그런 이름에 어울리지 않는 모임을 계획했기에 '죄'가 된다는 것이다. 선재는 벌로 정학처분을 받고 반성문을 쓴다.

반성문이란 '사건을 반추하며 다시 생각하는 기록'이다. 정학의 사유가 사회적 금기를 위반한 것이므로 반성문이야말로 대타자를 향한 발언이다. 그런데 '반성(反省)'이라는 자기 성찰의 과정을 겪으며 반성문의 어조가 날마다 변화하는데 이는 선재의 의식의 변화와 궤를 같이 한다.

처음에는 "결과가 문제이지 동기나 과정이 무슨 의미가 있는가"(84)라거나, 무엇이 잘못인지는 모르겠지만 "모르는 것도 죄다"(87)면서 상황을 납득하지 못하면서도 자신들이 불러온 파장에 놀라 어른들이 원하는 반성의 자세를 유지한다. 그러나 넷째 날 "사실에 가까워지고 싶"(92)어 사건 자체를 길게 복기하는 과정을 거치고, 여섯째 날에 이르면 반성이 "생각을 분열시키고 모든 것을 낯설게 만"(97)든다면서 서서히 자신의 의식이 변하고 있음을 내비친다. 그리고는 열째 날에는 결국 개개인의 동의 없이 법도 죄도 미리 만들어내는 '당신'의 존재를 의식하는 단계에 이른다. 죄란 '당신'이 만든 법에 불복종한 결과이며, 반성이란 '당신'에게 다시 '복종'하기를 약속하는 것에 지나지 않는다. 이런 치열한 '반성'의 끝에 열세 번째의 마지막 반성문에 이르면 아래와 같은 결론에 이른다.

> 결과도 중요하지만 동기나 과정도 중요하다.
> 모든 잘못이 다 죄는 아니다.
> 우리는 허가받아야 할 일을 한 적이 없다. (……)
> 이 글이 반성문인지 아닌지를 결정하는 것은 내가 아니고 당신이다. (……) 나는 당신에게 말한다. 이제 더 이상 쓰지 않겠다. (112)

동기 따위는 중요하지 않고 오직 '당신'이 만든 법에 근거하여 '당신'이 내리는 벌, 그래서 주인공은 '당신'의 판단을 거부하고 스스로를 무죄판결하기에 이른다. 글쓰기라는 치열한 성찰의 행위를 거쳐 '당신'의 오류를 발견하고 반성의 거부를 선언하는 것이다. 이는 '쓴다'는 행위가 현상 너머 사태의 본질을 꿰뚫어 보게 하는 힘이 된다는 사실을 진술하는 것이기도 하다.

'구름 그림자'가 여기서 '당신'이라는 인격화된 이름을 얻었다. '당신'은 법과 금지, 질서와 규범으로 곧 '아버지'이며, 주체를 호명하는 상징계 '대타자'이다. '당신'은 여러 가지 수단을 동원하여 개인들을 '보고' 있었다. 그래서 학생 여섯의 사소한 일탈조차 '당신'의 눈을 벗어나지 못하였다. 학생을 적발하고 벌주는 '학생주임'과 '경찰'이라는 조합은 현대사회의 규범이나 통합의 장치들이 복잡하게 얽혀 권력을 형성하고, 개인의 미시적인 삶까지 지배하고 통제하고 있다는 것을 보여준다. 이 '전제적인 눈' 앞에서 개인의 저항은 무력하다. 그래서 선재는 무기정학을 선고받은 후 교문 밖으로 혼자 걸어 나오면서 "그냥 그 자리에서 증발해버릴 듯한 무력감 따위들이 나를 가득 채우고 있었다."(106))고 말한다.

선재가 '학생'이라는 호명된 이름 밖을 상상하는 순간 '당신'이 내린 벌은 무기정학, 즉 그를 '학생'이라는 집단에서 배제하는 것이었다. 선재의 죄라면 80년대 당대 권력이 학생에게 허용한 일반적인 경험 이상을 상상했기 때문이다. '무기정학'이라는 징계는 그에게 학생의 이름을 박탈하고도 다른 정체와 자격을 무기한적으로 유보하는 것이다. 십대를 오직 '학생'이나 '입시생'으로만 호명하는 우리 사회의 닫힌 인식은 청소년에게 학교 체제 밖으로 밀려날 수 있다는 공포를 체험하게 하는 배제의 방식으로 개인들을 위협한다.

이것이 물론 꼭 십대에만 적용되는 법이 아니다.[137] 이후 '당신'이 왜냐 선생을 다루는 방법도 동일하기 때문이다. 왜냐 선생은 구속되고 학생들은 정학을 당한다. 이는 상징계의 질서가 배척과 배제에 의해 작동되는 것을 보여주는데, 가르치고 배우는 게 학교 본래의 기능일텐데 학생과 교사를 '교육'이라는 이름으로 학교 밖으로 몰아내는 것은 스스로 학교교육의 무화를 선언하는 것이고, 역설적으로 '학교'라는 기표의 환상성, 모든 호명행위의 결핍을 스스로 밝힌 것이라고 볼 수 있다.

여기에 노인의 가르침이 등장한다.[138] '닮지도 겁을 먹지도 마라'.[139]

---

137) 체제에 반대하는 노인을 다루는 방식도 비슷했다. '선량한 국민'이기를 거부하는 노인은 감시의 대상이었다.

138) 노인은 반체제 인물로, 경찰의 감시를 받아왔던 것으로 추측된다. (그래서 아이들의 계획이 사전에 쉽게 발각된 것이다.) 노인은 그런 의미에서 상징계, 법과 질서에 균열을 내는 인물이다. 다소 모호하고 몽환적으로 그려지는 노인의 집은 따라서 상징계 국가 시스템의 질서 내에 존재하는 분열, 파열, 틈이나 구멍으로 존재한다. 그것은 다른 세계로 아이들은 이끄는 통로의 공간이기도 하다. 그곳에서 아이들은 자신의 세계를 상대화하여 바라보고 노래와 춤으로 이루어진 다른 삶을 상

왜냐하면 그들은 '번드르르하지만' 결국 '새대가리'(106)일 뿐이기 때문이다. 이는 바로 대타자의 불완전함을 정확하게 지시하는 말이다. 선재는 '쓰는 행위'를 통해서 무력감을 떨치고 노인의 가르침을 체득해가며, 경찰이나 학생주임이라는 구체적인 인물들 뒤의 '당신'을 두려움 없이 보게 되었다. 그러므로 반성문을 쓰면서 누나에게 쏘아붙이는 "세상이 그렇게 무서워?"(99)라는 선재의 말에 큰 의미가 있다. 선재는 구름그림자로 대표되는 자신을 둘러싼 세계와 그 관계들의 결여를 인식하고 있다는 것이다. 그리고 '당신'의 호명 너머의 자기 본질에 대한 탐구를 이어 나간다.

「구름 그림자」와 「반성문을 쓰는 시간」에는 유독 소통의 불가능성에 대한 은유가 많다. 가령 '구름의 존재'를 인식하게 된 선재는 그 경험을 누군가와 나누고 싶어 한다. 그러나 순석이, 고모, 담임선생님 누구도 그 말을 이해하지 못한다. 아예 화를 내거나 "뚱딴지같다"며 핀잔을 주거나 무시한다. 선재는 자신이 한동안 마음에 두었던 K에게도 대화를 시도해 본다. 그러나 K의 "작고 예쁜 귀는" "머리칼에 덮"였거나 "긴 머릿단 속에 꿈꾸듯 숨어있"을 뿐이다. 소통의 시도가 오히려 불화를 낳기도 한다. 담임선생님의 경우 선재의 질문에 뺨을 때리는 폭력으로 반응한다. 무슨 말을 할지 몰라 가만히 서 있으니 "내 말이 말 같지 않느냐 역정을" 내고, "어떻게 말해야 좋을지 알 수 없어 머리를 긁적이며 웃"는데 당신을 놀린다고 생각하기도 한다.

언어적 불완전성, 이것이야말로 상징계가 가지는 핵심적 특징이다.

상하기도 한다. 선재가 상징계 대타자 '당신'을 발견하고 상징계의 억압성과 결여, 한계를 깨닫는 데에는 바로 노인의 집, 노인의 가르침이 유효했다고 할 수 있다.

139) "속거나 겁을 먹다보면 저도 모르게 닮아버리기 때문"이다. (105)

상징계란 곧 언어적 체계이고, 언어를 통해 타자와 관계 맺는 세계이다. 그런데 상징계를 유지하는 언어가 불완전하다는 것, 기표와 기의가 미끄러지며 소통이 제대로 이루어지지 않는다는 것은 상징계가 가진 본질적인 결여를 의미한다. 그런 의미에서 윤수의 말더듬은 상징계와 대타자의 불완전함을 지시하는 또 하나의 강력한 상징이 될 수 있다.

대타자가 결여된 불완전한 존재라는 것은 욕망이론에서 매우 중요하다. 상징계의 불완전함은 주체로 하여금 상징계에 대한 복종에만 머물 수 없게 만들기 때문이다.[140] 그래서 주체는 '당신'에 대한 복종을 거부하고, 그 이상을 꿈꾸는 욕망의 주체로 나아갈 수 있게 된다.

나. 왜냐 선생과 욕망하는 주체

(1) 선재- 왜냐 선생의 욕망을 욕망함

선재는 국어교사인 왜냐 선생을 동경한다. 왜냐 선생은 훌륭한 교사요, 긍정적인 어른이란 점에서 선재의 성장과 주체화를 돕는 조력자로 설정해볼 수 있다. 누나라는 '어머니'로부터 벗어나려는 선재에게 왜냐 선생은 '아버지의 이름' 역할을 해왔을 것이다. 아버지의 이름은 사회적 질서의 표상으로 아이는 아버지의 팔루스를 동일시 대상으로 삼아 사회적 주체로 진입할 수 있다.

상징계에 들어선 모든 주체는 자기 존재의 결여를 메우기 위해서 '욕망하는 존재'가 된다. 그러나 상징계 자체가 대타자의 영역이므로

140) 김석, 앞의 책, 187면.

상징계 안에서의 주체의 욕망은 타자가 지정해 주는 욕망일 수밖에 없다. 한마디로 주체가 바라는 것은 '타자의 욕망'이다. 그렇다면 자기 욕망을 알 수 있는 가장 확실한 방법은 타자에게 질문하는 것이다. 여기서 타자는 동일시 대상인 아버지를 포함한다. 선재가 왜냐 선생과의 동일시를 꿈꾼다면 왜냐 선생을 향해 이렇게 물을 것이다. '당신이 원하는 게 뭡니까?' '당신은 내가 어떻게 하기를 원합니까?'

「허생전을 읽는 시간」은 선재가 왜냐 선생의 인정을 얼마나 열정적으로 욕망하고 있는지 보여준다.

> (1) 서너 사람의 발표를 들었을 무렵부터 걱정이 되기 시작했다. 내가 할 수 있는 얘기를 다른 애들이 다 해버린 성 싶었다. 나만이 할 수 있는 얘기는커녕 남들이 한 정도의 얘기도 못 할 것 같았고, 머리가 점점 털실뭉치가 돼가는 기분인 데다, 선생님을 실망시키면 어쩌나 싶어 초조했다. (54)

> (2) 선생님은 나한테도 흡족한 웃음을 보내셨다. 나는 선생님과 눈을 맞추고 질문을 기다렸다. (70)

> (3) 선생님은 나를 똑바로 쳐다보셨다. 갑자기 몸이 주체할 수도 없이 커지는 기분이었다. (58)

위의 인용문(1)에서는 왜냐 선생의 인정을 갈구하면서 그의 기대에 부응하지 못할 것을 두려워하는 선재의 욕망이 선명하게 포착된다. 그는 (2)에서처럼 선생에게 시선을 고정하며 선생의 욕망의 향방을 좇는다. (3)에서는 선생의 시선만으로도 그의 자아가 확장되기도 한다.

왜냐 선생이 홍길동과 허생의 차이를 묻는 장면에서는 이런 특징이 더욱 부각된다.

(1) 나는 막막했다. 그것까지는 생각해 보지 않았다. 나는 긴장되어 다리를 떨면서 그냥 떠오르는 대로 대답하는 수밖에 없었다. (71)

(2) 허생이 누구한테 졌다고 생각한 적은 없는데, 아니 허생은 마음만 먹으면 누구든지 이길 수 있는 사람이라 여겨왔는데, 홍길동하고 비교하다보니 말이 그렇게 나왔다.(71)

(3) "지금 한 말 잘 들었겠죠? 참말 멋진 지적입니다! 본인도 얼마쯤 그 뜻을 알고 말했겠지만, 그 말에는 참으로 깊은 뜻이, 우리가 살아가면서 두고두고 곱씹을 만한 뜻이 담겨 있어요." (71)

선재는 자기의 의견을 말하지는 않았다. 왜냐 선생이 지향하는 바를 안다면 답은 이미 나와 있기 때문이다. 왜냐 선생이 생각하기에 허생은 선비 혹은 사대부라는 자신의 사회적 지위를 강하게 의식하는 지식인으로 당시 사회를 비판적으로 꿰뚫어 보지만 그것을 바로잡으려는 실천적 의지는 부족했던 사람이다. 그러므로 '홍길동은 투사로 승리했으나, 허생은 선비로 지고 만다' 는 것이 왜냐 선생이 기대했던 답이다. 선재는 왜냐 선생의 욕망이 어디를 향하는지 알기에 '생각지 않았던 문제'에도 답을 할 수가 있었다. 답은 "그냥 떠오르"고 "말이 그렇게 되었다". 여기서 왜냐 선생의 반응도 특이하다. "본인도 얼마쯤 그 뜻을 알고 말했겠지만", 즉 선재가 '얼마쯤'만 안다고, '충분히' 알고서 한 말이 아니라고 전제한다.

타자의 욕망을 욕망하며 자기 욕망에서 소외된 주체는 아직 진정한 주체라고 말할 수 없다. 자기 욕망을 알지 못하는 이런 병리적 증상에서 벗어나려면 주체는 타자의 욕망으로부터 '분리'되어야 한다. 여기서 선재가 틈틈이 떠올리는 '투사'의 이미지를 조명할 필요가 있다.

선재에게는 오랫동안 영화의 한 장면에서 비롯된 '투사(鬪士)'의 이미지가 존재한다. 눈보라 속에서 지쳤고 남루하지만 찌르는 듯한 눈빛을 가진 당당하고도 슬픈 투사이다. 왜냐 선생은 선재에게 투사의 대리인이다. 전교조 활동과의 연루를 짐작하게 하는 왜냐 선생의 수업 중 연행 장면은 선재가 꿈꾸는 눈보라 속 투사만큼이나 비장하다.

그러나 놓치지 말아야 할 것은 선재는 스스로를 "투사가 아닌 환자"(61)로 규정한다는 사실이다. 자신이 "총이 아니라 연필을 든, 투쟁정신으로 빛나는 눈이 아니라 신경을 너무 써서 핏발이 선 눈"(61)을 가진 존재라는 것이다. 선재는 한번도 '철학자이며 시인'인 자기 정체를 벗어나지 않았다 그렇다면 이 투사 이미지는 선재가 욕망하거나 도달하려는 대상이 아니라는 결론에 이른다.

외부 서사로만 보자면 이 구조는

1) 선재는 투사가 되고 싶다.

2) 왜냐 선생은 투사다.

3) 그래서 선재는 왜냐 선생을 욕망한다.

가 될 것이다.

즉 투사가 되기를 꿈꾸던 선재는 왜냐 선생을 중간자 삼아 자기 욕망으로 나아간다.

그러나 이를 라캉 식의 '타자의 욕망'이란 관점에서 바라보면 인과관계가 재배열된다.

1) 선재는 왜냐 선생의 욕망을 안다(알고 싶다).

2) 왜냐 선생은 투사가 되고자 한다.

3) 선재도 왜냐 선생이 원하는 투사가 되려고 한다.

가 된다.[141]

다시 말하여, 선재가 먼저 투사의 삶을 동경하여 왜냐 선생에게 매혹되는 것이 아니라, 오히려 선재는 왜냐 선생의 인정을 갈망하기에 그에 맞춰 자기 욕망을 조정하여 투사되기를 꿈꾸게 된 것이다. 라캉의 말을 빌자면 선재, 혹은 선재의 욕망은 '주체가 대타자로부터 역전된 형태로 수신하는 메시지에 의해 구성'[142]되어 있다.

이는 선재가 진정 '투사의 삶'을 욕망하는가, 나아가 선재의 욕망은 자신의 욕망인가 하는 문제로, 이 글의 주제를 위해 중요한 지점이다.

왜냐 선생은 이 '말 잘하고 글 잘 쓰는 학생'이 허생과 같은 '은둔하는 선비의 처세관'을 벗고 온몸을 도구 삼아 세상의 이완 대장들과 싸우기를 바랐다. 선재도 왜냐 선생의 욕망을 알기에 홍길동과 같은 '투사'를 꿈꿔 본다. 그러나 중요한 것은 이러한 욕망과 달리 그의 행동은 늘 허생처럼 읽기에서 멈춘다. 자신도 그것을 알기에 "윤수의 행동, 윤수의 읽기, 나의 행동, 나의 읽기…… 읽기는 언제나 내가 한다"(61)고 냉소한다. 또한 왜냐 선생의 편을 들어 싸우라는 윤수의 말에 "윤수가 바라는 행동 같은 걸 하러 나서고 싶지 않"다고(65) 잘라 말하기도 한다. "글은 손으로 쓴다기보다 마음으로, 결국은 온몸으로 쓰는 거다"라는

141) 이것이 중요한 이유는 겉으로 드러난 서사만으로는 선재 욕망의 향방을 알기 어렵기 때문이다. 라캉의 욕망이론으로 살필 때 비로소 선재의 진짜 욕망이 명확해진다.

142) 브루스 핑크, 앞의 책, 2010, 144면에서 재인용.

선재를 향한 왜냐 선생의 충고 역시 읽기가 행동으로 연결되지 못하는 선재의 한계를 지적하고, 그의 삶의 지향을 바꿔보려는 의도라고 할 수 있다.

「허생전」 수업의 핵심이라 할 홍길동과 허생의 차이, 즉 '행동하는가, 사고하는가' 하는 문제는 선재가 풀어야 할 평생의 숙제 같은 것이며 동시에 선재의 욕망과 왜냐 선생님의 욕망이 갈라서는 분기점이 된다.[143] 왜냐 선생과는 다른 목표를 지향하는 선재의 욕망을 들여다보기에 앞서, 윤수의 욕망을 살펴 윤수와 선재가 목표하는 삶을 비교해 볼 필요가 있다.

(2) 윤수– 자기 욕망의 발견

윤수도 선재 못지않게 왜냐 선생을 존경하고 좋아한다. 왜냐 선생은 곧 투사이고, 윤수 역시 더듬는 '말'보다는 '행동'에서 앞서는 인물이라는 점에서도 짐작되는 바이다. 윤수는 "책도 많이 읽고, 교지에다 글도 싣고, 국어 선생님한테 귀여움도 받는" 선재에게서 왜냐 선생의 모습을 발견하고, 그를 자기 꿈에 도달하는 중간자로 선택한다. 윤수가 국어숙제를 선재에게 미리 보여주는 것은 그를 국어선생님의 대리, 즉 중개자로 보고 있다는 증거이다.

그런데 선재는 윤수의 기대에 부응하지 못한다. 그렇게 말을 잘하면서도 왜냐 선생을 위해 동철이와 싸우는 것을 거절했고, 왜냐 선생의 연행에 항의하는 운동장 시위도 윤수가 혼자 실행했다. '기원의 밤' 행사를 혼자 나서서 막을 때 윤수는 중개자로서의 선재를 잊었다고

---

143) 타자의 욕망은 항상 주체를 넘어서거나 벗어난다. (숀 호머, 앞의 책, 117면)

할 수 있다. 그런 의미에서 윤수야말로 왜냐 선생의 적자이다.

윤수는 서사의 도입부에서 선재의 지적에 자기 의견을 쉽게 철회하는 등 논리적으로 미숙하고 자신의 논리에 대한 확신도 약했다. 윤수는 선재에 의지하는 인물로 비치었다. 그러나 이후 극단으로 회의하고 (과학 수업에서 교사에게 '적자생존'의 개념을 끝까지 묻고 따지는 등) 극단으로 행동하면서 (시위를 주도하고, 수능 기원의 학교 행사를 저지하고, 버버리를 입고 등교하는 등) 자기의 논리와 행동을 정리해나간다. 주인공이 아니면서도 윤수는 작품 내에 가장 많이 성장한 인물이다.

12월 6일자의 일기는 선재와 윤수 둘 사이의 관계가 역전되는 중요한 전환점이다. 선도실에 찾아온 선재의 질문에 윤수는 자신이 생물시간에 질문했던 '적자생존'과 '자연조화'의 문제를 해결했다고 인정한다. 그때까지도 선재는 윤수를 "미심쩍은 눈으로 관찰"하고 염려하는 중이었고, 그래서 그 말이 "의심스럽기도 했다." 그런데 윤수가 방향을 돌려 선재에게 질문을 한다.

> "기, 기원의 밤에, 시를, 시를 읽을 거니?"
>
> 윤수가 나에 대해 묻고 있었다. 나는 고개를 끄덕였다. 왠지 말로 답하기가 쑥스럽고 또 싫었다.
>
> "그런 건 자연의 조화가 아냐. 사람 환경은 사람이 만든 거라구. 준법, 준법 점수 따위가, 두려운 건 아니지?"
>
> (……) 나는 정말 종잡기 어려운 기분에 휩싸였다. 섭섭하고 낭패스럽고 수치스런 야릇한 느낌…… 내가 아니라 윤수가, 윤수에 관해서가 아니라 나에 관해 묻고 또 말했다. 기원의 밤에 시를 읽는 것은 '자연의 조화'가 아니다- 그게 무슨 말일까? 어쩌면 그렇게 잘라 말할 수 있을

까?(……)

나는 혼란스러워 머리를 거칠게 흔들었다. 발로 복도 바닥을 굴렀다. 성이 차지 않아 손가락을 깨물었다. (147-148)

"선재가 아니라 윤수가, 윤수에 관해서가 아니라 선재에 관해 묻고 또 말하는" 위의 장면은 윤수가 이미 선재의 염려나 판단을 넘어 자기의 세계를 구축하는 중이라는 것을 보여준다. 여기에서 선재의 행동을 판단하는 사고의 주체는 윤수이다. "무엇인가에 취해" 기원의 밤 행사에서 시를 낭독하기로 했던 선재는 자신의 미숙함과 치기를 아프게 대면한다. 이를 지적하는 윤수의 단호한 지적에 선재는 손가락을 깨물고 발을 구르며 자신의 한계를 절감하고 수치심을 느낀다. 스스로도 이미 "영웅심이 빚어낸 환상, 열등감이 낳은 허영"(143)으로 자신의 결정을 후회하고 있었던 터였다.

윤수는 왜냐 선생이 연행된 후 운동장 시위를 하며 '아버지의 죽음'을 혼자 애도하였다. 윤수는 아버지가 떠난 자리에서 그를 계승하며 자기 삶을 시작한 것이다.

그러면 윤수가 욕망하는 삶은 무엇이고 그의 행동이 지향하는 구체적인 지점은 어디인가. 윤수는 허생을 "아무도 알아주지 않아 아무도 모르는 곳으로 가버린" 인물로 해석하는데, 이는 그의 욕망이 항상 알아주는 사람과의 '이해와 공감'에 있었다는 것을 알려준다. "말이 통하는 사람들과 함께" 지내고 싶고, "그런 사람들을 이해하고 그들에게 이해받"(197)기 위해 윤수가 마지막에 고른 선택지는 그래서 '두레학교'이다. 또한 윤수가 주장하는 '자연의 조화'가 가능한 삶, '각자의 촛불을 끄'고도 '아무도 패배하지 않는' 삶은 '연대'의 삶이라 부를 수 있다. 따라서 그가 꿈꾸는 세상은 '공감과 연대의 세상'이라고 바꿔 말할 수 있다. 여기서 '공감'을 목표로 삼는 윤수가 말을 더듬는다는 설정은 특별한 상징이 된다. 선재하고 있으면 "말을 안 더듬을 것 같다"는 고백은 이것이 단지 기능상의 장애가 아니라 알아주고 알아들을 수 없는 막혀버린 세계, 촛불을 켜고 자기 성공만 기원하는 독백하는 세상에 대한 은유라고 말할 수 있다.

윤수는 선재와 왜냐 선생을 다리 삼아 자신의 욕망을 찾아 직진하는 힘을 얻게 된다. 수많은 상처와 좌절 끝에 자신의 욕망을 바로보고 자신의 길을 가게 된 것이다. 그는 이 소설에서 가장 큰 성장을 보여주는 인물로, 선재에게 보낸 마지막 편지에서 '내가 선택한 삶 때문에 용서를 구하는 일은 없을 것이다'는 당당한 자기선언을 하기에 이른다.

윤수가 '공감에 기반한 연대'를 목표삼아, 그 세상을 앞당기기 위해 행동하고 실천했다면 선재의 목표와 욕망은 행보를 달리한다. 그것은 '섬'이라는 외딴 공간에서 나타난다.

다. 아기장수의 부활과 자기 욕망의 발견

다섯 개의 연작 형식인 이 작품은 '누구를 향한 발화인가'에 따라 세 부분으로 나뉜다. 「구름이야기」, 「허생전을 배우는 시간」, 「모두 아름다운 아이들」은 일기의 형식이고, 「반성문을 쓰는 시간」은 반성문, 마지막 「섬에서 지낸 여름」은 형식에 메이지 않는 난해하고 해체적인 글쓰기의 형태를 보여준다.[144)]

---

144) 작가는 자신이 '창안한 형식, 그리고 화법'에 대한 관심이 빈약한 것을 아쉬워한

반성문이란 읽는 사람을 전제한 글쓰기이다. 특히 그 독자가 대타자, '당신'이라는 점에서 늘 상대를 의식하고 자각하는 상징계적 글쓰기의 전형이라 할 수 있다. 그에 반해 일기는 일반적인 관점에서라면 자신을 향한 독백이다. 그러나 라캉은 독백조차 가상의 타자를 전제한다고 말한다. 우리의 언어는 어느 순간에도 타자와의 대화인 셈이다.[145] 그런 점에서 반성문과 일기는 모두 상징계의 글쓰기라고 볼 수 있다. 그러면 마지막 장 「섬에서 지낸 여름」은 누구를 향한 글쓰기인지, 이를 살피면 선재의 욕망이 향하는 지점을 추론할 수 있을 것이다.

「섬에서 지낸 여름」에는 먼저 일기의 기본 형식이라 할 날짜가 사라진다. 앞서 일기와 반성문이 과거시제를 사용하여 설명적이고 정돈된 서술 형태를 취했다면, 이 장은 현재 시제를 사용하고[146] 종종 종결어미 없이 혼란스럽고 애매한 채로 문장을 열어둔다.[147] 이미지의 교차, 종결되지 않는 문장, 문장과 문장 사이의 침묵과 여백은 더 이상 독자나 청자를 고려하지 않는 의식의 '순간적인 출몰'이라고 할 만하다. 환상과 현실을 넘나들기 때문에 상황은 분절되고 문장종결은 유예되어,

---

다. (최시한, 앞의 대담, 255면.) 다양한 형식의 발화와 거기서 발생하는 다양한 효과를 통해 작가는 각 장마다 다른 메시지를 전하려 했다고 할 수 있다. 2008년 개정판에는 「섬에서 지낸 여름」도 일기의 형식을 취한다. 이 소설이 청소년문고 시리즈에 포함되면서 다소 난해한 마지막 장을 청소년 눈높이에 맞추었다고 할 수 있을 것이다. 다시 밝히지만, 이 연구는 개정판 이전의 작품을 텍스트로 한다.

145) 실제로 이 일기 부분도 일부는 순재에게 보내는 편지가 되기도 하고, K에게 보내는 연서가 되기도 한다.

146) "오래 걷다보니 발을 담그고 싶어지네. 아, 차가워. 밤 바닷물이 생각보다 차고, 거칠게 움직여." 이는 사건이 경과한 후 쓰인 기록이라기보다 사건과 동시에 기록되는 즉각적인 서사이다.

147) 예를 들면 다음과 같다. "썩은 국물이 흐르는, 악취가 진동하는, 파리떼가 새카맣게 꾀는……쓰레기들! 둔하고, 고집 세고, 염치 없고, 마비된…… 마비된 줄도 모르는…… 입에 올릴 가치조차 없는……"(191)

의미가 끊임없이 미끄러진다.

이러한 문체적인 파격을 통해 작가는 논리나 설득이 가능하지 않은 어느 지점을 지시하고 있다. 이는 언어와 기표들의 총체적인 해체를 뜻한다. 일기와 반성문이 대타자를 향한 발화였다면, 이러한 문체는 그대로 자기를 향한 독백이요, 그래서 그의 발언은 타인의 욕망에 좌우되지 않은 자기 목소리라는 뜻이다.

섬은 '등대여관'의 글자 하나가 바람에 날아가 '등대여'가 되는 곳이다. '등대여!' 기표의 논리가 사라지고 순간의 격정이 그대로 드러날 뿐이다. 태풍 속에서는 나머지 글자마저도 바람에 날라가버릴 것이요 공중전화 부스도 곧 모래밭에 묻힐 것이라 하니, 태풍에 놓인 섬은 기표와 기의가 심하게 어긋나다가 그마저도 사라지는 상징계의 소멸을 보여주는 공간이다.

이때 '나'라는 기표에 의존하던 나의 주체성조차 위태로워진다. 그래서 '나와 너'라는 분별조차 사라진 언어 너머의 세계를 향한다("'나'라기보다 '너'는"). 나아가 우리가 사는 세계에 "아무 이유나 뜻이 없다면, 없다면……" 하면서 세계의 무의미한 심연을 언뜻언뜻 드러내기도 한다. 따라서 이 마지막 장의 태풍이 지나가는 섬이란 상징계 너머의 '실재계의 공간'을 은유하며, 이 장의 혼란된 문체는 선재가 도달한 실재계적 각성을 의미한다고 할 수 있다. '실재'(the real)란 라캉의 사유에서 가장 난해한 영역으로 그것을 굳이 표현하자면 그것은 '그것에 대해 말을 할 수 없다'는 사실이다. 즉 실재계의 큰 특징은 '재현 불가능성'이다. 언어의 한계 너머를 언어화하려고 하니, 실재계의 언어란 이렇게 해체적인 것일 수밖에 없다.

선재가 최종적으로 섬에 들어온 것은 필연이다. 상징계는 대타자의 영역이고 아버지의 영역이므로 왜냐 선생의 욕망을 탈출하기 위해, 윤수와 다른 자기 욕망을 발견하기 위해 그는 현실 세계를 떠날 필요가 있었다.

나는 누구인가, 나는 누가 되어야 하는가, 나는 나를 어떻게 규정할 것인가 하는 것이 선재의 관심사이다. 따라서 그에게는 자기정체성에 대한 고민이 지속적으로 따라다닌다. 철학자, 시인이라고 급우들이 붙여준 이름에 거부감을 표하는 것은 타인의 시선, 타인의 인정과 욕망에 기반하여 이루어진 상징계의 정체성을 부인하는 것이다. 그는 대신 부정적인 이름들이지만 스스로를 행려병자, 거지, 크로마뇽인, 환자 등으로 부르며 자신을 규정할 단어를 찾기 위해 고심한다. 이렇게 다양한 이름이 동원되는 것은 자기를 규정할 이름을 아직 찾지 못했으나 자기 정체를 지속적으로 진지하게 탐구해가는 과정 중이라고 해석할 수 있다.

타자와의 '관계'를 억압으로 인식했던 선재의 욕망이란 '진정한 주체' '개별성을 지닌 개인'이 되는 것이다. 그는 "누가 뭐래도 나대로 살고 싶"고, "자기가 자기의 주인이 되는"(32) 삶을 지향하였다. 이를 위해 선재는 늘 '개별자로서의 독립성'을 유지하고자 한다. "더 중요한 것을 위해서는 혼자 살아야 한다"(27)고 믿고, 그래서 "나를 좀 가만히 놔두어 달라"(32)고 호소하고, "늘 이렇게 혼자 있었으면 좋겠"다고 생각하면서 "그게 그토록 이루기 힘든 것일까?"(39)하고 자기의 처지를 한탄한다.

선재가 보기에 독립적인 개별자는 "모양은 비슷해도 색깔이나 무늬가 다른"(153) 조개와 같다. 그는 선인장조차 "선인장답게 살아가"기(160)를 바란다. 선재가 관계의 해체를 지향해왔다면, 그 지향의 목표는 이렇게 관계의 압박으로부터 벗어난 '자기 정체성 찾기', 관계에 왜곡되지 않는 '자아 찾기'였다고 할 수 있다. 그런 점에서 윤수가 구한 것이 '공감에 기반한 연대'라면, 선재가 꿈꾼 삶은 '주체적인 자기 삶'이다. 그리고 외딴 섬은 선재가 그 꿈을 찾아 도달한 공간이다.

그 삶이 구체적으로 어떤 것인지는 암시적이지만 유추가 가능하다. 섬의 등대여관의 주인이 선재에게 "도대체 정을 안주는" 딸에게 자기의 마음을 "애기라도 해주겠냐"고 부탁하는 장면이 있다. 먼저 나서서 딸과 대화하기를 청하는 이 아버지는 소설 속에서 가장 비폭력적이고 비위계적인 아버지이다. 섬이라는 공간이 가부장의 상징계와 다른 공간임을 보여주기는 것이기도 하다. 이 아버지의 말은 앞서 광식이 어머니가 "어떻게 광식이와 대화를 할 수 있을지 모르겠다"며 선재에게 "네가 좀 도와주렴"(93) 하고 부탁하던 말과 겹친다. 두 사람 모두 선재에게 대리자, 중간자의 역할을 의뢰한다. 그래서 마지막 선재가 도달한 단계는 아래와 같다.

> 그래, 윤수야. 경석이도 있고. 경석이 누나, 등대여관 집 딸……어머니들, 아버지들……그리고 나. 결코 '너'일 수 없는 '나'……모두 같은 빛깔, 비슷한 얼굴들, 지치고, 외롭고, 일그러진…… (205)

소설 내내 대립적으로 설정했던 '강한 어른 대 상처 받은 아이들'의 구도를 깨면서 어머니들과 아버지들을 포함해 전체를 아우르는 시각이 드러나는 구절이다. 결국 '당신'이 지배하는 세계에서는 현실 속의 아버지들 역시 '아버지의 이름' 아래 '지치고 외롭고 일그러진' 자식들이다. 선재의 역할이란 바로 그 두 건너기 힘들었던 세계(어른 대 아이들)를 연결하는 '연결자'라고 보아야 할 것이다.

여기에 이르면 "'나'라기 보다 '너'"(153)라 하던 정체성 혼란도 사라진다. 그래서 상징으로 처리되어 명확하지 않으나, "결코 너일 수 없는 나"(205)라고 선언하며 선재는 개별성을 확보하고 진정한 자기의 삶에 도달한 것으로 보인다.

선재가 왜 섬으로 오게 되었는지 소설은 명확하게 설명하지 않는다. 독자는 누나와의 전화 통화를 통해 누나가 아이를 지우려 했다는 것과 경석이의 집에서 무슨 일이 일어났을 것이라고 짐작할 수 있을 뿐이다. 하지만 절망의 끝에서 섬에서의 허무와 각성의 체험을 통과하고 선재는 작품의 결말에서 비약에 이른다. 문체의 혼란과 자기 정체성의 혼돈을 거치며 누나의 욕망, '당신'의 욕망, 왜냐 선생님의 욕망을 뛰어넘는 자신의 욕망을 발견한 것이다. 그것이 무엇인지 다소 모호하게 처리되어 있지만 분명한 전환이 드러나는 것은 사실이다.

> 태풍이 이 섬을 덮치면, 거센 비바람 속으로 나가겠어. 파도가 으르렁대는 해변을 지치도록 달리겠어. 마음이 정말 경건해질 거야. 외로운 노래, 외로운 이들을 위한 아주 간절한 노래가 샘물처럼 솟아날 거야. (206)

선재는 자신의 운명을 위와 같이 예언한다. "외로운 노래, 외로운 이들을 위한 아주 간절한 노래가 샘물처럼 솟아날 거야." 불통의 세계에서 알아주지 않아 외로운 이들을 이어주는 진정한 언어, 기표와 기의가 미끄러지지 않는 진정한 소리로 외로운 이들의 의사를 대신하여 '간절하게' 노래하는 사람, 이는 시인이거나 작가일 것이다. 그는 모든 이의 상처를 위로하는 '언어의 사제'가 되기를 꿈꾼다.

이 단계에서 선재는 왜냐 선생이거나, 투사이거나, 한 때 K이기도 했던 상징계의 '대상a'를 가로질러 자기 욕망에 도달했다 할 수 있다. 상상계의 집착하는 누나-어머니를 벗어나 상징계 언어의 불완전성에 직면하는 '소외'의 과정, '당신'의 결여를 지목하던 '분리'의 차원을 지나, 왜냐 선생의 욕망, 아버지의 욕망에 의존하지 않는 자기 욕망을 찾아 주체의 위치를 변경한다. 자기 길을 찾아 의심 없이 자기 길을 가는 윤수에 비해 선재의 성장은 분명하게 기술되지 않았으며 그래서 마지막 발화가 다소 급작스러운 것도 사실이다. 그러나 '노래하는 자'의 '노래'라는 영역은 왜냐 선생의 '왜냐'라는 '논리'의 가치와는 분명하게 상반된 다른 영역이다.[148] 희미하게나마 선재는 왜냐 선생의 '논리'나 윤수의 '실천'과 구별되는 자기 욕망, 자기 정체성을 찾았다고 말할 수 있다. 그런 점에서 이 소설의 섬은 실재계의 공간이지만 허무주의적인 세계는 분명 아니다.

이제 '아기장수'의 상징을 해석하는 중요한 작업이 남았다.[149] 소설에는 두 가지 다른 맥락의 아기장수가 등장한다. 하나는 경석이의 게임 속의 아기장수요 하나는 설화 속의 아기장수이다. 게임 속의 아기장수는 악당을 물리치고 제 집과 제 나라를 지키는 '집안의 기둥, 나라의 대들보, 단 한 순간도 방황하지 않는 얼마든지 부활하는 불사의 영웅'이다. 아버지, 어머니, 누이동생이 모두 그를 자랑스럽게 여긴다.

---

148) 섬이라는 실재공간은 논리가 배제된 공간이기도 하다. 왜냐 선생은 〈허생전〉 수업에서 학생들에게 말의 정확한 사용을 강조한다. 그는 기표와 기의 사이의 정확한 일치를 꿈꾸었다는 점에서 상징계 인물이다.

149) 성민엽은 작가와의 대담에서 이 소설이 전체적으로 아기장수 설화의 패러디라 부른다. (최시한, 성민엽, 앞의 대담, 261면)

이 게임에 몰두하는 경석이가 바로 이러한 아기장수의 전형이며, 아버지의 가치에 자신을 맞춘 모든 아이들이 이 아기장수들이다. 그들은 기성의 법과 제도에 순응하는 주체, 자신의 욕망을 거세하고 아버지의 '호명'에 기쁘게 화답하는 아이들, 체제가 요구하는 자랑스러운 인재들이다. 그리고 경석이처럼 거세되어 아버지의 성(城)에서 아버지의 왕국을 이어받을 아버지의 2세들이다. 그들은 대타자가 규정한 삶의 테두리 안에서 순치되고 조정되어 위험하지도 않고, 반역을 꾀하지도 않는다.

경석이네 집안의 타자라 할 경석이 누나가 폭로하듯이 원래 설화 속의 아기장수는 그렇지 않다. "진짜 아기장수는 이기는 게 아니라 져서 비참하게 죽"는데, "다른 사람도 아니고 아버지, 어머니가 죽이는 방법을 알려주는 바람에" 그렇게 된다. 아기장수는 원대한 운명과 비범한 능력을 갖췄지만 바로 그것 때문에 '아버지의 세계'를 불안하게 만들었다. 거세되지 않았으므로 바로 그 가능성 때문에 현실을 고수하려는 기성의 힘에 의해 무참하게 살해당한다. 작가가 보기에 이것이 이 시대 학교와 가정 안에 갇힌 모든 아이들의 운명이기도 하다.

그러나 마지막에 기적처럼 누나의 '아기장수'가 목숨을 부지하게 된다. 누나가 아이를 낳기로 했다는 것이다. 이 아이가 '아버지의 세계'에서 어떻게 자랄지는 아직 모르지만, 누나와 선재는 이 순간 소설에서 처음으로 소통에 이른다. ("이젠 잘 들려……") 작가는 암담해 보이던 세계에 조그만 창구멍을 하나 마련해 놓음으로써 미래에 대한 희망을 저버리지 않았다.

위에서 주인공 선재가 어떻게 자기 욕망의 주체로 서게 되는지 그 성장 과정을 라캉의 주체화 과정을 통해 살펴보았다. 그리고 이를 '누나'와 '구름이야기'라는 두 개의 동기와 연결하여 '누나'를 상상계 '어머니의 욕망'으로, '구름이야기'는 상징계라는 '억압과 통제의 구조'로 파악하였다. 어머니의 욕망을 벗어나 구름그림자에 포섭되는 것이 주체의 '소외' 과정이라면 사회가 가하는 억압 속에서 대타자인 '당신'이 가진 결여로서의 폭력성, 강제성을 깨치는 것이 '분리'라고 할 수 있다. 그러나 상징계라는 공고한 질서를 벗어나기는 그렇게 수월한 것이 아니며, 특히 이제 막 사회화를 완성한 청소년 주체에게는 더욱 그러하다.

윤수가 겪는 의사소통의 어려움, 선재가 반성문을 쓰면서 감지하는 '당신'이라는 체제의 억압성은 바로 상징계 균열의 표식으로 작용한다. 두 청소년 인물은 상징계의 균열을 왜냐 선생이라는 착한 아버지에 자신의 욕망을 의탁하여 메우려 하였다. 그러나 그들은 최종적으로 왜냐 선생의 욕망을 가로지르는 '자기 욕망의 단계'로 나아가게 된다.

윤수가 '공감과 이해에 기반한 연대의 삶'을 찾아 떠났다면, 선재는 섬이라는 공간에서 상징계 언어의 불완전함을 뛰어넘는 '노래하는 자'라는 자기 목소리를 얻는다. 언어에서 해방된 바닷가 섬은 누나가 상징하는 집착하는 상상계로부터도, '당신'과 '왜냐 선생'의 상징계적 강제로부터도 벗어난 실재계의 은유이다. 이곳에서 주인공은 왜냐 선생이 주문한 '투사'라는 아버지-타자의 욕망을 가로질러 '외로운 이를 위해 노래하는 자'라는 자기 욕망에 이른다. 특히 소설은 부모에 의해 살해당할 뻔했던 누나의 아기장수를 살려내면서, 가정과 학교가 부추기는 욕망으로 사육되는 게임 속의 아기장수를 넘어서는 주체적 청소년, '아름다운 아이들'에 대한 희망을 이야기한다. 이는 자신을 하나의 인간, 개별자로서 지켜내려는 주인공이 억압의 세계와 충돌하며 자신의 길을 모색해간 결과이다.

Ⅳ. 결론

본고는 다섯 편의 청소년소설 『완득이』, 『위저드 베이커리』, 『열일곱 살의 털』, 『나는 아버지의 친척』, 『모두 아름다운 아이들』에 등장하는 인물들의 주체 형성 양상을 라캉 이론을 활용하여 분석한 글이다.

라캉 이론을 도입한 것은 세 가지 이유에서였다. 첫째 주체를 부정하는 현대철학의 사조에서 라캉은 주체를 강조한 드문 철학자였기 때문이다. 주체를 전제하지 않는 성장서사란 있을 수 없다는 점에서 주체성의 탐구는 청소년소설 분석에 필수적이다. 특히 라캉의 '분열된 주체', '형성 중인 주체'라는 개념은 정체성의 혼란을 겪는 청소년기 인물을 이해하는 중요한 도구라 생각되었다. 둘째 라캉의 '소외'와 '분리'의 개념을 원용하면 '성장' 개념이 내포하는 다층의 기의를 분별하기 쉽기 때문이었다. 상징계 질서에 동조하거나, 그 질서에 의문을 표하고 저항하는 주체의 서로 다른 대응 태도를 '소외'와 '분리'로 구분하면 입사와 거부라는 사회화의 다른 차원이 선명하게 드러날 수 있다. 셋째 라캉이 말하는 '아버지의 이름'이 최근 청소년 소설에 새롭게 부상하는 아버지라는 존재를 구조적으로 해명할 수 있게 돕기 때문이다. 라캉은 '아버지의 이름'이 아이의 주체화 과정의 필연적이고 직접적인 동기라고 보았다.

2장에서는 라캉의 주체 이론을 정리하였다.

인간의 주체화는 먼저, 자기 이미지에 매혹되는 거울단계에서부터 출발한다. 이 거울상은 오인에 기초한 거짓 이미지이지만 인간에게 일생 동안 작용하는 이상적인 자아상을 제공한다. 이후 아이는 말을 배우며 언어의 질서에 편입되고 상징계 속에 하나의 주체 위치를 지정받는다. 그러나 존재가 언어로 대리되면서 자기 존재의 일부를 상실하는 '소외'를 겪게 된다. '소외'는 인간이 언어적 존재로 살기 위해서 피할 수 없는 운명이다. 언어 주체는 이러한 자신의 존재 결핍을 만회하기 위해 완벽하게 보이는 대타자의 욕망에 자신을 맞추려 한다. 그러나 대타자 역시 분열되고 결핍되었기에 주체는 대타자로부터 '분리'될 수 있는 가능성을 가진다. 이때 주체는 자신이 상징계에 들면서 상실했다고 믿는 어떤 것, '대상a'에 의지하여 자신과 대타자의 결핍을 메우고 세계를 충만하게 만들리라는 '환상'을 가진다. '환상'은 우리가 허무로서의 실재에 대면하는 것을 막아주는 방어기제 역할을 하지만, '환상을 가로지르는' 행위를 통해서만 인간의 주체화는 완성된다. 즉 환상 없이 자신과 세계의 결여를 직시할 때 우리는 자기 삶의 '원인자'로, 세계에 대한 책임을 떠안을 수 있게 되는 것이다. 이때 주체는 더 이상 타자의 욕망에서 자기 욕망을 구하지 않는 '진정한 주체'가 된다.

이런 주체화의 전 과정에서 '아버지의 이름'은 하나의 강력한 동기로 작동한다. 아버지의 거세를 받아들이며 오이디푸스콤플렉스를 극복한다는 점에서, '아버지의 이름'을 상징계 진입의 짧은 순간에만 작용하는 부분적인 것으로 오해하기 쉽다. 그러나 '분리' 단계 역시 아버지가 가진 모순과 결핍을 감지하는 것이요, '환상 가로지르기'는 아버지 권위의 허구성에 눈을 뜨고 '실재'를 적극 포용하는 것이라는 점에서 '아버지의 이름'은 주체의 전 과정에서 기능하는 기제이다.

3장에서는 총 다섯 편의 청소년소설을 분석하였다. 다섯 모두 짧은 청소년소설사에서 일정 정도의 성취를 이루고 안정적인 평가를 받은 소설들이다. 무엇보다도 '아버지의 이름'이 갈등형성과 서사진행에 중요한 동기가 되는 작품들이기도 하다.

먼저 『완득이』 연구는 주인공이 보이는 지나친 낙관성과 막연한 현실인식에 대한 의문에서 출발하였다. 본고는 그 이유를 그가 아직 상징계에 들지 못한 탓으로 보았다. 완득의 아버지는 불구라는 자격지심으로 아들에게 동일시 대상이 되기를 거부하고 '부권 기능'을 행하지 않아 아들을 상징계 주체로 이끌지 못했다. 그 결과 완득은 언어적 혼란에 시달리며, 타인과 관계를 맺지 못하고, 자아의 세계에 고립되어 있다. 이때 교사 동주가 친부를 대신해 완득이를 세상으로 호출하는데, 그가 쓴 방법이 '이름 부르기'이다. 많은 연구가 완득이의 성장이 과도하게 동주에 의존한다고 비판한다. 그러나 동주를 '의사(疑似) 아버지'로 해석하면 논의는 다른 층위로 이동하게 된다. 킥복싱 관장 역시 완득이를 싸움꾼의 세계에서 규칙과 질서가 있는 '스포츠'세계로 인도하는 또 다른 아버지이다. 이 두 '아버지'의 법을 수용하면서 완득은 언어적 무능에서 탈피하고, 갈등을 알게 되며, 욕망도 가지게 된다. 그러나 완득이가 친부의 장애를 인정하고 커밍아웃하기 전까지 그의 사회화는 완성된 것이 아니다. 그는 아버지를 감추기 위해 성장을 멈추고 지체되어 있다. 종래의 연구는 이 소설을 자기 세계에 갇혔던 불우한 주인공이 교사의 도움을 받아 세상에 나오는 평면적인 성장서사로 해석하였다. 하지만 본고는 완득이가 탈피하지 못한 심리적 저항을 파악해, 서사의 입체성을 제대로 드러내었다.

『위저드 베이커리』에는 '근친상간의 아버지'가 등장한다. 가정 내 아버지의 기능은 '금지'에 있다. 그러나 이 소설의 아버지는 자신의 거세를 인정하지 않고 그래서 아들에게도 금지를 명할 수 없는 상상계적 인물이다. 주인공의 가출은 표면적으로는 계모와의 갈등 때문이지만, '금지'를 명령할 다른 '아버지'를 찾아 나선 불가피한 행위로 보아야 한다. 베이커리의 마법사 점장은 그에게 기적이나 환상이 아니라 상징계의 '인과의 질서'를 가르치며 '부성은유'를 행사한다. 서사에 재미를 더하는 여러 마법적인 장치들도 '선택과 그 결과의 수용'이라는 우리 삶의 필연적 인과법칙을 강조하는 도구로 기능한다. 주인공은 점장을 대신해 '몽마'의 공격을 자청하면서 실재로서의 자기 무의식을 대면하는데, 그것은 동생 무희에 대한 근친상간의 욕망이었다. 말더듬을 선택할 만큼 억압되었던 무의식은 꿈의 형태로 돌아와 그를 공격했으나, 꿈속에서 자신의 손을 자르는 거세를 행하며 주인공은 스스로를 해방한다. 또한 가족의 일원이기를 거부 선언함으로써 '금지로서의 욕망'에서도 자유로워진다. 그는 마법의 쿠키 '타임 리와인더'를 포기하는 '선택'을 통해 퇴행을 거절하고 스스로 언어의 세계, 상징계로 건너간다. 필자는 그간 어느 연구도 몽마의 역할을 언급하지 않았던 것을 청소년소설 연구에 작동하는 어떤 금기의 결과라고 추론하였다.

『열일곱 살의 털』의 서사는 일호네 가족 삼대(三代)와 가정, 학교, 국가라는 세 '아버지'를 대칭적으로 배열하고 있다. 일호의 부친은 가업을 이어야 한다는 부담감으로 일찍이 가출했던 인물이다. 주인공 일호는 학교의 폭력적인 두발 규제의 부당성을 알리는 피켓 시위를 진행하면서 폭력 교사 너머에 존재하는 구조로서의 권력을 감지하고 그에 저항한다. 할아버지 역시 동네 재개발 사업의 진행 과정에서 국가 체제가 만인에게 공정한 것이 아니며, 기득권을 위한 착취의 기구일 수 있다는 것을 깨닫는다. 이 소설의 인물들은 '나쁜 아버지'가 된 가족, 학교, 국가라는 억압권력을 고발하지만 결국 문제가 봉합되고 질서가 회복되자 다시 '좋은 아버지'라는 체제 안으로 복귀하는 구조이다. 인물들은 아버지 세계의 폭력성을 감지하는 '분리'라는 자각 단계에는 도달하였으나, 체제가 가진 근본적인 부조리에 눈을 감으면서 그 이상 인식의 도약에는 이르지 못하였다.

『나는 아버지의 친척』은 외삼촌들 집을 전전하던 미용이 아버지, 그리고 아버지가 만드는 가족에 대한 환상을 키워나가는 이야기다. 미용은 자신이 겪고 있는 결핍의 원인을 아버지 부재에서 찾고, 재회할 아버지가 이런 결핍을 해결하리라는 '환상'을 키워왔다. 그러나 막상 아버지는 새엄마의 조카 준석을 맡아 키우며 미용에게 당분간 친척으로 지내기를 부탁한다. 미용은 자격이 없는 이에게 자기의 것을 빼앗겼다는 질투와 분노에 사로잡힌다. 그러나 준석을 통해 자신을 '응시'의 대상으로 되돌아보면서 스스로에게 부여한 '혈연적 자격'은 자기 환상임을 깨닫게 된다. 미용은 준석을 제삼자로 인정하며 아버지와의 이자관계를 청산한다. 또한 아버지 역시 약점 많고 무책임한 불완전한 존재임을 인정하며 아버지를 대상a로 인식했던 환상을 버린다. 결말에서 미용이 끄는 가방은 아버지 그리고 가족로맨스로부터 벗어나 환상을 가로지르며 욕망의 독립에 이른 주인공 성장의 징표이다.

『모두 아름다운 아이들』의 주인공 선재는 자신을 둘러 싼 사회적,

가족적 관계를 억압으로 인식하며 그에서 해방된 진정한 자아 찾기를 소망한다. 그래서 먼저 자신을 이자관계에 묶어두려는 어머니-누나의 집착을 거부한다. 나아가 커다란 '강제와 질서'로서의 '구름그림자'라는 상징계와, 모든 것을 기획 · 주재하고 개개의 구성원을 감시 · 통제하는 '당신'이라는 아버지, 대타자를 인식하게 된다. 한편 선재는 왜냐 선생이라는 아버지를 욕망하고 있다. 「허생전」의 수업장면은 타자의 욕망을 내면화한 주체의 심리를 선명하게 보여준다. 그러나 선재는 왜냐 선생이 자신에게 부여한 '투사(鬪士)'라는 정체성을 거부하고, 상징계 밖의 공간 섬에서 언어적 질서를 뛰어넘는 실재계와 마주하는 경험을 하게 된다. 그리고 드디어 왜냐 선생의 욕망으로부터 독립된 '노래하는 사람'이라는 진정한 자기 욕망을 발견한다.

이상의 다섯 편의 작품을 '아버지의 이름'과 주체가 맺는 관계에 따라 구조화하면 다음과 같다.

『완득이』와 『위저드 베이커리』는 '아버지의 이름'이 '부재'하는 소설이다. 현실의 아버지가 '부성은유'로 작동하지 못하면서, 상징계 진입이라는 과업을 완수하지 못한 두 주인공이 겪는 가장 두드러진 증상은 '언어적 곤경'이었다. 그들은 표현의 어려움을 겪거나 아예 소통이 불가능한 말더듬 증상을 보이기도 한다. 이는 '아버지 이름'의 기능이 언어화에 있다는 것을 지시한다. 그들은 가족 밖 새로운 아버지의 인도 아래 세계의 법과 질서를 익혀 사회화를 이루고, 주체화의 다음 단계로 나아간다.

『열일곱 살의 털』과 『나는 아버지의 친척』에는 '결여된 아버지'가 등장한다. 『열일곱 살의 털』의 주인공은 가계 내의 자신의 위치를 받아들이고 '아버지의 금지'에 순종하는 주체로 출발했다. 그러나 교사의 폭력에 저항하는 과정에서 학교라는 권력 체제가 가진 구조적인 폭력성과 억압성을 깨닫는다. 이는 대타자의 불완전함을 인지하는 주체의 '분리' 단계에 해당한다. 그러나 그는 '나쁜 아버지'를 고발하고 응징한 후, 다시 아버지의 질서로 회귀한다. 여전히 가부장적인 대타자의 세계에서 '아버지'에 대한 환상을 유지하며 '착한 아들'의 역할을 거부하지 않는다는 점에서 주인공은 '분리의 초기' 단계에 머문다고 말할 수 있다.

『나는 아버지의 친척』의 주인공은 이보다 좀 더 나아간다. 주인공은 자신의 결핍을 해결할 아버지에 대한, 그리고 업둥이라는 자신에 대한 환상을 가지고 있었다. 그러나 그 환상이 타자의 '응시'를 통해 부서지면서, '짐'으로서의 자기 처지를 인정하고 자신의 '짐'에 대한 책임, 그리고 운명에 대한 책임을 짊어지는 '원인자'로 변모한다. 주체화 과정에서 같은 '분리'의 단계를 보이지만 『열일곱 살의 털』의 주인공이 아버지의 규범 세계로 다시 회귀하는 데 반해, 『나는 아버지의 친척』의 미용은 '환상을 가로질러' 가부장적 가족의 질서 밖을 사유한다.

『모두 아름다운 아이들』은 '아버지의 이름'을 뛰어 넘는 소설로, 청소년소설로는 드물게 주인공이 아버지의 욕망에서 해방되어 자기 욕망을 발견하는 소설이다. 주인공은 일찍이 '구름그림자'와 '당신'으로 표상되는 대타자의 폭력성과 결여를 의식하고 그에 맞서면서 대타자로부터의 '분리'를 이루었다. 그러나 여전히 교사의 인정을 욕망하며 그를 동일시의 대상으로 삼았다. 그러나 깊은 성찰과 사유의 끝에 타자의 욕망과 결별하고 자기 욕망의 주체가 된다.

『완득이』와 『위저드 베이커리』, 즉 '아버지의 이름이 부재한 소설'

에서 주체는 사회적 존재로 성장하지 못하고 상상계에 지체된 처지에 있다. 그들은 가정 밖 다른 아버지를 만나 욕망을 배우고 언어를 사용하는 주체가 된다. 『열일곱 살의 털』과 『나는 아버지의 친척』, 즉 '아버지의 결여를 보여주는 소설'의 주인공은 아버지의 질서와 금지에 의문을 표하는 '분리'의 단계에 있다. 그 중 한 인물은 세계에 대한 환상을 유지한 채 대타자의 질서로 회귀하고 다른 한 인물은 대타자에 대한 환상을 거두고, 결핍되고 고독한 실재로서의 현실을 인정하는 '환상 횡단'의 단계를 보여주었다. 『모두 아름다운 아이들』, 즉 '아버지의 이름을 뛰어 넘는 소설'은 세상을 지배하고 움직이는 대타자의 존재와 그 억압성을 제대로 인식하고 있다. 특히 언어와 논리를 뛰어넘고 타자의 욕망에서도 벗어났다는 점에서 실재를 인식하고 그것을 껴안는 주체의 완성을 보여주었다고 할 수 있다.

이상의 분석을 통해 확인할 수 있는 사실은 다음과 같다.

첫째, 청소년소설의 비평 작업에 정신분석이론이 유용하다는 것이다. '무의식은 언어처럼 구조화되어 있다'는 진술은 서사로서의 소설을 무의식의 구조물로 바라볼 근거를 마련해준다. 그렇다면 소설은 하나의 증상이며, 정신분석적 접근은 서사의 언어적 표층구조 이면에서 무의식처럼 감추어진 또 다른 진실을 찾아낼 수 있다는 말이다. 특별히 청소년소설의 표층적 메시지는 그것이 대체로 상징계의 가치라는 점에서, 독자에게 닫힌 세계를 제시하고 오히려 세계의 한계 안에 머물기를 종용할 수 있다. 즉 청소년소설이라는 정체성이 소재나 주제의 선정에 억압으로 작용하기도 한다는 것이다. 만일 비평이 텍스트의 무의식, 인물의 무의식을 간과한다면 청소년소설은 인생의 깊은 진실을 드러내지 못하고 계몽의 서사나, 교육적 전언, 일시적인 재미나 위로의 서사로만 읽힐 수 있다. 정신분석적 방법으로 청소년소설의 무의식에 접근하여 다른 층위의 여러 의미를 발굴할 수 있다는 말이다.

둘째, 청소년소설 인물의 성장에 '아버지의 이름'이 차지하는 역할과 비중이 지대하다. 애초 서사의 진행과 갈등에 '아버지'가 결정적인 텍스트를 선별하기도 하였지만, 청소년기 과업이 기성가치에 대한 수용과 반발이라는 점에서도 청소년소설이 '아버지'라는 주제를 피해가기는 쉽지 않다. 여기서 짚어야 할 점은 그렇다고 청소년 서사에 등장하는 아버지가 그 이름에 맞게 부권기능을 충실하게 수행하고 있다는 말이 아니다. 중요한 것은 '아버지'가 아니라 '아버지의 이름'이라는 은유이다. 즉 기표로서의 아버지는 부재하거나, 역할을 거부하거나, 심지어 아무 것도 행하지 않으면서도 기능할 수 있다. 흥미롭게도 위 텍스트의 현실적 아버지들은 사회적 위상이나 가정에서의 역할이 지극히 불안하고 미미하다. 다섯 편 모두에서 가족을 부양하고 자녀를 돌보는 일상적이고 평범한, 그래서 관습적인 아버지란 존재하지 않았다. '현실적 아버지'의 무책임과 무력함, 그러나 '은유로서의 아버지'가 행사하는 '절대적인 역할'이라는 모순은 사회 문화적 혹은 심리학적 심층의 분석이 필요한 대목이기도 하다.

셋째, 다섯 편 소설에서 주인공들의 성장의 양태가 대단히 다층적이다. 이는 생물학적인 나이가 비슷하다고 동일한 성장에 이르는 것은 아니라는 것을 확인해 준다. 『모두 아름다운 아이들』을 제외하면 주인공들은 모두 고등학교 1학년생이지만 (『모두 아름다운 아이들』의 경우는 고등학교 2학년생), 상상계에 지체된 인물부터, 타자적 욕망을 탈피하여 자기 욕망에 충실한 인물까지 성장의 층위에 커다란 편차를 보였다. 그들은 각자의 위치에서 자신만의 고유한 성장의 과정을 겪고 있다. 그들이 성장의 어느 지점에 위치하는가에 따라 세계와 자아를 바라보는 시각, 사고의 깊이, 자아정체감의 의식은 서로 다를 수밖에 없다. 이는 기성세대가 청소년집단을 단일한 집단으로 매도하여 각자가 가진 증세나 상처, 독특한 기억과 체험을 간과하는 것이 전체주의적 폭력이 될 수 있다는 것을 시사하는 것이기도 하다.

본고가 소외와 분리를 축으로 주체화 과정을 논하였다 하여, 주체화의 단계를 절대화함으로써 성장의 단계적 차이를 문학적 가치로 환원할 수 있다고 말하려는 것은 아니다. 라캉에 의하면 주체화란 완성을 향해 가는 일방향적인 것도, 일생에 단 한 번의 기회로 완성되는 것도 아니다. 인간의 삶에서 주체가 마침내 안정되고 총체성을 지닌 존재로 완성되었다고 말할 수 있는 시점은 존재하지 않는다. 청소년들은 각각 다른 성장의 지점에서 각기 다른 방식으로, 세계와의 타협과 저항이라는 두 지점을 불안정하게 오가며 치열하게 자기 삶을 살아갈 뿐이다. 소설의 인물들이 만들어내는 성장의 드라마 역시 마찬가지이다. 성장의 전 과정은 각기 고유한 의미와 가치를 내포하고, 모든 삶은 서사의 소재로서 진실성을 보유한다. 즉 주인공의 성숙의 단계가 곧 소설의 미학적 완성으로 직결되는 것이 아니며, 소설의 목표가 성숙된 청소년상을 윤리적 표상으로 제시하려는 것도 결코 아니다.

한편으로 라캉이 주체에게 대타자로서의 '아버지의 이름'을 벗어나라고 요구하는 것도 아니다. 그것은 사회 속에서 주체로 살아가야 하는 인간에게 애초부터 불가능한 일이기도 하다. 다만 우리는 소외된 주체로서의 자신의 처지를 인정하고, 세상의 불합리와 부조리를 성찰하거나 거부하면서, 아버지의 세계와 자신이 맺는 관계를 끊임없이 점검하고 재설정할 수 있을 뿐이다. 이러한 자기 삶에 대한 통찰과 존재에 대한 사유가 소설 읽기의 목표이고 '아버지의 이름'을 통한 작품 분석의 의미이기도 할 것이다.

본 연구는 청소년소설의 인물 분석에 라캉의 주체 이론을 도입하여 인물 행동의 심리적 동기와 그들이 사로잡힌 증상으로서의 지점을 좀 더 효과적으로 분석할 수 있었다. 특히 '소외'와 '분리'로 인물의 주체 단계를 변별하면서 주체화의 위치에 따라 다르게 발현하는 주인공의 욕망, 환상, 억압, 트라우마 등의 증후적인 지점에 천착하여 그들이 대타자와 관계 맺는 고유한 대응방식을 심리적으로 해명하면서 인물과 서사에 대한 더 깊은 이해에 도달할 수 있었다.

앞으로 청소년소설의 연구에도 정신분석비평을 비롯한 다양한 방법론이 도입되어, 작품과 등장인물에 대한 심층적 이해와 해석의 다양성이 확보되기를 기대한다. 특히 정신분석적인 독서행위를 통해 독자가 소설 속 타자를 이해하고, 동시에 지금까지 알고 있었던 '상상적 자아'와는 다른 '타자로서의 자아'를 마주하는 경험을 하게 되기를 바란다. 정신분석적 방식은 청소년 독자의 자기 발견에 큰 도움이 될 것이다.

마지막으로 이러한 진지한 연구들이 활발해지면서 성장소설을 정전으로 삼아 여전히 문학 변방의 타자로 인식되는 청소년소설에 따뜻한 관심이 모아지고 진지한 연구가 더 가열하게 이루어지기를 기대하는 바이다.

참/고/문/헌

1. 기본서

- 구병모, 『위저드 베이커리』, 창비, 2009.
- 김려령, 『완득이』, 창비, 2008.
- 김해원, 『열일곱 살의 털』, 사계절, 2008.
- 남상순, 『나는 아버지의 친척』, 사계절, 2007.
- 최시한, 『모두 아름다운 아이들』, 문학과지성사, 1996.

2. 단행본

- 강응섭, 『자크 라캉의『세미나』읽기』, 세창미디어, 2015.
- 강준만, 『한국근대사 산책』, 인물과 사상사, 2007.
- 권택영, 『후기 구조주의문학이론』, 민음사, 1990.
  ______ 엮음, 『욕망이론』, 문예출판사, 1994, 194면.
  ______, 『감각의 제국: 라캉으로 영화읽기』, 민음사, 2001.
  ______, 『자크 라캉의 자연과 인간』, 한국문화사, 2010.
- 김석, 『에크리, 라캉으로 이끄는 마법의 문자들』, 살림, 2007.
- 김현철 · 고미숙 · 박노자 외, 『이팔청춘 꽃띠는 어떻게 청소년이 되었나?』, 인물과사상사, 2009.
- 김형효, 『구조주의의 사유체계와 사상』, 인간사랑, 1989.
- 나병철, 『가족로망스와 성장소설』, 문예출판사, 2007.
- 맹정현. 『리비돌로지: 라캉 정신분석의 쟁점들』, 문학과지성사, 2009.

• 박상률, 『청소년문학의 자리』, 나라말, 2011.
• 박찬부, 『기호 주체 욕망』, 창비, 2007.
______, 『현대정신분석비평』, 민음사, 1996.
• 변학수, 『문학치료』, 학지사, 2005.
• 오세란, 『한국 청소년소설 연구』, 청동거울, 2013.
______, 『청소년 문학의 정체성을 묻다』, 창비, 2015.
• 윤평중 · 윤혜준 · 윤효녕 · 정문영, 『주체 개념의 비판』, 서울대학교출판부, 1999.
• 조한혜정 · 양선영 · 서동진(엮음), 『왜 지금 청소년』, 또하나의 문화, 2002.
• 최시한, 『한국문학과 가족 이데올로기』, 푸른사상, 2007.
• 최현주, 『한국현대 성장소설의 세계』, 박이정, 2002.
• 최협, 『부시맨과 레비스트로스』, 풀빛, 1996.
• 한준상, 『청소년학 연구』, 연세대학교출판부, 1999.
• 홍준기, 『라캉과 현대철학』, 문학과지성사, 1999.

3. 외국도서

• 니콜라예바, 김서정 역, 『용의 아이들』, 문학과 지성사, 2004
______, 조희숙 역, 『아동문학의 미학적 접근, 교문사, 2009.
• 미셸 푸코, 오생근 역, 『감시와 처벌 - 감옥의 역사』, 나남, 1994.
______, 박정자 역, 『성과 권력』, 인간사, 1988.,
• 미케 발, 한용환 · 강덕화 역, 『서사란 무엇인가』, 문예출판사, 1999.
• 미하일 바흐친, 전승희 외 역, 『장편소설과 민중언어』, 창작과 비

평사, 1988.

- 베르트랑 오질비, 김석 역 ,『라캉, 주체 개념의 형성』, 동문선, 2002.
- 브루스 핑크, 맹정현 역,『라캉과 정신의학』, 민음사, 2002.

__________, 김서영 역,『에크리 읽기』, 도서철판b, 2007.

__________, 이성민 역,『라캉의 주체』, 도서출판b, 2010.

- 사사키 아타루, 안천 역,『야전과 영원』, 자음과모음, 2015.
- 숀 호머, 김서영 역,『라캉읽기』, 은행나무, 2014.
- 시모어 채트먼,『이야기와 담론- 영화와 소설의 서사구조』, 푸른사상, 2003.
- 슬라보예 지젝, 김소연 · 유재희 역,『삐딱하게 보기』, 시각과언어, 1995.

__________, 주은우 역,『당신의 징후를 즐겨라!』, 한나래, 1997.

__________, 이수련 역,『이데올로기라는 숭고한 대상』, 인간사랑, 2002.

__________, 박정수 역,『하우투리드 라캉』, 웅진지식하우스, 2007.

__________, 정일권 · 김희진 · 이현우 역,『폭력이란 무엇인가』, 난장이, 2011.

- 아니카 르메르, 이미선 역,『자크 라캉』, 문예출판사, 1994.
- 아놀드 하우저, 반성완 · 백낙청 · 염무웅 역,『문학과 예술의 사회사』 3, 창작과비평사, 1999.
- 알랭 바디우 · 엘리자베트 루디네스코, 현성환 역,『라캉, 끝나지

않은 혁명』, 문학동네, 2013.
• 알렌카 주판치치, 이성민 역, 『실재의윤리』, 도서출판b, 2004.
• 엘리자베드 라이트, 권택영 역, 『정신분석비평』, 문예출판사, 1989.
______________편, 박찬부 · 정정호외 역, 『페미니즘과정신분석학사전』, 한신문화사, 1997.
• 요한 갈퉁, 『평화적 수단에 의한 평화』, 들녘, 2000.
• 자크 라캉, 권택영 엮음, 『욕망이론』, 문예출판사, 1994.
_______, 맹정현 · 이수련 역, 『자크 라캉 세미나 11; 정신분석의 네 가지 근본 개념』, 새물결, 2008,
• 잭슨 로즈메리, 서강여성문학연구회 역, 『환상성: 전복의 문학』, 서울, 문학동네, 2001.
• 지그문트 프로이트, 박찬부 역, 『쾌락원칙을 넘어서』, 열린책들, 1997.
______________, 김정일 역, 『성욕에 관한 세 편의 에세이』, 열린책들, 2004.
______________, 이윤기 역, 『종교의 기원』, 열린책들, 2004.
• 테리 이글턴, 김명환 외(역), 문학이론입문, 창작과비평사, 1981.
• 토도로프, 이기우 역, 『덧없는 행복-루소론, 환상문학서설』, 한국문화사, 1996.
• 페리 노들먼, 김서정 역, 『어린이 문학의 즐거움』, 시공주니어, 2001.
• 페터 비트머, 홍준기 · 이승미 역, 『욕망의 전복』, 한울, 2009.
• 필리프 쥘리앵, 홍준기 역, 『노아의 외투: 아버지에 관한 라캉의

세 가지 견해』, 한길사, 2000.
- 후지사와 고노스케, 유진상 역, 『철학의 즐거움』, 휘닉스, 2004.
- Fink, Bruce, The Lacanian Subject: between language and jouissance, Princeton Univ. Press, 1995.
- Lacan, Jacques. rits: The First Complete Edition in English. Trans. Bruce Fink. W. W. Norton, 2006.

4. 연구논문
- 강유정, 「장르로서의 청소년소설」, 『세계문학』 34권 3호, 2009.
- 계운경, 「〈완득이〉의 상업전략과 사회질서의 유지 · 재생산」, 『한국콘텐츠학회논문지』 13권 5호, 한국콘텐츠학회, 2013.
- 구모룡, 「관계의 해체 혹은 새로운 서사 전략 : 최시한과 구효서의 소설」, 『문학과사회』 제17호, 문학과지성사, 1992.
- 권순정, 「라캉의 환상적 주체와 팔루스」, 『철학논총』 제75집, 새한철학회, 2014.
- 김겸섭, 「주체의 부활 혹은 주체 너머의 주체」, 『현대사상』 1호, 현대사상연구소, 2007.
- 김경수, 「성장소설의 새로운 모색」, 『문학과사회』 10권1호, 문학과지성사, 1997.
- 김경애, 「한국현대청소년소설과 『모두 아름다운 아이들』」, 『한국문학이론과 비평』 51권, 한국문학이론과 비평학회, 2011.

  ______, 「한국현대청소년소설과 『위저드 베이커리』」, 『새국어교육』 94권, 한국국어교육학회, 2013.
- 김경연, 「청소년문학이란 무엇인가?」, 국립어린이청소년도서관

(편), 『어린이 책에 대한 이해』, 국립어린이청소년도서관, 2007.
• 김남석, 「다문화 가정의 심리적 거리와 영상 표현 방식에 대한 연구— 영화 [완득이]를 중심으로」, 『현대문학이론연구』 55권, 현대문학이론학회, 2013.
• 김명석, 「소설 교육과 독자의 내면화과정 연구 ; 최시한의 「허생전을 배우는 시간」을 중심으로」, 『국어교육연구』 50호, 국어교육학회, 2012.
• 김명순, 「청소년소설의 문학적 성격과 문제점」, 『현대문학이론연구』 36권, 현대문학이론학회, 2009.
_____, 「광폭한 현실, 미약한 환상」, 『아동문학평론』 133호, 아동문학평론사, 2009.
• 김미영, 「다문화 사회와 소설교육의 한 방법 -김려령의 《완득이》를 중심으로」, 『한국언어문화』 42호, 한국언어문화학회, 2010.
• 김미현, 「가족 이데올로기의 종언」, 『여성문학연구』 13권, 한국여성문학학회, 2005.
• 김상환, 「라깡와 데카르트」, 김상환 · 홍준기 편, 『라깡의 재탄생』, 창비, 2002.
_____, 「기표의 힘과 실재의 귀환」, 『철학사상』 16권, 서울대학교 철학사상연구소, 2003.
• 김석 , 「기호 언어와 증상의 문자」, 『기호학 연구』 39권, 한국기호학회, 2014.
_____, 「시니피앙의 논리와 주이상스의 주체」, 『라깡과 현대정신분석』 제9권1호, 한국 라깡과 현대정신분석학회, 2007.
• 김성진, 「청소년문학의 새로운 물결은 시작되었는가」, 『창비어린

이』 통권23호, 창비어린이, 2008.

_____, 「청소년소설의 현실형상화 방식에 대한 연구」, 『우리말글』 제45집, 우리말글학회, 2009.

_____, 「청소년 소설의 장르적 특징과 문학교육」, 『비평문학』 39호, 한국비평문학회, 2011.

_____, 「학교 폭력에 대한 청소년 소설의 서사화 양상」, 『문학치료연구』 26권, 한국문학치료학회, 2013.

• 김아리, 『라캉의 주체 형성 과정을 통해서 본 시각의 타자성에 관한 연구』, 서울대 석사학위논문, 2005.

• 김예림, 「'존중' 없는 사회의 대중문화, 그 욕망과 미망에 대한 단상」, 『문학과 사회』 제98호, 문학과지성사, 2012.

• 김윤식, 「한국문학사와 장르의 문제」, 『국어국문학』 61권, 국어국문학회, 1973.

• 김은하, 「청소년문학과 21세기 소녀의 귀환」, 『여성문학연구』 24권, 한국여성문학학회, 2010.

• 김정숙, 「호명과 탈구의 경계에 선 여성 인물의 연구」, 『한국문학이론과비평』 제20집, 한국문학이론과 비평학회, 2003.

• 김종헌, 「청소년소설의 현실반영과 인물의 내적 성장」, 『아동문학평론』 제34호, 아동문학평론사, 2009.

• 김지형, 「순진함으로의 학생 표상: 『완득이』, 『열일곱 살의 털』을 중심으로」, 『한국아동문학연구』 제16호, 2009.

• 김혜영, 「다문화 시대의 독서 교육 : '완득이'를 중심으로」, 『사고와 표현』 제4호, 한국사고와표현학회, 2011.

• 김혜정, 「청소년문학에 나타난 가족해체서사 연구」, 『아동청소년

문학연구』 제10호, 한국아동청소년문학학회, 2011.

- 김화선, 「청소년문학에 나타난 '성장'의 문제- 김려령의 완득이를 중심으로」, 『아동청소년문학연구』 제3호, 한국아동청소년문학학회, 2008.

_____, 「성장에 이르는 세 갈래 길」, 『아동문학평론』 제133호, 아동문학평론사, 2009.

- 김효순, 「청소년자녀가 있는 재혼가족의 새부모역할 경험에 관한 연구」, 『가족과 문화』 23권, 한국가족학회, 2011.
- 나병철, 「청소년 환상소설의 문학교육적 의미와 '가치의 세계'」, 『청람어문교육』 42권, 청람어문교육학회, 2010.

_____, 「청소년 환상소설의 통과제의 형식과 문학교육」, 『청람어문교육』 44권, 청람어문교육학회, 2011.

_____, 「청소년 시점의 두 유형과 성장의 문학교육적 의미」, 『청람어문교육』 53권, 청람어문교육학회, 2015.

- 도정일, 「무의식과 욕망」, 『문학과학』 3호, 문학과학사, 1993.
- 맹정현, 「라깡과 푸꼬, 보드리야르」, 김상환 · 홍준기(편), 『라깡의 재탄생』, 창비, 2002.
- 문장수, 「자크 라캉의 주체 개념」, 『철학논총』 제56집, 새한철학회, 2009.
- 박경희, 『한국 청소년소설 연구 : 가족 분화와 인물의 자아 정체성 형성을 중심으로』, 전남대 박사학위논문, 2016.
- 박병락, 「푸코의 권력 개념과 학교교육」, 『교육사상연구』 23권 3호, 한국교육사상연구회, 2009.
- 박영선, 『문학과 정신분석학의 상호텍스트성에 관한 연구』, 경북

대 박사학위논문, 2012.

- 박일환, 「청소년문학의 현황과 과제」, 『내일을 여는 작가』 55호, 한국작가회의, 2009.
- 박찬부, 「실재와 상징 - 라캉의 재현론」, 『영미어문학』 67호, 한국영미어문학회, 2003.

_____, 「재현과 그 불만: 라캉의실재론」, 『신영미어문학』 35집, 신영어영문학회, 2006.

_____, 「메타포: S1-S2」, 『라깡과 현대정신분석』 14권 2호, 한국라깡과 현대정신분석학회, 2009.

_____, 「『햄릿』에 재현된 텍스트성 무의식」, 『영미어문학』 104호, 한국영미어문학회, 2012.

- 소영현, 「북 쇼핑 시대의 문학,〈완득이〉라는 낯선 영토」, 『작가세계』 78호, 작가세계, 2008.

_____, 「청소년문학이 질문해야 할 것」, 『작가세계』 84호, 작가세계, 2010.

- 송재영, 『한국 다문화 사회의 이중성』, 경희대 석사학위논문, 2012.
- 신수정, 「2000년대 청소년 소설에 나타난 교사와 학생 간의 소통 윤리」, 『아동청소년문학연구』 35호, 한국아동청소년문학학회, 2012.
- 안정인, 『라캉의 주체와 타자 담론에 나타난 부재의 미학』, 경북대 박사학위논문, 2009.
- 어도선, 「라캉과 문학비평」, 김상환 · 홍준기(편), 『라깡의 재탄생』, 창비, 2002.

- 오석균, 「청소년과 청소년 문학에 대한 소고」, 『한어문교육』 22집, 한국언어문학교육학회, 2010.
- 오세란, 「비행을 꿈꾸다」, 『창비어린이』 제19호, 창비어린이, 2007.

  _____, 「완득이 이후」, 『창작과비평』 제148호. 창작과비평사, 2010년.

  _____, 「『완득이』의 정신분석적 접근 - 아버지와의 관계를 중심으로」, 『어문논총』 제29호, 한국어문학연구소, 2016.
- 오형엽, 「관계의 해체와 상호주체성의 새로운 관계」, 『문학과사회』 37호, 문학과지성사, 1997.
- 오흥진, 「소설의 재미와 성장의 교훈」, 『어린이책이야기』 3호, 아동문학이론과 창작회, 2008.
- 원용진 · 이동연 · 노명우, 「청소년주의와 세대 신화」, 『한국언론정보학보』 제36호, 한국언론정보학회, 2006.
- 윤상현, 『한국 영화 속 이주민의 재현에 대한 연구』, 경희대 석사학위논문, 2014.
- 윤소희, 「청소년성장소설의 최근 경향- '성장'보다 '이야기' 추구」, 「학교도서관저널」 1-2호, (주) 학교도서관저널, 2010.
- 원종찬 · 공선옥(외), 「수상작 : 김려령 장편소설 『완득이』」, 『창비어린이』 제19호, 창비어린이, 2007.
- 원종찬 ,「우리 청소년문학의 발전 양상」, 『창비어린이』 제27호, 창비어린이, 2009.
- 이광호, 「한국 청소년정책 패러다임 전환에 따른 청소년활동의 의미 변화와 전망」, 『청소년시설환경』 1호, 한국청소년시설환경

학회, 2003.

- 이문영, 「폭력 개념에 대한 고찰」, 『역사와 비평』 106호, 2014.
- 이미선, 『라캉의 욕망이론과 셰익스피어 텍스트 읽기』, 1997, 경희대 박사학위논문.
- 이선옥, 「폭력적 질서의 공간, 그리고 길찾기」, 『창작과비평』 25권, 창비,1997.
- 이옥수, 『자전적 청소년소설의 서사화 과정 연구』, 고려대 박사학위논문, 2011.
- 이재철, 「청소년문학론」, 『봉죽헌 박봉배박사 회갑기념 논문집』, 봉죽헌 박봉배박사 회갑기념논문집 간행위원회, 1986.
- 이지현, 「청소년소설에 나타난 폭력과 아버지상의 상관관계 연구」, 『한국아동문학연구』 29권, 한국아동문학학회, 2015.
- 정선주, 「소설 『완득이』를 통해 본 한국사회의 다문화 판타지 고찰」, 한양대 석사학위논문, 2014.
- 정규영, 「미셸 푸코의 '규율 권력'과 근대 교육」, 『교육사학연구』 23권2호, 교육사학회, 2013.
- 정유성, 「청소년문화 담론 형성을 위한 시론」,『한국청소년연구』 제28호, 한국청소년개발원, 1998.
- 정혜경, 「이 시대의 아이콘 청소년(을 위한) 문학의 딜레마」, 『오늘의 문예비평』 제71호, 오늘의 문예비평, 2008.

  ______, 「닫힌 결말 속의 인공낙원」, 『창비어린이』 제26호, 창비어린이, 2009.
- 조영효, 「독일의 청소년문학 소고」, 『독어교육』 1권1호, 한국독어독문학교육학회, 1983.

- 조용환, 「청소년연구의 문화인류학적 접근」, 『한국청소년연구』 제14호, 한국청소년개발원, 1993.
- 조용환, 「학교 구성원의 삶과 문화」, 『교육학연구』 33권 4호, 한국교육학회, 1995.
- 조은숙, 「풍문 속의 청소년문학」, 『창작과 비평』 148호, 창비, 2009.
- 조한혜정, 「청소년 "문제"에서 청소년 "존재"에 대한 질문으로」, 조한혜정 등 저, 『왜 지금 청소년』, 또하나의문화, 2002.
- 최미령, 『한국청소년소설에 투영된 가족 이데올로기 연구』, 카톨릭대 석사학위논문, 2010.
- 최성일, 「완득아, 너 잘 만났다」, 『새얼문화재단』 62호, 황해문화, 2009.
- 최정운, 「푸코를 위하여 : 지식과 권력의 관계에 대한 재고찰」, 『철학사상』 10권, 철학사상연구소, 2000.
- 한미화, 「최근 출간된 청소년소설의 경향」, 『창비어린이』 제43호, 창비어린이, 2013.
- 허병식, 「청소년을 위한 문학은 없다」, 『오늘의 문예비평』 제72호, 오늘의 문예비평, 2009.
- 허정, 「『완득이』를 통해 본 한국 다문화주의」, 『다문화콘텐츠연구』12집, 중앙대학교 문화콘텐츠기술연구원, 2012.

찾/아/보/기

이 경 란(李炅蘭)

이화여대 국문과 졸업. 동대학원 석사.
부경대 대학원에서 문학박사 학위를 받았다.
교직에 오래 몸담았으며, 대학 평생교육원, 공공기관 등에서 학부모와 논술교사를 대상으로 여러 강좌를 진행하였다. 공동으로 어린이, 청소년, 부모교육 책 등을 번역하였다. 부경대, 해양대에서 학생을 가르치고 있다.
논문으로 「「뱀장어 스튜」의 메타픽션적 특징과 그 효과」, 「노마디즘 시각으로 본 영화 〈길소뜸〉의 여성인물 연구」, 「김일엽 초기 소설의 서술 방식 연구」가 있다.

청소년소설에 나타난
주체 형성과 라캉

초판 인쇄 | 2019년 8월 10일
초판 발행 | 2019년 8월 16일

지 은 이 이경란

책임편집 윤수경

발 행 처 도서출판 지식과교양
등록번호 제2010-19호
주 소 서울시 강북구 우이동108-13 힐파크103호
전 화 (02) 900-4520 (대표) / 편집부 (02) 996-0041
팩 스 (02) 996-0043
전자우편 kncbook@hanmail.net

ISBN 978-89-6764-146-7 93800 **정가** 18,000원